暗くて静かでロックな娘《チャンネー》

平山夢明

集英社文庫

暗くて静かでロックな娘《チャンネー》　目次

本文デザイン／木庭貴信（OCTAVE）

暗くて静かでロックな娘《チャンネー》

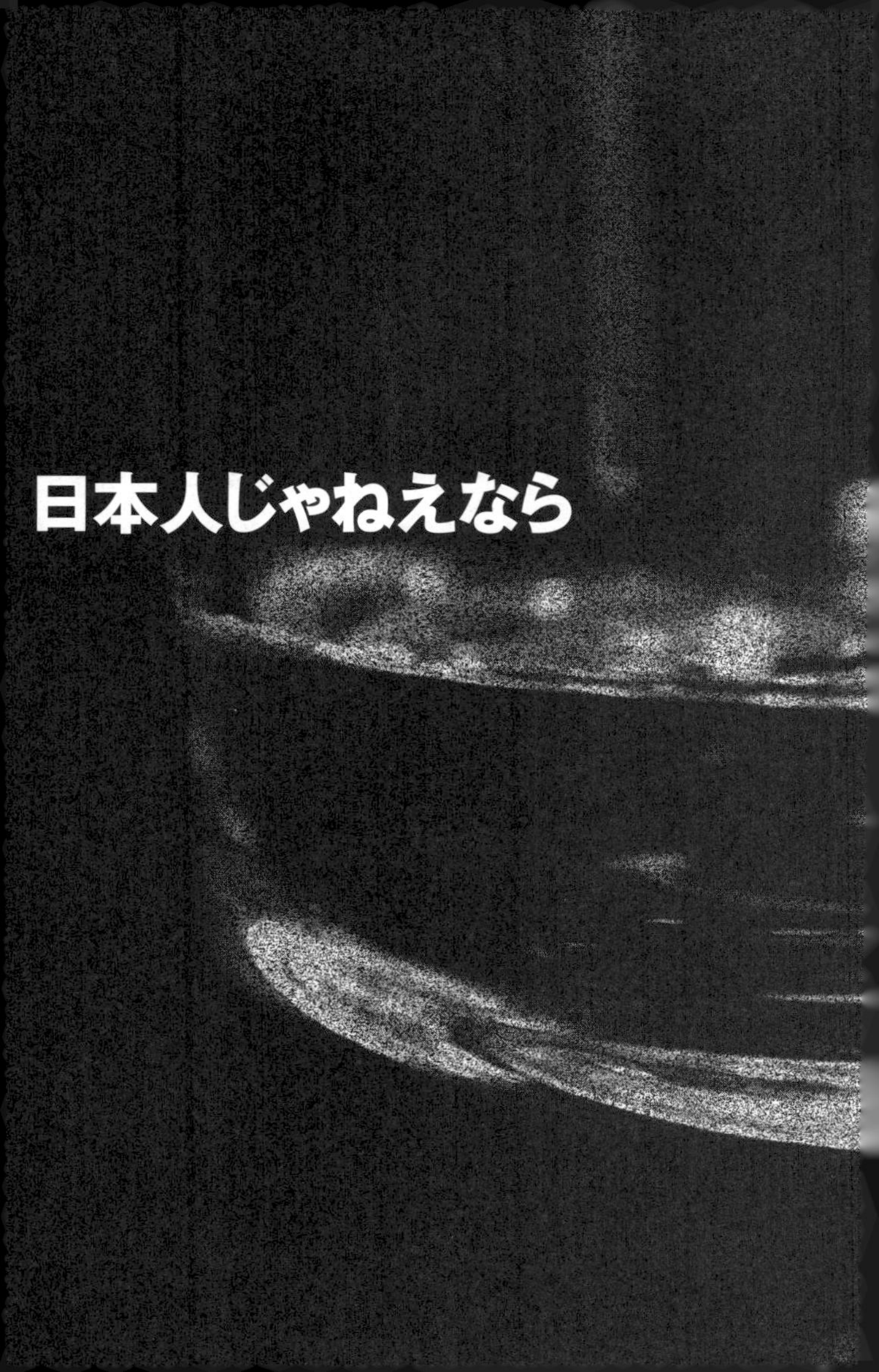
日本人じゃねえなら

一

ありきたりの町。

適当に長屋とビルと工場を駅にくっつけた餓鬼の落書きのような町だった。

普段なら当然、そんなところはすたすた、すっ飛ばして行くんだが、オツムに魔が差した俺は、一攫千金《いっかくせんきん》を夢見て入った町の競馬場でボウズにされ、おまけに、負けを取り戻そうとして隣の競輪場で尻《ケツ》の毛を根こそぎブッこ抜かれた。第一、競馬場から歩いて五、六分でやってこれる競輪場なんて、そんな魅力に抗しきれる男がいるだろうか？絶対にこんな塩梅《システム》を考えたスーツ姿の畜生どもは〈男の夢〉の足元を狙っていやがるのだ。それだけでも町の為政者の下衆《げす》さ加減が知れようというものだ。俺はそうした政治的奸計《かんけい》の犠牲者として僅《わず》かばかりでも一矢《いっし》報いようと競輪場の便所で便器の外に便をヒリ出すことにした。しかし、思ったよりもナイーブな俺の尻は慣れた体勢以外では本気になれないようで、なんだか空気ばかりが漏れるだけ、ほんのちょっぴりの出し惜しみ、ぽっちり床に転がる程度の抵抗運動《レジスタンス》しかできなかった。残念気分で便所紙をロールから引きだし、手に巻き付けていると糞の脇に車券が落ちていた。

〈アーバンナイト、二車単／2・4〉ケズネとヅラカムリの二選手が来た——三百円の当たり車券だった。

「ウンがいいぜ、ちくしょう」

縁《ふち》にちょんみり俺の名残りの付いたそれを丁寧に床から引き剝がす（どこもそうだろうが、競輪場や競馬場の便所では便器の中に小便をする律儀《りちぎ》な奴《やつ》はいないので床はべたべた、当然、裏が透けるほど濡《ぬ》れるのだ）と俺は窓口に持って行った。

「なあ、あんた。あそこに機械があるだろ？　少額の換金はそっちなんだよ」窓口の男は俺様の黄金車券を伝染病者のオムツのように見つめた。

「あんたの顔にくっついてる黒いゼリーみたいなのは目玉じゃないのか？　よく見ろよ。こんなに濡れてべたべたの可哀想《かわいそう》なものをあの機械のアソコに突っ込んだらどんなことになるか。飲み込まれたらそれっきり、ウンとも云《い》わず、宇宙の彼方《かなた》に消えたってことになるんだ。俺はもう何度もそんな目に遭ってるんだからな。騙《だま》されやしないぜ」

「だってなあ。便所で小便をかけられたみたいにベトベトしてるし、端にはゴキブリの反吐《へど》みたいなものがこびりついているじゃないか」

「最近は窓口にシャーロック・ホームズを雇ってるのか。つべこべ云わずに金を出せよ」

「でも、ルールなんだよ。少額換金は窓口じゃなくて機械で払い出す約束なんだ。それがここのルールなんだ」

俺はルールって言葉が大嫌いだった。愛の次に人を不幸のどん底に突き落とすのが、このルールってやつだ。

「おい。あんた、俺はあんたの仕事が終わるまで職員専用出口で待ち構えていて家までついていき、あんたとかみさんが寝静まった頃に再び訪問することもできるんだぜ」

窓口の男は突然、溶けたアスファルトでも吸い込んだように顔色が悪くなった。赤くなり、白っぽくなり、そしてまた赤くなった。

「あんた、日本人じゃねえのか」

「いや、尻《ケツ》の穴から尿道の先まで日本人の肉でできてるぜ。見せようか」

男は返事の代わりに鍵を使ってキャッシャーのようなものをこじ開けると中から三千五百円とビニール袋を取り出した。

「悪いが、そのそれを、このなかに入れてくれ。触りたくないんだ」

俺は奴が納得する通りにしてやった。ビニール袋を窓口の受け皿からなかに押し込むと冷房のひんやりした空気が手首に当たる。

「なあ、やっぱりあんた日本人じゃねえだろ？」

奴は俺が尻ポケットに札をしまうのを眺めながら、もう一度訊《き》いてきた。

「残念だね。俺は自分でも厭《いや》になるぐらい日本人なんだよ。チンポ見るかい？」

二

目の端で小さな蝶々《ちょうちょう》がひらひら飛んで、俺に水を運んでくれていた。

が、この話はまだちょっと先だ。その前に説明しておかなくちゃならないことが山てこある。

そうだ、じゅちーむとかいう名前の売女《ばいた》が原因だったんだ。

拾った車券を小銭に化かした俺は一杯引っかけようと場外にある屋台を冷やかしたが、どこも世の敗残者みたいなのが、美の敗残者みたいな女とニタニタかまし合う、体《てい》のいい化け物屋敷だったので交ざる気にもなれず、路地をうろうろしていた。そのうち青線の名残りらしき区画、早い話がひと坪パンパン部落に入り込んじまったんだな。そこでは一間間口《いっけんまぐち》の二階で女に淫売をさせていた。まあ、どこの町にでもあるような大人のゲーム屋さ。陽炎《かげろう》のように道端で揺れていたババアが袖を引っ張ってきた。

「ねえねえ。火照《ほて》りを冷ましなよ、あんたのあそこの火照りをさぁ」

「すっぱい淫売はたくさんだよ。それより冷えたビールだ」

つんつるてんの上っ張りで丸げた髪にかんざしをぶち込んだババアは古い急須の臭いがした。

「あるよあるよ。あんた日本人かい」

「尻の穴から尿道までな」

「だったらビールだけでもやってきなよお。きれいな女の子を眺めながら冷えたビールをお呑《の》みよ。自殺する気なんか吹き飛んじゃうよ」

「ボルんじゃねえぜ。一杯で千円なんて与太は懲《こ》り懲《ご》りなんだ」

「あんた日本人なんだろ？」

「尻の穴から尿道までな」

「じゃあ、そんな心配は無用だよ」

俺はババアに引きずられるまま店に入った。そこは他の店と違って並みの居酒屋の半分ぐらいに広さはあったし、カウンター周りには男に交じって若い女もちらほらして、悪くない感じだった。

「あんた日本人？」

ババアの出した小瓶のビールをコップに注《つ》いでいると耳元に息を吹きかけたのがいた。唇の赤いのが暗い店でもばっちり目に飛び込んでくるぐらい迫力のある女だった。長い黒髪、卵形の顔に眉がしゅっと弧を描《えが》き、細身なのに胸と尻が大きい。しかも信じられないことに若かった。

「ああ、爪先から頭のてっぺんまでな」

「だったら、どうしてこんな美人《ベッピン》にビール奢《おご》らないのよ」

「呑《や》りなよ」

女はババアに中指を立てた——良い注文の仕方だ、俺は女が気に入った。

「いつもここにいるのか」

「外はあっついもの。わかる？　あたしの云ってる、あっついってのが」

「ああ、わかるよ」

すると女は俺の顔を挟んで自分に向けた。掌《てのひら》がひんやりして気持ちがいい。

「違う。あんた、わかってない。あたしの云ってるあっついってのは頭に日が付いてるやつじゃないよ。下にてんてんが付いてる〈熱っつい〉ってやつなんだからぁ」

俺は黙って、挟まれるままにしていた。女の台詞《せりふ》よりも喋《しゃべ》るたびに覗《のぞ》いたり隠れたりする小粒な白い歯を眺めていた、そこからは新品のガムの匂いがした。

「もう！」女はそうひと声鳴くと焦《じ》れたように俺にキスをした。「わかる？　わかってるの？」

「ああ、わかってるよ。てんてんのついた熱いだろ。俺もそんな感じだ」

「あたしはじゅちーむ。フランス語で愛してるって意味なのよ」

「そいつはジュテームじゃないのか」

「莫迦《ばか》ね。あんた学がないね」じゅちーむは隣に座った。尻を半分スツールに乗せ、残りの半分は俺の太股《ふともも》に預けるような感じでだ。俺は咄嗟《とっさ》にポケットのなかにいくらあるだろうかと考えた。この女《あま》を逃せば、今夜寝る前、必ず布団の中で後悔する。下手《へた》すりゃ今週ずっと後悔するだろう。悪くすりゃ便所で自分の萎《しな》びたデコ助をひっぱり出すたびに一生後悔するかもしれない。次に金の入る当てはないし、こういうとこの女は渡り鳥みたいなもんで翌日には煙のように消えていることがざらだ。つまり、じゅちーむを抱くには今しかないってことだった。

カウンターにビールが音を立てて置かれた。ババアの目が、にやついていた。

「その子はショートで一万五千円だよ」

「おいおい、俺はトレイシー・ローズを買おうってわけじゃねえぜ」

「トレイシーより上だよ」

じゅちーむはビールを自分で注ぎ、俺にグラスを掲げた。

「ぱんかぁい」

唇が赤い。どうもルージュのせいじゃなくて、地の色らしい。たまげたスベタだ。

とびきりの慈善家が俺たちのやりとりを聞いて同情し、資金提供したくてうずうずしていないか確認したが、いるのは使い減《べ》りした工具のように鈍《なまく》らな雁首《がんくび》ばかりだった。

「弱ったな」

「どうしたのよ」

「あんたを抱きたいんだが、あいにく三千円しかない」

「あたしはいいけど十五分で一万五千円だから、大サービスしても三分しかないわよ」

俺はカウンターを振り向いた。

「バアさん、この子を買えば、ビールはサービスだな？」

「買うのかい？」ババアがにんまりし、上の入れ歯が飛び出し気味になった。

「三千円分な」

失笑——店の全員がくすりと笑った。

いや、間違い。じゅちーむとババアだけは笑わなかった。

「冴《さ》えない冗談だね。ショートは一万と五千円だよ」

「手持ちがないんだ。彼女はそれでもいいと云ってくれてる」

ババアは大仰に溜息《ためいき》をついて首を振った。

「三千円置いて出て行きな。負けといてやるからさ」

「何の話だ」

「ビール二本と席料だよ」

「俺は買うと云ってるんだ。三分ぶん」

「莫迦野郎。ガソリンじゃねえんだ。量り売りかよ、ウルトラマンが！　とっとと星に帰りな！」ババアは口調を変え、包丁を俎板《まないた》に叩《たた》きつけた。店内が静まりかえった。

「若い衆《し》、呼ぶよ」

コップに口を付けてビールを傾けながら、じゅちーむは大きな瞳《め》で俺を見ていた。

「あばよ」ポケットから札を取り出し、カウンターに放り、スツールを降りたところで声がした。

「出してやってもいいぜ」業務用冷蔵庫のように大きく、冷凍庫のように冷たい目をした男が壁際にいた。「一万五千。あんたにやるよ。その代わり……」男は指を二本突き立てた。「チョーパン二発」

「本気か？　二発我慢すりゃ、金を払うんだな」

男は財布から福澤諭吉と新渡戸稲造《にとべいなぞう》を取り出し、テーブルに置いた。

ババアはにやついていた。今度は下の入れ歯が飛び出し気味になっていた。

じゅちーむはカウンターの一点を見つめていた。俺は昔、云い合いをした後の女がそういう格好《ポーズ》でいたのを思い出していた。全身を耳にして気配を感じ取ろうとしているような格好だ。

「……やろう」俺は顔をひと撫《な》でして立ち上がった。掌は、女の——じゅちーむの匂いがした。柔らかで優しい匂い。

男も立ち上がる。

奴は俺よりも頭ひとつ分、大きかった。肩幅も俺の一・五倍。喧嘩《けんか》ならまず俺は逃げだす躯《からだ》つきだ。しかし、今はそうもいかない——これは仕事なんだと思うことにした。

「いいか」奴は俺の両耳を摑《つか》んだ。それだけでも、ひりつく痛みが耳の付け根に生まれ、俺は一瞬〈耳なし芳一〉を思い出した。

「おい。血塗《ちまみ》れになっても買えるんだよな」

返事の代わりにババアはそっぽ向いて煙草《たばこ》の煙を吹き出した。

「あたしが面倒見たげる」じゅちーむが向き直った。「喧嘩は慣れてるから」

「莫迦。これは喧嘩じゃねえ——殴られ屋みたいなもんだ」

「差し歯とか飛び散ったって、こっちは知らないからね」ババアが鶏みたいな甲高い声をあげる。「金歯が付いてるのにとか云ったって知らないから」

「云いやしねえよ、蝮《まむし》ババア」

「あんた日本人じゃねえな」男がぼそりと呟《つぶや》いた。こいつはまるっきり死体のような雰囲気だ。

「残念ながら、尻の穴から尿道まで日本人さ。拝んでみるかい？」

「二発だ。いいな」

首から上が丸ごとデカイ拳骨《げんこつ》のような男だった。俺は息を吸い、歯を喰《く》いしばった。小学校で受けた予防注射の百万倍、躯が竦《すく》んだ。何故《なぜ》か、すかしっ屁《ぺ》が細切れに漏れた。できれば直前まで目は開けておくことにした。

男は仰《の》け反《ぞ》ると反動をつけて顔を寄せた。〈おいおい、それじゃ。キスだぜ〉なんて思った途端、顔面に革靴の踵《かかと》がめり込んだような音がし、目が見えなくなった。焦げた臭いがし、折れた歯が舌に突き刺さり、激痛。

一瞬で膝が抜けてしまったが、男は軽々と耳だけで俺を支えていた。

「ぐぎぇ」

喘《あえ》ぎながら空気を吸うと痛みが一気に骨と肉を灼《や》きながら顔をどろどろにちぎっていった。俺は咳《せ》き込み、涙ぐみ、耳鳴りがして吐き気がこみ上げた。目の前は眼鏡《めがね》なしで海に潜ったみたいに世界が揺れ、滲《にじ》んでいた。再び、耳が激しく引っ張られ、女の〈待って！〉という金切り声とともに再び、汗臭い黒い塊が顔面に叩き込まれた。顔にツルハシを突き立てられるとこんな感じだろう。膨張した脳味噌《のうみそ》やら頭蓋骨の屑《くず》やらが顔の真ん中に殺到し、鼓膜が内側から破かれた。

遠くで笑い声と拍手が聞こえた。

耳鳴り……そして闇。

三

飛行場の脇で野宿をした時のような音がしていた……顔の中でハブとマングースが闘っているようで、もぞもぞ、ざわざわしている。真夏に野球のグローブを被《かぶ》ったような感じがして息苦しい、目をゆっくり開けてみると激痛が蘇《よみがえ》り、俺は呻《うめ》いた。

〈ハイ……ハイ……〉子供の声が耳元でする。〈ハイ……ドウゾ……ハイ……〉

顔の横に蝶々みたいなのがひらひらしている。それは俺の顔に近寄っては離れ、近づいては離れをくりかえす。

起き上がろうとしたが首が折れちまってるのか頭を持ち上げることができなかった。

地平線がへんてこになっていて、ベンチの向こうにブランコ、滑り台が見えた。口のなかに砂がたんまり入っていた。

「ハイ……ハイ……」

目の前に人影があって、それがひらひらを、させているというのがわかった。

「ドウゾ……ドウゾ……」

と、その途端、顔に冷たいものがかかり同時に痛みが薄まった。

「いいな。もっとやってくれ……」はっきり見えない相手に俺はそう呟いた。ぱっぱっと軽い足音がし、水がかかる。痛みは続いていたが、どうにか息ができるようになっていた。目を開け、片肘を突いて身を起こそうとしたが首が痛い。俺は一度、仰向けになると髪を摑んで頭を西瓜《すいか》のように自分で持ち上げながら半身を起こした。飛行機のエンジン音のような耳鳴りがする。

白地に水玉のワンピースの子供がいた。眉の上を切り揃《そろ》えたおかっぱ頭だった。彼女は象の如雨露《じょうろ》を持っていて、その鼻から水が溢《あふ》れていた。

「ありがとうよ」そう呟いたつもりだが、口からはごっそりと血の塊が飛び出し、泥のようなそれは俺の股ぐらへ重く、べたりと落下した。俺は咳き込み、少女の如雨露を貰《もら》うとその水でうがいをした。血は鼻血だと思う、鼻から出るのが間に合わず逆流して喉との間に溜《た》まって凝固しかけたのがいくつも粘ついていやらしく残っていた。血を全て吐き終わるまでにその子は如雨露の水を三回も汲《く》み直してきてくれた。五つぐらいなのに度胸と心根がいい。

俺は血溜まりに座っているのにうんざりし、ふらふらしながら這《は》っていって離れたベンチに腰を落ち着けた。心配そうな顔の少女が目の前に立っていた。ポケットに手を入れると八千円が突っ込まれていた。蝮のババアがビール代やら店の掃除代やらを、さっ引いた残りだろう。チョーパン男は銭を払ったのだ。好感をもったわけではないが、あんなことがなければ呑み友だちぐらいにはなっていたかもしれない。

顔が熱く、痛みが酷《ひど》い、目眩《めまい》もする。俺は頭を抱えて呻いた。

「ごめんなさい、あなた日本人？」

顔を上げると町内会の井戸端係のような厭ッたらしい顔の中年女が三人、腕組みをしていた。

〈尻《ケツ》の穴から尿道まで……〉と云いかけ、口の中を画鋲《がびょう》で掻《か》き回される痛みに押し黙った。

「もし日本人じゃないなら」金正日《キムジョンイル》ソックリの女が眼鏡を持ち上げ加減に覗き込む。

「もし、日本人じゃないなら……なんだ」

振り仰ぐと女どもはギョッとした表情になった。

相当、非道《ひど》い御面相になってるのだろう。

「日本人じゃないなら……ねえ」金正日は残るふたりに声をかけ、また俺に向き直る。

「困るわ。困るわよ」

「どういうことなんだか、わからねえな。俺は何もしてねえぜ」立ち上がろうとして、ふらつくと背中がそっと支えられた。

あの娘《こ》だった。小さな掌をふたつ並べて俺の腰のあたりを押していた。

「あんたらより、この子のほうがずっと日本人らしいぜ」

「あら、その子は違うわよ。日本人じゃないわ」

「なぜ、わかる」

「そりゃあ、わかるわよ。わたしたち日本人だもの。ねえ、オザワさん」金正日が痩せぎすの女に話しかける。そいつは俺を睨《にら》みつけたまま無言で頷《うなず》く。残るひとりは汚物の山を目《ま》の当たりにしたような顔だ。どういう男がこんな化け物どもを抱くのだろう。俺はちょっぴり、じゅちーむを思い出していた。

「イコオ……オジサン。イコオ……」娘が俺の手を引いた。

「そうだな。このあたりに日本人は俺とおまえさんしかいないみたいだし」

俺たちが歩き始めると網にかかった魚のようにべちゃべちゃと奴らが喚《わめ》き始めた。

「ありがとな」俺はコンビニでアイスを買ってやりながらおかっぱ頭を撫でた。「助かったよ」

カップアイスを穿《ほじく》りつつ娘は頷いた。俺は手を振り、その場を離れた。

俺は医者が先か、蝮ババアのところに戻りじゅちーむを抱くのが先かを考えた。角まで来た時、頭の鉢を無理矢理こじ開けられるような痛みに躯を丸めた。見ると娘がまだ店の前で突っ立ってこっちを向いていたが、視界が紫になったり緑に点滅していた。俺は深呼吸をし、無理矢理、背中をシャンとさせると娘に手を振り、角を曲がった。が、そこまでだった。歩けば歩くほど痛みは増し、脳味噌に錐《きり》を突っ込まれたように耐えられないものになった。俺は少し吐き、座り込むと再び意識を失った。次に目を覚ましたのは肩を叩かれたからだ。

「大丈夫ですか」

目の前に自転車のペダルがあり、中学生ぐらいの小僧が覗き込んでいた。幼い月がぼんやり空に浮かんでいた。

「なんでもない。行ってくれ」

自転車は一旦離れたが、また戻ってきた。「大丈夫ですか」

「大丈夫だ。向こう行け。でないとゲロをかけちまうぞ」

「いいですよ、ゲロぐらい。肩を貸しましょう」

少年は慣れた手つきで肩を俺の腋《わき》に潜り込ませると立ち上がらせてしまった。

「驚いたな」

「慣れてるんですよ」

中学生の陰から、あのおかっぱ娘が顔を覗かせていた。

「チハルです。この子が報《しら》せてくれて。この近くのネジ工場で雑用をさせて貰ってるんです。うちはそばです。休んで行きませんか」

「そう願いたいが、おふくろやおやじさんには、なんて説明するんだ」

「それなら大丈夫です。親は帰ってきませんから」

少年は照れたように笑った。

四

それからの俺は謂《い》わば上げ膳据え膳の日がな一日ぼーっとしているだけで飯にありつけるという極楽とんぼとなっていた。イイ歳《とし》しての恥知らずというのは、つくづく怖《おそ》ろしい。気づけばなんのかんのとテツオの家（正確には木造二階建てのボロアパート）に二週間近く根を生やしちまっていた。四畳半にネズミの台所、風呂なしのアパートは前をトラックが走るだけでガタピシ家鳴《やな》りする代物《しろもの》だったが、俺とテツオとチハルの三人にとってはヘブンだった。

ふたりは棄《す》てられた子供だった。親はいるが母親はチハルが生まれると家を出、父親も一年ほど前に出奔し、ふた月か三月《みつき》に一度、金を置きに戻ってくるのだという。

それだけではやっていけずテツオは年齢を誤魔化して働き、家計の足しにしていた。〈いつかはみんなで暮らそう〉という父親の言葉を真に受けているようにも思えたが、奴は子供の癖にどこか独特に頭の回るところがあって、もっと賢い部分で己《おの》が人生を諦念し、妹とふたり、手探りで生き抜こうと決めているように見えた。どちらにせよテツオは俺とは月とスッポンポンの〈玉のある男〉だった。奴は朝、暗いうちから出、俺とチハルは残りの時間を思い思いに過ごした。顔の傷は〈ある荒療治〉で、だいぶ快復していた。

転がり込んだ翌日、テツオはひとりのジジイを連れてきた。白髪で皺《しわ》が目立ったが、ジジイと云うには遥《はる》かに力強い目付きと体格のそいつをテツオは〈先生〉と呼んだ。そいつは俺の怪我《けが》に顔を顰《しか》め「喧嘩か、くだらん」と云い、腕を押さえるようテツオに命じると鉄のマドラーのようなものを潰れた右の鼻の穴に突っ込み、空いた手で俺の額《でこ》を押さえつけてから梃子《てこ》の要領で思いきりそいつを持ち上げた。ベニヤを折るような音がし、顔の真ん中に釘《くぎ》を打ち込まれたような痛みに俺は失神した。思えばそれはラッキーだった。ジジイは俺が気を失っている間に左の穴にも同じことをしでかしたのだ。後で、俺は気絶していたのに、その瞬間だけぶるぶる痙攣《けいれん》したと聞いた。

「鼻骨が折れ、顔面のなかに埋没していたのだ。穿《ほじ》り出さなければ、そのまま周囲の骨肉と癒着し、おまえの鼻は一生使い物にならん。また鼻血が噴き出すだろうが大したことはない。二、三日、大人しくしていればぐんぐん良くなる。本来なら俺はおまえのようなくだらん人間の治療などしてやりたくはなかった。おまえの鼻が腐ろうが、千切れようが誰の心も傷まん。だがこのテツオの頼みだというので来てやったのだ。おまえは怪我が治ったら出て行け。おまえはこいつらの親と同類だ。こんな年端《としは》もいかぬ者の善意にすがるなど、少しは心が痛まんのか」

怒鳴り返そうとしてやめた。なぜならジジイは俺を叱っているのではないような気がしたからだ。何かもっと大きな苦しみにうんざりし、それを心の底から怒り、憎んでいるのだ。それが証拠にジジイの目は、いつも寂しげだった。

「わかったよ」

ジジイは湿布と痛み止めを置いていった。金は受けとらなかった。

見送ろうと廊下に顔を出すと、ジジイは抱きついたチハルを本当の祖父《じい》さんのように抱き上げていた。そして突然、目を剝《む》いて舌を飛び出させると「べろべろばー」と戯《おど》けて見せ、俺とテツオが覗いているのに気づくとチハルを下ろし、おかっぱをひと撫でして、ふんと鼻を鳴らし、しかめっ面に戻って階段を下りていった。アパートの崩れかけたサッシの戸口をジジイがくぐると同じ作務衣《さむえ》姿の若いのが、ずっと後ろに従った。

不思議なことに、あのジジイは俺が日本人かどうか訊《たず》ねなかった。

「先生は、ああ云ったけれど、すっかり良くなるまで居ていいんですよ」テツオは笑った。

「ありがとよ。でも、ジジイの云うことも一理あるぜ。気に入らねえが悪いジジイじゃねえ」

「でも、おじさんが居てくれてチハルはとても嬉《うれ》しそうなんです。いつもは僕がいないから、ひとりぼっちで……」テツオは辛《つら》そうな顔をした。

「なら、もう少しだけ居よう。助けてくれた礼も考えなくちゃならねえし」

そう云うとテツオの顔がパッと明るくなった。

「そんなものは要《い》りません。ただ、僕のいない間、チハルと遊んでやってください。あれは可哀想な奴なんです。ウチの家も良かった時期があったんですけれど、それを少しも憶《おぼ》えちゃいないんです。まだちっちゃかったから……お願いします」

頭を下げたテツオは俺よりずっと大人に見えた。


チハルは俺を誘うと、よくコンビナートの見える港に出かけた。もともとこのアパート自体が工業地帯で働く工員を当て込んで建てられただけにタンクやら燃料ダクトのパイプやらがくねっている場所までチハルの足でも五分とかからなかった。コンビナート内の工場は全て高いフェンスで囲われていて、おいそれとは侵入できないようになっていた。が、チハルはフェンスが破れている場所を憶えていて、ひょいとくぐっては人気《ひとけ》のない敷地内を通って堤防へ行った。コンクリート堤防の向こうは運河になっていて対岸には巨大なコンテナを満載したタンカーが接岸していたりする。俺とチハルはピクニック気分でそんな場所に出かけては近くの飛行場を離着陸する飛行機の銀色の腹や精油所の煙突からナフサを燃やす時に噴き上がる火柱を寝転びながら眺めて過ごした。

それに、もうひとつチハルにはここへ来る理由があった。それは堤防の下に積み上げられたテトラポッドの隙間に潜り込んではフジツボやカメノテといった味噌汁の具になりそうな貝を拾い集めることだった。当たり前のことだがこのあたりの水は工業廃水が混じっていて普通の貝は死滅してしまうのだが、フジツボなどは元気に繁殖している。チハルはコーヒースプーンを使って器用に剝がすと小さなバケツに集めていく。俺はそんなものよりもっとマシなものを店屋で買ってやろうと云うのだが、彼女は「いい」と云ってやめようとはしなかった。女はこんなチビでも狩りが好きだ。大きくなると金を使って商品という獲物を漁《あさ》る。フジツボもカメノテも初めは油臭いような気がして、食が進まなかったが、三日もすると嚙《か》むたびに甘みと潮の香りがするので俺も好きになった。堤防に腰掛けて煙草を吹かす。チハルはテトラポッドのなかに入ったり、上を跳んだりして味噌汁の具を集め、たまに出てくる蟹《かに》や小魚を捕まえて遊ぶ。全ては長閑《のどか》で穏やかだった。

俺は顔に貼った湿布をはぐった。腫れが引き、直《じか》に触れても痛みがない程度には快復していた。ここだけの話だが最初に鏡を覗いた時にはかなり落ち込んだ。顔の真ん中が膨張して水死体か、できそこないの魚みたいになっていたからだ。

「うんち！」突然、チハルはそう叫ぶと俺にバケツを手渡し、駆け出した。俺はまだ半分がた残っている煙草をゆっくり吸い終えてから後を追うことにした。チハルがパイプラインの奥にある穴をくぐるのを見届けると俺は対岸に目を遣《や》った。最前からそこには石油タンカーが停泊していて、海岸に面して固まっている貯蔵タンクに太いホースで石油を移し替えていたのだ。甲板を小さな人間がちょこまかと動くたびに船の上の大きな道具が上がったり下がったりするのが面白かった。

「だいぶ具合がいいみたいじゃないか」泥が口を利いたような声がした。「これでも死んだんじゃないかと少しは心配してたんだぜ」警官風な格好のそいつが帽子を軽く持ち上げた。チョーパン男だった。「いまはネズ子と乳繰り合ってるのか。ババアから餓鬼まで女だったら何でも食べる健康優良児ってわけだな、ふふふ」

「あんた、お巡りだったのか」

「はずれ。警備員さ。しかし、ここら一帯の平和と安寧に日夜、奉仕しているには違いないな。ネズ子は今まで見逃していたが、あんたとつるんでるとなりゃ話は別だ」

奴が動くと腰に下げた特殊警棒やらトランシーバーやらがガチャガチャ音を立てた。相変わらず服を着た熊のような圧迫感があった。鼻梁《びりょう》に大きめの絆創膏《ばんそうこう》が貼ってある。

「あんたも誰かに頭突きでも喰らったみたいだな」

「これか？　ふふ、これはあんたが買おうとしていた女が引っ掻いたのさ」

「それは嬉しいニュースだな」

チョーパンは無表情のまま一歩前に出た。間合いが詰まったので俺は緊張した。手を伸ばしてきたら向こう臑《ずね》を蹴り込んで逃げるつもりだった。

「あんたをひっくり返してから俺が買ったんだ。あの日は競輪でしこたま儲《もう》けたんでな。俺が買って、吐くほど唾を飲ませてやった。抵抗したがババアにチップを渡せば、ああいう所の女は素直に云うことを聞く。後でどういう目に遭うかわかってるからな。奴らは躯を売ってるつもりだろうが、実は魂を売り飛ばしていることに気づかねえのさ」

「気の毒な話だ。犬の糞《くそ》を喰ったほうがマシだったろうに」

「いまはいねえよ」

「なに？」

「俺が買った翌日に消《ふ》けちまったんだ。北か西に行ったんだろう。だから、あんたは二度とあの女を抱くことはできねえよ」

俺はタンカーを見た。不意に、じゅちーむが、ああした大きな船で自分の好きな場所に行ってくれていたらいいと思った。

「気を付けろよ」

「なにをだ」

「あの餓鬼どもだ。ネズ子にネズ太。あいつらは頭がおかしいらしくって、あんたのようなどうしようもない人間を拾っては家族ごっこをしたがる。何を考えているかさっぱりわからん。きっと頭が変なんだろう」

「そうかい。俺はそうは思わないがね」

チョーパンが顔を近づけた、俺は一歩後ろにさがった。

「絶対に奴らは日本人じゃねえぞ、たぶんな。だから気を付けろ。日本人じゃないんだ」

「あんたはこのあたりが、持ち場なのか」

「ああ。ここの工場はいろいろ大っぴらにできないものを海に流してるんで、俺みたいな本気で戦える男が回される。あんただって殺すのに素手で一分もかからない、悪いがな」

「遠慮することはない。それは事実だろう」

「早くどこかに行くことだ。なんてったってあいつらは絶対に日本人じゃないからな、たぶん」

五

げっそりするチョーパンとの再会から三日ほどが過ぎた頃、テツオの仕事が休みになった。チハルは俺を堤防に誘ったが、あの日以来、一緒にいるところを見られるのは彼女にとって良くない気がして、俺は腹が痛いだの、眠たいだのと注文をつけて付き添ってやらなかった。それがチハルはいたく不服そうだったが、味噌汁の具を採りに行くのを止《や》めようとはせず、ひとりで出かけていた。

「行ってきます」

その日の昼過ぎ、テツオはチハルを連れて堤防に出かけて行った。

俺は昨日、買い込んだ一升瓶の栓を開けると茶碗《ちゃわん》で呑み始めた。

奴らとの生活もそろそろおしまいにする潮時だと感じていた。鼻は治ったし、懐も寂しくなっていた。また奴らの親父がひょっこり戻ってこないとも限らない。それに、なによりまずいのは俺はふたりといるのがつくづく楽しくなっていた。ずっと居たくなっていたんだな。そんなのは叶《かな》うはずのない望みであって、俺のような薄莫迦の脳味噌でも、どうかしているぞと告げていた。俺は自分のなかで日に日に大きくなる〈温かいなにか〉が怖ろしかった。

景気よく呷《あお》ってみても酒が不味《まず》い。このままでは楽しい酔い方ではなく、薄氷の上を歩くような酔い方になるのがわかっていた。途中までは素面《しらふ》なのに、いきなり足元が割れてドボーンってやつだ。しかし、酒を呷る手はなかなか止まらない。そのうちに俺は『出て行くぞ。明日は必ず出て行くぞ』と呪文のようにくりかえしていた。

茶碗を乱暴に置くと仰向けに倒れ、微睡《まどろ》んだ。そして再び起きると、また茶碗を摑み、酒を注ぎ、何度も呷った。勿論《もちろん》、『出て行くぞ』と呟きながらだ。

何度目かのうたた寝の途中、俺は襟首を引っ摑まれ、揺さぶられた。見るとテツオが俺を起こしにかかっていた。俺は泥酔すると、いつも耳と目が駄目になって相手が何を云っているかわからなくなるんだが、とにかく来てくれと云ってるみたいだった。チハルが俺を呼んでると……。ところが残念なことに俺は既に呂律《ろれつ》が回らないほどになっちまっていたんだな。

「わかったわかった。すぐに行くから。行くから」

俺はテツオが周囲で跳ねたり、地団駄を踏んだり、くるくる闇雲に回ってみせるのを、ぼんやり眺めていた。きっと勘の良いチハルは俺が出て行くのを悟って、最後の堤防遊びをしたがっているのだ。

「わかったわかった！　……な、勘弁しろ。俺は酔っ払っちまって、そんなにすぐには身動きできねえ」

俺はテツオが腕を強く引くのに逆らいながら笑って云った。やっぱり普段はシャンとしていても餓鬼なんだな。俺がいなくなると思うと、こいつも急に寂しくなったんだ。

「わかったわかった。すぐに行くぜ」

テツオは俺の顔をまじまじと見つめると諦めたように何ごとかを叫び、駆け出して行った。

「やれやれ。可愛《かわい》い野郎だ」俺は溜息をつくと、座り直して頭をボリボリ搔いてから、立ち上がり、水道の水を一杯飲んだ。食道に詰まった泥のようなものが胃に落ちていくのがわかった。「さて……遊びましょうかねえ」俺は外へ出ようとした。

すると、夕陽《ゆうひ》を背にして薄い影がふらりとドアの隙間から入り込んできた。

「よっぱらい」それはそう呟くと、くすりと笑ってみせた。

じゅちーむだった。

「また戻ってきたの。おとつい、あの厭ッたらしい男から、あんたがここに転がり込んでるって聞いたのよ」

俺は黙っていた。まだ目眩がするし、彼女を買えるほどの金はない。

「怒った？」

「まさか。たまにはあいつも役に立つことをするんだな」

「簡単じゃなかったわよ。ここ探し出すの、あちこち訊いて回ったんだから」

「金は払ってあったはずだがな」

「莫迦ね、キリトリじゃないわよ」じゅちーむは赤いパンプスを脱ぎ捨てると俺の前に立ち、首に腕を絡めてきた。黒地にライトブルーの花模様のあるワンピースを着ていた。やはり良い匂いがした。「やりにきたのよ」

「今日の手持ちは十秒分も、ないぜ」

「あたしがやりにきたの、ロハよ」

尚《なお》も喋ろうとすると、じゅちーむの顔が迫り、口が塞がれた。俺は奥に倒れ込む前にドアノブを押して鍵を掛けた。いくらなんでも奴らには刺激が強すぎる。

こんな奇妙な幸運は初めてだった。

だが、好事魔多しとはよく云ったものだ、千載一遇のチャンスだというのに俺の息子はボイコットを決め込み、濡れた雑巾のようにくたびれていた。

「人生に負けるっていうのはこういう時の言葉だな」俺は息子を、ノックアウトされたボクサーを揺り動かすように振ってみたが、反応はなかった。

「呑み過ぎたのよ。いいじゃない、くっついてるだけで」じゅちーむはそう云うと俺を仰向けにし、添い寝した。胸に置かれた彼女の手が気持ち良かった。俺はそれから何度かチューをし、いつのまにか眠っていた。

目を覚ますと、じゅちーむは消えていた。

部屋のなかは静まりかえっており、陽は暮れかかっていた。

テツオのことを思い出した俺は部屋を後にし、コンビナートへと向かった。フェンスの穴をくぐり、堤防を目指すと警備員がひとりぽつんと立っているのが見えた。顔を見るまでもなく、それがチョーパンだということはわかった。俺は胃のあたりが重くなった。

「よう」

振り返った奴に声をかけたが、無視された。

奴は俺から目を離すと足元のテトラポッドへ目を向けた。

「なあ、あいつら見なかったか」

「見た。あんたを迎えに行った時と、ひとりで戻ってきた時の二回。いや、正確にはその前にも見かけたから三回か」

俺はその口調に厭なものを感じた。

「で、それからどこに行ったのかな」

「どこにも行きゃしない」

俺はあたりを見回したが、どこにもふたりの姿はなかった。堤防の内側に赤いバケツがあった。なかにはフジツボが三個とカメノテがひとつ入っていた。チハルがこれを残していくはずがなかった。

「奴らはどこだ」

堤防の上に立っているチョーパンはテトラポッドを顎でしゃくった。

俺は堤防の上に身を乗り出した。

既に満潮で普段なら半分ほど身を覗かせているテトラポッドの大半が水に沈んでいた。へばりついた藻や苔《こけ》の類《たぐい》が緑色に揺れている。でたらめに積まれたようなそいつらの間にはいくつも隙間が空いていて、何かの拍子にまじまじと覗き込んだりすると訳のわからない怖さを感じたりもした。

白く柔らかいものがポッドから生えていた。そいつは水の中でゆらゆらしていた。みかんを載せられるのを待ってるみたいに丸く開いた指を見て、一気に背中の毛が逆立った。

「あ！」俺はチョーパンを仰いだ。

奴は、腕組みをしたまま躯を小刻みに揺らしている。

「もっとよく見てみろ」

俺はもう一度、ポッドの隙間を覗き込んだ。

細い腕があり、その側《そば》にサンダル履きの足があった。

「まず始めにネズ子がポッドの隙間に足を挟まれて出られなくなったんだ。ネズ太は暫《しばら》くはひとりで助け出そうとしていたんだが、ちっとも足が外れない。仕方なく警備員室に駆け込んできたのさ」

「それでどうしたんだ」

「話は聞いた。だがどうすることもできなかった。なにしろここは訳ありの廃水を垂れ流してるんでね。消防だの、救急車だのを簡単に呼ぶことはできねえんだ。それに奴らは不法侵入者だしな。俺はネズ太に協力はできないと告げた。すると奴は自分で警察に連絡をしたようだ。しかし、通報すると警察は逆にこちらの本社に連絡をしてくる仕組みになっていてな、たぶん本社で断ったんだろう。潮が満ちてくるまで、奴はここでネズ子の足を引っ張り抜こうとして爪が剝がれたのも気づかねえ様子でコンクリートと格闘してやがった。ここのポッドは一基、二トンある。持ち上がるはずがねえ。あいつは学が無いな。日本人じゃないからだな、絶対」

「あんたは助けなかったのか」

「俺の仕事は警備だ。警備以外の仕事をここでする気もなければ義務もない」

「じゃあ、あんたは足を挟まれた子供が溺れていくのを、ただ眺めていたのか」

「協力はした」

「何をしたっていうんだ」

「詰所にあった果物ナイフと金鋸《かねのこ》を渡してやった。ネズ太は意味がわかったようだ。ありがとうと云ってたよ。骨を切るには金鋸が一番だからな。あいつはそれを持ってここに戻ってきたんだが、ネズ子が怖がってな。それでどうしようもなくなって、あんたを呼びに行ったのさ。行かなかったか？　まだ、ずいぶんと明るいうちだったが」

テツオが狂ったように俺にまとわりついて、しゃんとさせようとしていたのを思い出した。

「ひとりで戻ってきた奴は金鋸とナイフを持ってポッドのなかに下りていった。もう時間がなかったんだ。満潮で既にネズ子の顎の下まで水が来ていたんだからな」

俺は、もっとよく見ようと一番上にあるポッドに下りた。

揺れる水の底でテツオはチハルを両腕で守るように抱え込んでいた。

ふたりとも目を閉じ、安心して眠っているようだった。

「ネズ太は妹の足を切れなかった。代わりに何か童話のようなものを大声で聞かせてやっていたな。そして一緒に水に飲まれてしまったんだ。自分は逃げられたものを。学が無いんだな。日本人じゃないからな、たぶん」

俺は溜息をつくとその場にへたり込んだ。

死ぬべきは俺のほうだった。

「悪いが、あんたちょっと底まで潜って金鋸を取ってきちゃくれないか？　あれは会社の備品で無くなると上がうるさい。月曜の朝にチェックがあるもんでね。生憎《あいにく》、俺は泳げないし、制服が濡れるのも困る。せっかくの親切を仇《あだ》で返されてしまって本当に困ってたんだ」

「ふたりはどうする」

「夜中に警察が引き取りにくることになってるから事故扱いか何かで内々《ないない》に処理するだろう。大丈夫だ。こいつらは絶対、日本人じゃないから、何も心配することはない。それより金鋸を取ってきてくれ。なんだったらあんたの気に入っていたあの淫売を奢ってやってもいい。あいつ、いま戻ってきてるんだ。割と具合がいいぜ、あの売女は。涎《よだれ》を飲ませろよ、喜ぶからさ。涎をさあ」

　俺は立ち上がるとチョーパンに向かい合った。

「なんだ、泣きそうな顔して」奴がヘラついた。「ダっせえぜ」

「靴が汚れてるぞ」

　チョーパンが自分の足元に視線を遣った瞬間、俺は全身を拳固にして奴の顔面を撃ち抜いた。ミシッと首に激痛が走ったが、大きな影が運河に向かって落ちるのがわかった。

　派手な水音がし、奴はふたりが沈んでいる側のポッドにしがみついた。

「俺は泳げねえんだぞ！」

　チョーパンの鼻が右に曲がり、鼻血が盛大に出ているのを見ても心は躍らなかった。

「おい！　ふざけるな！」

　ポッドの端になんとか足をかけ、上がろうとしているチョーパンに俺は向きなおった。

「あ！　よせ！　やめろ！」

　奴は悲鳴をあげたが、俺はかまうことなくちんぽを引き出すと小便をした。酒臭い黄色い水はあいつの全身を顔と云わず、躯と云わず濡らすのに充分だった。

「やめろ！　おまえそれでも日本人か！」

「莫迦野郎。俺もおまえも、もう人間ですらねえジャネエか」

俺はすっかり膀胱《ぼうこう》を空っぽにすると堤防から下りた。

チョーパンの死ぬ、溺れるという声が響いていたが、俺は黙ってフェンスから出て駅に向かった。じゅちーむのことが頭を過《よ》ぎったが、俺は町を出た。

今でも道ばたで小さな白い花が並んでいるのを見ると俺はテツオとチハルを思い出す。

また風呂桶《ふろおけ》のなかで、ふと自分の手を眺めるとき、なぜ俺のようなものが生かされているのかわからず、剃刀《かみそり》を摑みたくなって仕方ない。

サブとタミエ

0

——生まれてこの方、キスは飽きるほどしてきたけど、やっぱり知らない男に馬乗りになって、いきなり口を吸うってのは、どうなのかな？　と、タミエは男の無精髭《ぶしょうひげ》がチクチク唇に刺さるのを感じながら思った。

でも、仕方がない、もろもろ救うためなんだから……。

しかし、その救うなかに〈自分〉も含まれているとはタミエは思いもよらなかった。

1

「で、げすまん管理はどんな感じでやってんだよ」

「ゲスマン？　ゲスマンってナンスか？」

「げすまんっつったら、アレに決まってンだろう！　この野郎！　すっとぼけんなって」

「はあ」

蕎麦《そば》屋で云《い》うところの〈土管《ドカン》〉という湯がき用の大鍋を洗いながらシンが声をかける。

サブは鰹節《かつおぶし》を削りながら先輩のシンが次から次へと声をかけてくるのが鬱陶《うっとう》しく、かといってそれを口にすることもできず閉口しながら仕込みを続けていた。

シンはサブよりも三つ年上の二十八歳だったが、店長である〈センパイ〉によると完全な素人《しろうと》童貞であって、去年から付き合いだしたサブとタミエの仲が羨ましくて仕方がないのだとセンパイは云っていた。

「もう何回、げすまんこいたんだよ」

「憶《おぼ》えてないッす」

「莫迦《ばか》。惚《ほ》れてんだろ？　惚れてンなら、何日の何曜日の何時頃に何回目のげすまんこいて、相手がどんなゲスいイキかたをしたかってこと記録しておかなくっちゃ。おまえそれでほんとに高卒かよ」

「中退ッす。でも、そんなことしないんじゃないですか？　フツー」

「莫っ迦このぉ！　そんなの常識だよ。今時、小学生だってげすまんチェックやってるよ」

「え？　小学生っすか」

「そうよ。あのなんだ、パソコンのセクセルっていう奴《やつ》で、今のガキはちゃんと管理するのよ」

「ほへえ。セクセルっすか」

「セクセルよ。おまえは大体、わかってないってんだよ。女ってのは、げすまんさせたら自分のもんだと思ってんだろう？　ところが違うのよ」

「違うんすか」

「違う……全然、違う。おい、ちょっとそこの刷毛《はけ》取れ」

生蕎麦《きそば》〈めそじ〉はシンの伯父《おじ》が始めた店で北海道から直接仕入れた蕎麦の実を店で蕎麦粉にし、手打ちで喰《く》わせるのが自慢だった。店長のほか店員はサブとシン、それとパートのおばちゃんで切り盛りしていた。

今は昼時が終わり、暖簾《のれん》を下げ、賄《まかな》いを喰ってから夜の仕込みに入っていた。

「とにかく女は、げすまんしてからが勝負だよ。ゲステクでゲスメロにしておかないとすぐにゲス逃げされちゃうんだから。最近のバシタの、げすまんは特に逃げ足が速《はえ》えからなあ。もうげすまん、ゲスイキ、ゲス逃げよ」シンはそう云うと刷毛を摑《つか》んだ手を宙でひらひらさせた。

「なんか、マジで。そういうの感じるんすよねえ」

「なによ」

「最近、なんかちょっと」

「ほら、ヤバいんだろう？　丁度、ヤバい時期なんだよ。半年とかってのが。昔っからひと月げすまん、三月《みつき》げすまん、半年げすまん、一年げすまん、三年げすまんってな」

「なんすかそれ」

「ひと月もてば、三月もつ。三月もてば半年、半年もてば一年、一年もてば三年って男と女のげすまん区切りっていうか。そのあたりは気を付けろってげすまん諺《ことわざ》だよ」

「そうすか」

「おまえは、ちょっとかっこいいからって、そのあたりの危機意識が薄いんだよ。おまえ、潮とかちゃんと吹かせてるか？　タミちゃん、ちゃんと毎回吹くか？　げすまん潰してねえんだろ？」

「そんなこと知らないっすよ」

「あ……ダメだ。これはダメだ。全然なってない。オシマイだ。半年も付き合ってて潮も吹かないんじゃ、タミちゃんのげすまんが不幸だ」

「浅蜊《あさり》じゃないんですから。潮なんか吹くわけないじゃないですか」

「おまえねえ、女は惚れた男とした時には絶頂したらゲスく吹くんだよ。それが本当に身も心も惚れましたっていうげすまんからのお手紙なんだよ」

「先輩は吹かすんすか」

「当たり前だよ。俺なんか女がもうカラッカラになるまで吹かしまくりですよ。あっちのほうじゃサハラのシンって呼ばれてるからね。もうあたりがびちゃびちゃでげすまん汁地獄っていうぐらい」

「それ、おしっこじゃないんですか？」

「どっちでもいいんだよ、そんなこと。とにかく他では味わえない快感をいつもげすまんに放り込んでおかなくっちゃ、女はすぐよそに行っちまうってこと。俺はおまえのこと心配して云ってんだよ。こんな話、本当は俺、大っ嫌いなんだから。勘弁しろよな！」

「すんません」サブは頭を下げた。

2

サブがタミエに違和感を抱き始めたのはひと月ほど前のこと。いつものようにふたりでテレビを見ていたのだが、ふとリモコンを拾おうとして並んでいるタミエの手に触れた。その瞬間、ちょっと慌てた感じでタミエの手が避けたのにサブは動揺していた。勿《もち》論《ろん》、顔には出さなかったが、いつもなら気づいて微笑《ほほえ》んだり、チューしたりするのが普通だったのに、タミエはさっと避けた。その避け方がサブは気に入らなかったし、思えばそのあたりから、タミエの手応えが〈ふわふわ〉し始めていた。

その夜も、仕事を終えたサブはいつものようにコンビニでバイトをしているタミエを迎えに行き、自分のアパートに連れてきたのだが、会話があまり続かなかった。

ふたりともベラベラと話すタイプではなかったが、その分、スキンシップは多かった。並んでいればもたれ合っていたし、膝枕して貰《もら》ったり、マッサージをして貰ったりがサブは大好きだった。以前はタミエのほうからそうしたことを誘ってきたのだが、この頃はサブが云い出さなければしてくれない。しかも、気がつくとタミエはなにか考え込んでいる風なので、それも何か〈厭《いや》な感じ〉が広がる理由のひとつでもあった。

「今日、たぬきときつねと月見を一緒に頼んで食べるお客がいたよ」

「ふーん」

凝《こご》った気分を変えようとサブがネタを振ったが、反応薄く、タミエはテレビの画面を眺めながら上の空だった。

「三丁目のマンションあっただろ？　ちょっと前に一家心中の出た。あそこに出前があってさ、超ビビって行ったら、若い女が出てきてさ、びっくりしたよ。知ってて借りてるんだって。安いから借りたっていうんだけど、信じられないよなあ」

「ふーん」

「今日、店でシンさんが大きな声出すからどうしたんだろうと思ったら、爪楊枝《つまようじ》を使って戻すオヤジがいたんだよ。びっくりしたよ。まだ客もそんなにいなかったからそんなに気づかれやしなかったけれど、外に叩《たた》き出してさ。センパイ、店にあった爪楊枝全部捨てちゃって、新しくしたもんな」

「ふーん」

「今日、うちの店でげすまん潮吹き大会ってのをやったら和田アキ子が優勝したよ」

「へーえ」

サブは立ち上がるとテレビを消した。

「寝ようぜ」

「え？　ああ……うん。じゃあ、シャワー浴びる」

タミエも立ち上がった。


「いたいよ！」

不意に胸を突かれたサブは簡易ベッドから転げ落ち、ガラスのミニテーブルに思い切り臑《すね》をぶつけた。

「痛っ」

見るとタミエがタオルケットで胸を隠したまま躯《からだ》を起こしていた。

「なにしてんの、サブちゃん。こんな！　こんなことっ！」タミエはL字に曲げた中指と人差し指を前後に忙しく動かした。

「なにって……」

「あたいのマンコ破く気！」

「……潮だよ」

「しお？　塩ってなによ」

「だからその……快感の証《あかし》っていうか。きわまった！　ブッシューみたいな」

「なに云ってんの、莫迦みたい。莫迦！」

「莫迦って云うなよ」

サブは立ち上がると小便をし、流しで手を洗った。

「莫迦！」ワンルーム。窓際に置いたベッドからタミエが叫ぶ。

「莫迦って云うなよ」

振り返るとタミエは下着を着け始めていた。

「どうしたのよ」

サブの問いかけに答えず、彼女は手早く服を着終えるとテーブルの上にあったサブのチェリーの箱を摑んで一本取り出した。

「どうしたのよ」

付き合いだしてからは〈赤ちゃんのために躯をきれいにしておきたい〉と殊勝に煙草《たばこ》

を断っていたはずのタミエの行動にサブは面喰らった。

「煙草なんて……どうしたのよ」

火を点《つ》けた彼女はサブを一瞥《いちべつ》すると頬を凹《へこ》ませて煙を吸い込み、次いで俯《うつむ》くと口をぱかっと開けた。煙が上顎から目元へと顔全体を燻《いぶ》すように広がる。

かつてタミエは不良仲間から〈川崎のズベ〉と怖《おそ》れられていた。金髪アフロに踵丈《かかとたけ》のスカート、床屋の剃刀《かみそり》を常備し、底に鉄板を仕込んだズベ公バッグを誰彼かまわず啖呵《たんか》を切ってくる相手の顳顬《こめかみ》に叩き込んだ。眼鏡《めがね》に黒髪の今の姿からは想像もできない尖《とが》ったスケ番だった。

「サブちゃん」

「なに」

「サブちゃん、蕎麦屋の店員だよね。あたしはコンビニのバイト」

「なんだよ、今更」

「出目《デメ》はないわね。どうあがいたって所詮、あたしらの莫迦親が拵《こしら》えた世の中の枠から出られっこない」

「なんだよ急に。俺だっていろいろ先のこと考えてるよ。莫迦にスンな」

「夜中に女のオマンコ必死になって穿《ほじく》ってるようじゃ……どうだかねえ」

〈なんだと〉と云い終わらないうちにタミエは立ち上がり、バッグを持ち上げた。

「悪いけど。あたし、他の男を好きになりそう。まだなってないけど。な・り・そ・う
……覚悟しといてね」

「どういうことよ」

「陰で、こそつくのは厭だから先に云っておくね。好きになりそうな男ができた」

「ふざけんなよ。ちゃんと説明しろよ」サブが詰め寄るとタミエも逆に間《ま》を詰めてきた。

顔が目の前にある。

「ふざけてこんなこと云わないわよ」

タミエはサブの顔を摑むとおでこをぺろんと舐《な》め上げ、ぴしっと叩いた。

「させるだけなら、させるよ。躯はサブちゃんのほうがいいもの」

「なんだよ、それ」

玄関でサンダルを履いているタミエにサブが呟《つぶや》いた。

叩かれたデコに触れるとはらりと白いものが落ちた。

メモに住所とアパートの名前が書いてあった。

「暴力はだめよ。そんなことしたら本当に終わりだから」

タミエは出て行った。最後のほうは声が震えているように思えた。

3

〈あばた荘〉。木造、トタン張りのショボいアパートが〈男〉の住処《すみか》であり、それは意外にもタミエの働いているコンビニの目と鼻の先にあった。午前中、医者に行くと嘘《うそ》をついたサブは今にも崩れそうなその二階建てオンボロアパートの前に立っていた。

「206……」もう一度、メモで部屋番号を確認するとサブはギシギシ揺れる外階段を上った。部屋は二階の突き当たりにあった。表札らしきものはなく、人が住んでいるような気配すらない。一瞬、サブはタミエに担がれたのかと思い、ノブを回すと鍵はかかっていなかった。

「こんちわ！　こんちわ！」何度も声をかけたが返事はない。靴を脱いだサブは台所と奥を仕切るガラス戸を開けた。続きは一間しかなく、窓際にベッド。そこに男が寝ていた。頭から顔にかけて包帯を巻いた男は真っ直《ます》ぐにサブを睨《にら》んでいた。

「あ」男の視線に一瞬、怯《ひる》んだサブだったが持ち直し、頭を下げた。「声かけたけど……返事がなかったもんで」

「いいよ」男の低い声が響いた。「あんた、タミエの元カレだろ」

男の口からタミエの名前が出ると、サブは怒りがぶり返すのを感じた。

「元カレじゃないっす。俺、あんたを怒りに来ました」

男に近づこうと部屋に入ったサブの目に奇妙なものが映った。病院で使うような四角い機械がベッドの脇にあり、それが男に線で繋《つな》がれていた。他にも点滴の袋が足元に散らかっていた。

「殴り合いならするまでもない、あんたの勝ちだ。好きにしなよ。俺はこっから先とこっちがダメなんだ」男は薄笑いを浮かべながら腰から下と躯の左側を右手で払うように示した。

サブは詰めていた息をほおっと吐き出すと部屋のなかを見まわした。

小さな台所に八畳間、押し入れだけの狭い部屋。隅に雑誌が積み上げられているが、随分、古いものだとわかる。

「突っ立ってないで座れよ、椅子があるだろう」

男に促され、サブは端に置いてあった丸いパイプ椅子を引っ張り出して座る。あらためて見ると頭の包帯の隙間から白いものが覗《のぞ》いていた。

「あんた、こういう人間を見るのは初めてか？」

サブは答えず、男を睨み続けた。

「なんだ石ッころになっちまったな」

男が、ふふと笑った。

「なんだよこれ」サブは呟いた。「なんだろう……」

「なにが」

「俺はタミエに男ができたっつうから話をつけに来たんだ。それが……へへ、なんだこれ？」

「おかしいか」

「あいつ、なんだろう？　エイプリルフールか何かと間違ってるんじゃねえのかな。ま、取りあえずわかったんで、じゃ」サブは手で挨拶をすると椅子を片付けた。

「クズが。脳の代わりに糞《くそ》が入れてあるんだな」

戻りかけたサブの足が止まった。

「あんた、なに云ってンだよ」

「思った通りの腰抜け。おまけに間抜けときている。せいぜい尻《ケツ》の穴で稼いで生きるのが関の山のオカマの目糞野郎だ。タミエが一生を預けるような男じゃない。あんた、おふくろさんがマンコに野良犬の精子でも詰め込んでできたガキなんじゃないのか」

サブは振り返った。

「俺が殴らないと思ってるんだろ」

「おまえなんかこの指だけで充分だ」男は右手の中指を押っ立てた。「おっと、これはタミエに使うんだった。勿体《もったい》ない、勿体ない」

「あんた、我慢にも限度ってものがあるぞ」

「まだわかってないのか。あんた負けたんだよ。泣こうが喚《わめ》こうが、あんたはこういう男に女を盗《と》られたんだ」

「ふざけるな！」サブは手にしていたメモを男に投げつけ部屋のなかを熊のように行ったり来たりした。「あんたは卑怯《ひきょう》だ。正々堂々と闘おうとしない」

「愛想を尽かされた負け犬を相手にするつもりはない。とっとと帰ってママの膝で泣きな」

「うるさい！」

と、その時、隅に状差しが落ちているのを見つけサブはそこに納まっているハガキを一枚摘《つま》みあげた。

「ガモウリョウ……。これがあんたか」

男は答えなかった。

状差しには、もう一通封書があった。サブはそれを取りだすと男に向かってひらつかせた。

男は無表情のままである。

「これもガモウリョウ宛だ。あんたガモウっつうんだろ。差出人は……ガモウ……キョウコ」

「女房だ。別れた女房だ」

男の言葉にサブはきょとんとして顔を上げた。

「あんた結婚してるのか」

「別れた」男はサブから視線を外し、曇り硝子《ガラス》を見つめた。

「ふふふ……ふははは」サブは笑い出した。「ふははは！　あんた莫迦じゃないか。そんな形《なり》で、しかもバツイチなんてタミエとどうにかなれるわけないじゃないか」

「今の俺にはない」

「ふん」サブは封書の裏書きを見ると携帯で番号案内にかけ、電話番号を聞き出した。窓際に顔を向けてはいるものの男が全身を耳にしているのがわかった。

サブは案内係から聞き出した番号へとかけ直した。

一度目は誰も出なかった。二度目、留守録応答に切り替わったので切ろうと指を電源ボタンに当てたところで女の声がした。

「もしもし」

『はい』

サブはスピーカーフォンで男にも声が聞こえるようにし、携帯を突き出した。

その気配で男が向き直った。

「ガモウリョウさんのことなんですけど、実は……」

『関係ありませんから。どこでも好きなところで野垂れ死にするよう云ってください』

「ちょ！　ちょっと待てよ、おばさん！」

電話は切れていた。

「あんたらなんなんだ」

すると男がふふっと笑い始め、やがて莫迦笑いになったトタン、猛烈に咳《せ》き込み始めた。

「ぐえ、げぇ」躯をくの字に曲げながらベッドの上で悶絶《もんぜつ》するように痙攣《けいれん》すると、「ぐぶぅ」とひと声発し、動かなくなった。

「お、おい」サブはベッドに近寄った。

包帯の隙間から男が天井を見つめている。

「あんた……」サブが躯を揺するが反応は無かった。

ピーピー、ピーピー。傍らの機械が警告音を出し始めていた。

「お、俺知らねえ」怖ろしくなったサブは携帯をしまうと逃げだそうと玄関に向かった。

靴を突っかけ、ノブに手をかけた瞬間、勝手にドアが開いた。

レジ袋を片手に提げたタミエが立っていた。

「サブちゃん……」

「おまえ……」

と、次の瞬間、タミエは警告音を耳にするとサブを押しのけ部屋のなかに突進した。

「タミエ！」サブも後を追う。

男の様子を見たタミエはすぐさま馬乗りになると心臓を殴り、胸を押し込むようにするとマウスツーマウスを始め、何かを吐き出した。畳に散ったのは赤黒い血の塊にも似たものだった。タミエは二度吸っては吐き出し、心臓を押し、男の頬を張った。

「リョウさん！　死ンじゃダメ！」相手の名を呼びながら口を吸い、一心不乱に救命措置を続けるタミエの姿にサブは呆然《ぼうぜん》と立ち竦《すく》んだ。

「なにをしたのよ！」不意にタミエはサブを睨んだ。その目は怒りに燃えていた。「なにしたんだよ！」

「し、知らねえよ。知らねえ」

「莫迦！」タミエは再び、屈《かが》み込んで口を吸い、なかに詰まっていたものを吐き出す。

「ば、莫迦って云うなよ！　莫迦！　おまえら莫迦！」サブは逃げ出した。

4

「もう諦めな。そりゃ無理だよ」

「でも、俺、全然納得いかないっす。なんなんすか」

「拗《こじ》れちゃったんだよなあ。タミちゃんも色々と経験多そうだから」

「変なこと云わないでくださいよ」

サブは煮立った蕎麦つゆ用の返しの番をしながら葱《ねぎ》を刻み、鍋を洗うシンにぼやいていた。店は閉店していた。

「だってそうじゃないすか。俺はまともっすよ。何にも問題ないじゃないすか。手だって足だって……なのになんなんすか。こんなの全然、まともじゃないっすよ。俺、たまんないっすよ。マジでたまんないっすよ」

「ああいう子は燃えるときも早いけど、醒《さ》めるのも早いんだ。諦めろ」

「なんでですか？　理由がわからないっすよ。俺、ちゃんとやってたんすよ。ちゃんと浮気もしないで、あいつだけ見て、ちゃんと仕事して、ちゃんと休みには映画行って、セックスだってちゃんとできてたのに。俺、ちょっと納得いかねえっすよ」

「変態だったのかなあ」

「はあ？」

「いや、タミちゃん昔、色々あったろう。だからさあ、その頃の悪い男になんか仕込まれちゃってて。そういうのがブリ返しちゃったんじゃないの」

「そんなことないっすよ。あいつ、ああ見えても身持ちは堅かったンすから。だから俺と始まってからは悪い仲間ともすっぱり縁切ったし、髪や身なりだってガラッと変わったんすよ」

「案外、そういうのがストレスだったんじゃないの。タミちゃんは無理してたのかもしんないぞ」

「なんでそんな厭なことばっか云うんすか」

「厭なことって、俺は現実を提示しているだけじゃない」

「現実じゃないっすよ。なんで普通の男があんな身障の男に女盗られなくっちゃいけないんすか？　そんなのやってられないっすよ。俺、トラウマっすよ」

「でも、まだセックスはやらせてくれるって云ってンだろう。だったらいいじゃんか。セフレになれば。案外、別にいい女が現れるかもしんねえしさ」シンはそう云うとサブの肩をバンバンと強く叩いた。「なんだよ、そう考えるとなんか羨ましくなってきちゃったよ」

「なんすかそれ」

「別の女を捜しながら、ちゃんとオマンコのできる基地はもってるってことだろ。いいことじゃないの。はは、羨ましいなあ。あ〜羨まし」

「なんなんすか」サブは葱を刻む手を止めていた。

「あれ、泣いてンの？　嘘だろ？　葱だよな。葱のせいだよな。できそこないに女盗られたからじゃねえよな」

「なんなんだよ」

「いいじゃねえかよ。ヤリマンがわかってさ。おまえ、あれだよ結婚してからわかるより百倍もいいよ。どうすんだよ、ガキができて家に帰ったらタミちゃんができそこないを乗っけてたら、そっちのほうが取り返しがつかねえよ。得だよ得。いま別れたほうが得」

「うるせえ！　なんなんだよ、あんた。風俗女しか相手にしてねえから、そんな汚《きたね》ぇ考えなんだよ」

「なんだと！　この！　おまえのためを思って」

「ふざけんな！　この素人童貞！」

「なんだこの！」いきなりシンがサブの横っ面を引っぱたくと胸を突いた。

「うわっ！」飛ばされたサブの躯はコンロにかけてあった大鍋に当たり、グラグラに煮立った返しを腰から下にまともに浴びてしまった。

「痛《いて》ぇ！」火傷《やけど》を負ったサブは床の上を転げ回った。

5

伯父に大目玉を喰ったシンはサブを病院から部屋に送り届けると、暫《しばら》く布団の脇で黙りこくっていた。

既に病院で痛み止めの薬を飲まされていたサブは意識が朦朧《もうろう》としていた。夢うつつのなかでシンが「悪かったな」と頭を下げて出て行ったような気がしていた。

返しは右の太股《ふともも》を灼《や》いていた。焼いた鮭《さけ》のような色に膨れあがった皮膚を見て医者は火傷はどれだけ深く焼けたかよりも、広さが重要なんだと説明した。浅い火傷でも広範囲になると深刻なことになる、気を付けろ。街で大先生と呼ばれているその医者はそう呟き、処置の後、少し休んで行けとサブを診療台に横にしていった。

「その子はおまえよりも大人だ」シンから話を聞いたらしい医者はサブから離れる際、そんなことを呟いた。

薬効のおかげで痛みはかなり治まっていた。サブは誰もいない部屋のなかで時折、目を覚ましては天井を見つめながら声を立てずに泣いた。タミエなんかと付き合った時期は人生の長さに比べればほんの僅《わず》かでしかないのに、次々と浮かんでくるのはタミエとの楽しい想い出ばかりなのには正直、参っていた。

「畜生……。こんなことなら逢《あ》わなきゃよかったんだよ」

船室のようにゆっくり上下しているように感じる部屋の天井が涙で滲《にじ》んでいた。

「サブちゃん……」夢のなかでタミエが呼んでいた。いつもの優しい声だった。「サブちゃん」

　肩を揺すられ、サブは目を覚ました。

　珍しくスーツを着込んだタミエが真横に座っていた。

「タミエ……」

「シンさんから聞いたの。大変だったね」

「別に」サブは涙の痕を見られたのではないかと反対側を向いて目元を拭った。「足が滑ってつっころんだだけ」

「そう……」タミエはサブの向こうにある窓へと目を向けた。目元が潤んで光っていた。「あの人、無事よ。あの後、快復したの」

　サブは黙っていた。

「彼ね、前に自殺しようとして、あんな躯になっちゃったの。それが原因で家族にも見捨てられて莫迦だよね。ウチの店、近所のひとり暮らしのお年寄りや躯の不自由な人に配達もしてたの。それであの人のところへも配達しててね。ある日、行ったら今日みたいになってて。なんでも心臓に深刻な障害があるみたいでね。変なタイミングであんな風な発作が起きるらしいのね」

「見たくなかった、あんなの。なんだよ！　他の男とキスなんか一生懸命してさ」

「キスって。あれは人命救助だよ」

「同じだよっ。見たくないし」

タミエは、ほっと微笑んでサブの額に触れた。石鹼《せっけん》のいい香りがした。

「サブちゃん、あたしサブちゃんのこと好きよ」

「嘘云うなよ」

「嘘じゃないよ」

「じゃあ、なんであんな奴がいいんだよ。俺のどこがあいつよりもダメなんだよ。それは教えろよ。別れるのはしょうがないから。タミエがもう決めちゃったんなら、しょうがないから……くそぉ」サブは自分の声が湿ってくるのにたじろいだ。

「なんて云えばいいんだろ。サブちゃんを幸せにするのは大変じゃん。いろいろ努力して頑張ってやらなきゃ。そんなにできるのかなって急に思ったのもひとつ。理由はちゃんと別にあるけど。あの人を幸せにするのは簡単なの。でも、そんなに頑張って頑張り切れるかなと思ったのね。それは今は云わない。あの人は絶頂になるの。おさじでプリンを食べさせるだけでもあの人は絶頂になるの。あたしもそれでいいんだって思えるし。それが大事なのよ」

「もういいよ、そんな話！　今、聞かせるなよ」

サブが話を遮り、タミエは黙り込んだ。

通りを車が行く音が聞こえてきた。離れた部屋でテレビが笑っていた。

タミエは立ち上がるとサブにキスをしようと顔を近づけたが、サブは顔を背け、拒否した。タミエは玄関に行くと振り返った。

「サブちゃん、明日、あの人の故郷へ一緒に帰るわ。その挨拶に来たんだよ……」タミエはサブから返事がないのを悟り、「じゃあね」と呟くと出て行った。

布団を頭まで引っかぶるとサブは号泣した。

6

包帯ががさついたが、痛みは我慢できないほどではなくなっていた。サブは知り合いのレンタカー屋のオヤジに頼み込んで車を借り出すと朝の街を走った。

アパートはシーンと静まりかえっていた。ゆっくり階段を上り突き当たりの部屋まで行くとノブを回した。案の定、鍵はかかっていなかった。サブはベッドに寝ている人物に襲いかかると無理矢理、背負い、部屋を飛び出した。必死に抵抗する右手とは対照的に足がぶらぶらしていた。

「なにをするんだ！」助手席に放り込まれたガモウが怒声を浴びせる。

「あんたの夢を叶《かな》えてやろうと思ってさ」運転席に乗り込むと同時に車を発進させたサブがニヤリと笑う。

「夢？」

「あんた、死にたかったんだろう。で、中途半端に生き残っちまったから、そんな躯になっちまったんだ。だったらその夢を叶えてやるよ」

「莫迦な。おまえにそんな度胸のあるはずがない。口先だけで格好付けるな」

「そうかい。まあ見てなよ」

「その前に忘れ物を取りに行きたいんだが」

「これから死のうって奴に必要なものなんかあるのかよ」

「あるさ。あんたも死ぬ気になればわかる。まずは首都高に乗ってくれ」

「銭、誰が払うんだよ」

「部屋に財布がある。後で勝手に持って行け」

車は交差点のゼブラゾーンで黒煙をあげてドリフトすると高速ランプに鼻面を向けた。

「ここだ」首都高から東名に乗り換えた彼らは厚木《あつぎ》で高速を下りると南下し、山を切り開いたと思《おぼ》しき新興住宅地に入った。ガモウは同じような建物の並ぶ一角に車を停《と》めさせた。

「どうするんだよ。なにか取ってくるのか」

「いや、このままでいろ」

そろそろ登校時間なのだろう、黄色い帽子をかぶった小学校低学年の子供が二、三人固まっては同じ方向へと向かっていた。

「なあ、なんであんたタミエに粉かけたんだよ。他の女でも良かったんだろ」

「黙れ！」突然、ガモウが叫んだ。

「なんだよ……偉そうに」

ガモウが震えていた。右手を握り締め、前方の一点を凝視している。視線の先には黄色い帽子を被《かぶ》った男の子がランドセルを揺らしながら近づいてきた。妙なところに車が停まってると思ったのだろうか、少年は顔を上げると車内を見た。ガモウの喉が〈くぅ〉と音をたてた。少年はフロントの左側で立ち止まるとサブとガモウを覗き込むようにし、ガモウの包帯顔に驚いたかのように身を引いた。その瞬間、ガモウが右手を少年に見えるように挙げ、バイバイというように左右に振った。少年はそれにつられたかのように手を振り、先行している仲間の許《もと》へと駆け出していった。ガモウはその姿が角を曲がって見えなくなるまでサイドミラーで確認し、「海へ行ってくれ」と呟き、それっきり口を利かなくなった。

「ここでいいのか」サブは以前、タミエと来たことのある港の岸壁に車を停めた。「もっと高いところのほうがいいんじゃないか？　そのほうが確実だろ」

「あんたは俺が死ねば、また彼女とヨリを戻せると思ってるんだろうが、それは間違いだ。彼女は戻らないよ」

「そんなことやってみなけりゃわからないよ」

「ふふ、やっぱり甘いな。まあかまわんだろう。さあ、行こう。俺を出して端に置いてくれ」

サブは頷《うなず》くとガモウを助手席から抱き上げ、岸壁の端に置いた。

「一応、ありがとうというべきだろうな」

打ち上げられた魚のように俯《うつぶ》せになったガモウがサブを見上げた。

「あれ、あんたの子だったのか？」

ガモウは微笑むだけでなにも云わなかった。

「じゃ」

「じゃあな」ガモウはサブが車に乗り込むのを待って這《は》い出した。

サブは車の向きを変えると一旦停止し、バックミラーでガモウを見ていた。白い浴衣《ゆかた》のガモウが片腕で移動するのでアザラシのようにひょこひょこ上下していた。

と、不意にその姿がでんぐり返るようにして反対側へと消えた。サブは凍っていた。

一秒……二秒……胸の鼓動が鼓膜を破ってしまいそうに大きくなった。その瞬間、手がサイドブレーキを引くと彼は外に飛び出していた。岸壁から見るとガモウの白い浴衣が海の底に向かって沈もうとしていた。

「あああああああああああああああ！　ちくしょー！」

サブは髪の毛を掻《か》きむしると白いもやもやに向かってダイブした。

7

「そうだ。窓際のベッドのポストの頭を外すとなかに透明の袋がある。そのなかに入っているはずだ。そうだ。当選金の受け取り期限はまだ一ヶ月残っている……」

濡《ぬ》れたシャツを後部座席に並べパンツ一丁になったサブは、タミエと話をするガモウを睨んでいた。

「わかった。代わる。あんただ」

「俺、かなり怒ってる。わかってるよな」

『うん。わかる。でも、あたしの気持ちもわかるでしょ。出目《デメ》がないことには変わりがないわ。そうでしょ』

「でも、こんなやり方かよ……」

『タイミングだったのよ。全ては。この時期、あの人がああいう状況で宝くじをもっていた。あたしがそれを受け取れる場に出会《でくわ》した。そして、サブが思った以上に頼りなかった』

「それはそうだろうけれど」

タミエはとにかく帰っておいでよと、電話を切った。

「千二百二十円になります」

ガモウに文句を云おうとしたところへ岡持を提げた出前が車の窓を叩いた。

「インスタントじゃないラーメンは久しぶりだ。ちゃんと持っててくれ」ガモウがサブに丼を持つように云う。

「俺のが伸びちゃうじゃんか」

「おまえなんか、あとでいくらでも喰えばいい。俺はチャンスが少ないんだ」

「それにしてもなんて奴だ」

「まあ、そう怒るな。俺だって最初は信じられなかったんだ。病院でよく顔を合わす爺《じい》さんがモデル並みの女とラブラブなんだ。こっちは自殺にしくじった直後で萎えまくっているところだったから余計に恨めしくってな。そしたら、ある時、その爺さん、俺に一等前後賞三億円の当たりクジを寄越したんだよ。これはワイルドカードだってな」

「ワイルドカード？」

「何にでも使えるってことさ。爺さんはそのモデルに三ヶ月間、自分の恋人を演じ続けてくれたらそのクジをやるって約束してたんだ。爺さん、よく笑ってた。〈年寄りだの、障害者だのって卑下することはない。所詮は金のあるなししかこの世に差はないんだ。

健常健常と威張っていても、紙切れ三枚で誰でも米つきバッタになる〉ってな」

「それでタミエを狙ったんだ」

「人聞きの悪いことを云うな。彼女が最初に俺を救ってくれたのは本当の真心だし、俺は別に彼女がそこまでならなくても渡す気でいた。ただ最期を看取《みと》って欲しいとは思っていたから、あんたになって、そこだけは大誤算だったがな。あんた、あの子はよくよく大事にしたほうがいい。潮なんか吹かせようってオメコを穿《ほじく》るなんて下の下だぜ」

「わかったよ。うるせえな！」

8

その夜、サブの部屋でふたりは宝くじを見つめていた。

「ほら、ここに当選金の受取期日ってある。これは抽選日の翌日から一年なんだよ」

「じゃあ、明日にでも換えに行かなくちゃ」

サブが目を輝かせるとタミエは、ふーっと溜息《ためいき》をついた。

「サブちゃん、あんた、まだまだだわ。三億なんてはした金で、あたしたちの階級から抜け出せるわけがないじゃない」

「だって、あとひと月で期限が切れちまうんだぜ」

「まだ、ひと月あるわよ」

タミエは立ち上がるとアパートの窓を開けた。前には小汚い街が広がっていた。

「これはワイルドカード。誰が使ってもいいはず。だったらあとひと月、どこまでこれを利用できるか。今度はあたしたちが、あたしたちよりもっともっと強い奴らを利用してやろうよ」

タミエはそう云うと服をパッと脱いで裸になり、サブの服も忽《たちま》ちのうちに剝ぎ取った。

「今日はあたしがサブちゃんを吹かせてやる！」

兄弟船

い

重油の煤《すす》やわけのわからぬ脂《あぶら》がべっとりこびりついた釜は夕日のような炎を上げ、ボイラー室にいる市三《いちざ》たちを炙《あぶ》りたてていた。

「云《い》っても無駄だよ。象に算盤《そろばん》教えられねえだろう。それと一緒だよ、市」

ヨミジはボイラーの釜口に向けていた尻《ケツ》を直し〈熱《つ》ッ！〉と叫んで、忌々《いまいま》しげに手鼻を叩《たた》き込む。

「そんなヨレった菜っ葉ズボン穿《は》いてっから熱いんだよ」

「バカ！　こんな外道《げどう》仕事にイッ張羅《チヨウラ》ァが、着れっか」

指先を切り落とした軍手を擦《こす》り合わせ、ヨミジは耐熱戸を開けると傍《はた》に積んだ段ボール箱をひとつ、釜のなかへ放り込む。段ボールのような薄引きの蠟紙《ろうがみ》は熱には我慢が利くが、一旦燃え出すと速い。見る間にバーナーの火が周囲を包むと底から焦げ上がり火が移った。と、なかから戦闘機の鼻面のような針先が覗《のぞ》いた。

「おい……なんか妙なものが交じってるぜ。いいのか？」

「へへ。いいんだよ。バイトだよバイト。隣町のヤブ医者が産廃に出さなきゃいけねえ医療用のゴミをうちが安く引き取ってやってるんだよ。ああいうのは処分代が高《たけ》えし、ヤブは金持ちほどケチだし。近々、ヤブ野郎のゴミヤブ仲間も紹介してくれるっていうから案外、商売になるよ」

しかし、段ボール箱の中身が炎に炙られるとピンクやグリーン、ブルーというあんまり健康的でない炎があがり、喉や鼻を刺すような煙が戸の隙間から漂い始めた。

「おい、なんだか。ヤベエんじゃねえか。まともじゃねえぜ。この色」

市三は釜口のそばから逃げ出すと腕で鼻を隠し、軽く咽《む》せた。

ヨミジは勝手知ったる風で顎の下にだらんと下げていたタオルを口元に引き上げ、マスクにすると目を細めながら火掻《ひか》き棒で段ボール箱を中身ごと、釜の奥へ奥へと押し込んだ。

「おまえ、釜ぁ壊れちまうんじゃねえのか？　本来は薪《まき》以外はくべちゃいけねえって云うぜ」

「へん！　こんな釜のどこが大切なんだよ。今にもおっ潰れちまいそうな風呂屋の釜なんぞ、大事なわけあるけぇ」ヨミジは乱暴に火掻き棒を捏《こ》ねくり回すともうひとつ段ボール箱を投げ込み、更にもうひとつを手にした。

「市、去年のうちの売り上げはよ、本通りのコンビニの五分の一以下よ。風呂場洗って、桶《おけ》磨いて、脱衣場掃除して、飲料の補充とマッサージ機の確認して、銭勘定して、店周り掃除して、寝るのは明け方。昼前に起きてそのくり返し、お上にゃ浴場は準公共施設って頭があるから勝手に休んじゃいけねえし、定休日だって組合の取り決め次第。旅行も行けねえし、映画館だって行けやしねえ。客なんか来やしねえのによお。無駄に湯を沸かして待ってるなんざ。ほんと地球に優しくねえ商売さ」

「そりゃあ客が来てから沸かしちゃ間にあわねえからだろ」

「俺はこのオンボロが早くぶっ倒れねえかなと思ってるんだよ」

ヨミジは細めた目をボイラー室から天井へ抜ける煙突の一部に向けた。

既に何カ所もがベニヤやセメントで補修され尽くした満身創痍《そうい》の煙突だった。

「死んだ親父が市議会議員のマツオとダチ公だったんで、こんなスカポンのボイラーでも使用禁止処分にもならず使ってこられたんだ。本来ならば、お払い箱って代物《しろもの》だぜ」

「そういや、こいつは俺が幼稚園の頃から眺めてたからなあ」

「おまえどころじゃねえよ。うちのおふくろが餓鬼の頃に、逃げた猫がこのなかに飛び込んだって話だぜ」

「猫が？　どうやって？　鉄梯子《てつばしご》なんか使えねえだろう」

「それが梯子と壁の間に入ると、背中で梯子を支えにして煉瓦《れんが》へ器用に爪を引っ掛け、駆け上ったたって話だ」

「へえ」

「そんで天辺《てっぺん》まで行ったら下りてこられなくなって、結局は、穴んなかに落ちて……」

「落ちて……」

「営業中だったもんだからなかで燃えちまったたって話だ。確かその頃はまだ今みてえに重油じゃなくて薪で焚《た》いてたからな。下からぼんぼん直火《じかび》もあがってただろうし」

ヨミジが別の場所にあった段ボール箱を投げ込む。すると蓋が開き、ぬいぐるみのような生まれたばかりの仔猫《こねこ》や仔犬の死体が転がり出た。段ボールには〈スマイルペットZ〉と店名ロゴと一緒に間延びした犬猫のイラストが印刷してある。固く目を瞑《つぶ》っているそれらは、あっと云う間に毛が縮こまり、火が移ると少し動いた。

「まるで削り節みてえに踊りやがる……これが一番、金になるんだわ」

ヨミジの顔が炎で橙《だいだい》に照らされる。

黒焦げに近くなると仔猫たちは熱収縮によって一斉に口を開き、蟹《かに》の爪のぎざぎざのような小さい牙を剝《む》き出した。

「見ろ、俺たちを嗤《わら》ってるみてえだろ」

「嗤えるだろうな……あ、時間だ。行くわ」

携帯を眺めていた市三が立ち上がる。

「アニキは無駄だよ。諦めるこった」

燃える動物を睨《にら》んだままヨミジが声をあげる。

ボイラー室の鉄扉を開けると軋《きし》んだ音と共に鉄錆《てつさび》が襟元に降ってきた。

外は雨だった。

ろ

「この雨露多友加尾《ウロタトモカオ》ってほんとに利くでげすか？」

白髪を茶筅《ちゃせん》のように黒いゴムで縛った老婆が小腰を屈《かが》めたまま振り返る。柄付きの割烹着《かっぽうぎ》のようなもので躯《からだ》を覆っていた。

「ええ。躯に凝り固まった脂肪を通常の十分の一の速さで溶解させて体外に排出するんですよ」

「でも、こんな中瓶で千円もするなんて高いでげす。醬油《しょうゆ》でげしょう、これ」

「酢です。黒酢を元にした」

「ミツカン酢なら、大瓶で三本は買えるでげす」

〈じゃあ、ミツカン酢でも飲んでりゃいいだろ、豚ババア！〉

と、心の中で叫びながら市三は何度か意味なく頷《うなず》いた。

元布団屋だった店舗をなるべく手を加えずに利用しているので古い壁紙をはがしただけの剝き出しのコンクリートの壁に棚が四段ずつ作られ、安全・無添加を謳《うた》ったポスターや手書きポップの下に醬油、塩、油、酢、味噌《みそ》、茶、糠《ぬか》、石鹼《せっけん》、洗剤、などが寂しくならない程度に置かれ、米の袋が床に置いてある。大方はうっすらと埃《ほこり》をかぶり、遺跡並みに触られていないことを感じさせ、またそれらの品にはそれぞれ〈想い出〉〈ふるさと〉〈こみち〉という唱歌に出てくるようなものや〈大銀河〉〈大七夕〉〈大天之川〉という天文的なもの、〈トリモドス〉〈ヨミガエルン〉〈カガヤクン〉という叫びのようなもの、〈陣美田努瑠菜俺《チンビタドルナオレ》〉〈ン俺歩菜《オレボナ》〉〈夜出日智具野《ヨデヒチグノ》〉〈貴瀬雨染綱《キセウソメツナ》〉という過去の偉人にあやかったような名前が付けられていた。

「じゃあ、これでいいでげす」

「七十円です。袋入れますか？」

「当たり前。わっちはお客でげすよ」

市三は目を剝いた老婆がレジ台に置いた爪楊枝《つまようじ》のパックを取り上げると一番小さなレジ袋に詰めて渡した。

「ひゃあ高い。駄目でげす、この店」

ありがとうございました、と市三が声をかけるのへ老婆が捨て台詞《ぜりふ》を残して出て行く。

レジの裏には煙草《たばこ》の吸い殻や中身が入ったままのポテトチップスの袋、スープの残ったカップヌードルなどが散らかっていた。

「ふう」

市三が屈んでそれらを拾い上げようとした時、入口のドアの開くベルの音がし、黒い影がさっと揺れると馬鹿でかい男が勢いよく飛び込んできた。

「てめえ！　ぶっ殺してやる」

男はそう叫びながらシャドーボクシングのようにパンチを繰り出して、レジの裏に入ってくると、後《あと》じさりする市三にいきなりヘッドロックをかけた。

「やめろよ！」

「ちょっちゅねーって云え！　云えよ！　云わねえかよ！」

市三が必死に抵抗しても岩のような体躯《たいく》に掴《つか》まれ身動きができない。

「ふざけんな！　ふざけんなよ！」

「耳が聞こえねえのか？　ちょっちゅねーだ！　そんな言葉じゃねえ。云え！　云わねえとキンタマ丸出しにするぞ！」

男の手が市三のジーンズに触れた。

「わかった！　ちょっちゅね！　ちょっちゅね！」

「そんな云い方じゃねえよ。もっとグシケンみてぇに」

市三は男の云うとおりにかつてカンムリワシと呼ばれたボクサーの真似《まね》をした。悟空の輪のように頭を締めつけていた腕の力が鈍る。市三は腕を振り回しながら身を捻《ひね》ると男から離れた。火事場から逃げ出したように髪が逆立ち、うなじと首が締め上げられ擦られたおかげでヒリついていた。

「てめえ、ふざけんなよ！」

市三はレジ裏に散らかっていたポテトチップスの袋や煙草の吸い殻を男に向かい蹴りつけた。カップヌードルを蹴るのは無意識に避けていた。

「まあまあ、そう怒るな。落ち着けよ、いったいどうしたんだ？」

「ふざけんなっつってんだよ！」

「なんだ、また溜《た》まってンのか？」

男は自分の股間をグローブのような肉厚の手で押さえるとクイックイッと前後させた。

「おまえと一緒にするな！　くだらねえ」

「さあさあ、仲直りだ。アンズ棒、買ってきてやったぜ」

男はさも〈景気よく合わせろ〉と云いたげに掌《てのひら》を市三に向けたが、丸椅子に腰を落とした市三は恨めしそうに睨みつけ無視した。

「莫迦《ばか》じゃねえの？　そんなもの。いくつなんだよテメエ」

白の長袖と黒の半袖のＴシャツを重ね着し、先にビニールをはぐって、ぽりぽり駄菓子アイスを齧《かじ》っていた男の両腕は市三の股《もも》ほどの太さがあった。シャツはＸＬであるにも拘《かかわ》らず今にも裂けてしまいそうに膨らんでいた。男はアンズ棒を食べ終わるとビニールを床に捨て、肩まである長い髪を片手で払いのけ、公衆電話をかけるふりを始めた。

「おら？　え、まえすとろでる、こんせじぇろほせ？　うねまの、むぃでまる、うもらえすせの……しぃ！　しぃ！　べぇお！　なるほど……あ、はあはあ……」

話しながら男はうんざり顔の市三に向かって笑いかけたり、電話口を押さえたり、指差したりし、やがて電話を切るふりをして向き直った。

「市、精神科のホセ先生によると、おまえは重病だ。このままでは命に関わるらしい。童貞癌《がん》だとよ！　バキューーン」

市三は首を振って立ち上がり、カップヌードルをゴミ箱に放り込んで裏口を出た。そこは両脇をマンションに挟まれた猫の額ほどの空き地で、目の前にはドブ川。コンクリート製の堤から酔っぱらいや子供が落ちたりしないように金網のフェンスで囲ってある。振り返るとヨミジの銭湯の煙突が真《ま》っ直《す》ぐ目の前に聳《そび》えている。

雨はやんでいた。濡《ぬ》れた非常階段に腰を下ろすと市三はポケットから煙草を取り出し、火を点《つ》ける。

「なあ……こういうのは苦手なんだよ。どうすりゃ機嫌が直るのか云ってくれねえかな」

少し遅れてついてきていた男が呟《つぶや》く。

「なあ……市。市よぉ」

「死ねよ」市三は顔を上げた。「死んでくれ」

「なんだよぉ、たかが店番バックレたぐらいで……」

「反吐《へど》が出るんだよ。そのチャラついた能無し面を見てると。だから頼むから死んでくれ。土下座するから。今、その足で大通り行って、でっかい会社の貨物のタイヤ目がけてタックルしてくれ」

「大丈夫だよ。俺、ちゃんと危なくねえように金はレジから持って出たんだから」

男は迷彩パンツのポケットから二千七百二十二円を取り出すと、しげしげと眺めた。

「これじゃあな……おまえの気持ちもわかるぜ、市。三十も越えた男が一日レジに張り付きながら、これっぽっちの金じゃあな。そりゃ、八つ当たりもしたくなるってものだ」

と、その途端、市三は放り捨ててあった野球のバットを摑むと男の躯に叩き込んだ。

男が苦悶《くもん》の声をあげ、前屈みになると市三はその背中と頭も殴りつけた。

「死ね！　死ね！　帰ってくるな！　死ね！」

「うがあ」

男は腕を闇雲に振り回し、店内に駆け戻った。何かが床に落ちて割れる音がした。

「くそが……」

市三はバットに男の髪の毛が数本、絡まっているのを見、放り捨てた。

は

「バットでかい？　はぁ……あんたさぁ、仮にも自分のアニキなんだからさ。ちっとは手加減しなよぉ」即席麺の入った小鍋を手にサキが卓袱台《ちゃぶだい》に戻ってくる。「生卵いれる？」

「いれない。俺、いれたことないだろ？　いれるのアニキだろ？」

「あ、そうだね。気持ち悪いよね白身って、人の洟《はな》みたいだもんね。ずるずるしちゃって」

「そういうことじゃねえよ」

「かあちゃん、わかるよ……あんたの云いたいこと。わかるよ。でもさ、しょうがないじゃん。しかたないじゃん。可哀想《かわいそう》じゃん」

「ふん。ほんとにわかってんのかよ」

市三は畳にひっくり返り、築五十年、２ＬＤＫの公団住宅の天井を見つめた。もう何百回、こうして天井を見上げては溜息《ためいき》をついたかしれなかった。居間を取り巻く桟《さん》の上には様々な賞状がぎっしり貼り付けられ、棚にはトロフィーやカップ。それら記念品のうち入り切らぬ物は便所の置き台や玄関の靴箱の上、十畳と六畳間などにも猫避《よ》けのペットボトルのように置かれていた。

「早く食べな。伸びちゃうよ」

サキの声に躯を勢いよく起こした途端、壁に立てかけてあったトロフィーのひとつが倒れ、市三の頭に音を立ててぶつかった。

「あ……血」

痛っ、と、ぶつけた額《でこ》を押さえていた市三は掌に血がくっついたのを見るといきなり並んでいるトロフィーを壊しだした。

「ちょっと！　ちょっと、あんた何するんだよ！」

「いいんだよ」

「よくないよ！　お兄ちゃんの記念じゃないか！　お兄ちゃん怒るよ！　よくないよ！お兄ちゃんの気持ちを少しは考えなよ！　アンタ！」

止めようとするサキを突き飛ばし、市三は狂ったようにトロフィーを床に叩き付けて壊すと唸《うな》った——。「俺の気持ちはどうなんだよ」

「なに？」

「この家には餓鬼はアニキしかいねえのかよ」

「そんなこと云ったって、あんたはなんでもないじゃないか。ただの人だろ？　あたし同様、どこにでもいる普通の人間じゃないか。大してなにをするでもない、できるでもない。そうだろ。あの子は違うんだもん、しょうがないじゃん」

「うるせえ！」

市三はサキを突き飛ばし、飛び出した。

駅前パチンコ〈大銀河〉の釘《くぎ》は渋かった。

「くそ」

十五分ほどで六千円をスッてしまった市三は店を出るとあてどもなく夜道を歩き始めた。シャッターの下りた商店街を抜けると、いつのまにか店の前に立っていた。

木造平屋の今にも倒れてしまいそうなボロ家が九階建てと七階建てのマンションに挟まれ、そこだけ時代に取り残されたように蹲《うずくま》って見えた。かつて〈大木布団店〉と看板のあった場所に〈いのち噴き出す！　天然健康食品のおみせ――フキダス〉とペンキで殴り書きした厚手の原木の板がかかっていた。それは兄の市彦《いちひこ》が五年前に共同出資者と始めた健康食品のフランチャイズ店の成れの果てだった。母のサキは父のなけなしの遺産を注《つ》ぎ込んで店を開店し、兄は出資者と共に行方をくらましていた。それが半年前、不意に戻ってきたのであった。

「ふざけやがって」

市三は鍵を使ってシャッターを開けると店に入り、そのまま電気も点けずに裏口へと向かった。昼間、使ったバットを家に持って帰ろうと思ったのである。ボケてはいても兄の馬鹿力には敵《かな》わない、護身用に何か得物《えもの》がなければ安心して家で寝ることができなかった。

ドアノブに手をかけたとき、人の話し声が聞こえた。

月明かりのなか、ふたつの人影があった。

ひとつは小山のように大きく、屈んで足元をウロウロしている仔猫を見ている——市彦だった。もうひとつはその前に立っていた。長い髪、白いパンプスが目立った。

「ベリイ……大丈夫？」

市三に背中を向けている女の腕が伸び、市彦の頭に巻かれた包帯に触れ、それから背後に回ると身を預け、腕を絡ませた。

「喧嘩《けんか》はだめ……わかる？」女は耳に直接、唇をつけるようにして囁《ささや》いた。

「ああ」市彦が頷き返す。

「本当にだめだよ」

闇のなかで卵形の女の顔立ちがくっきりと浮かび上がっている。

「俺は行くぜ。腹が減った」

「うちに来ないの」

「かあちゃんが心配するからな。こいつは預かる」

市彦はシャベルのように仔猫を掬《すく》うとTシャツの襟元からなかに入れた。服のなかで仔猫が鳴く。

市三はドアを閉めると音のしないように注意してシャッターを閉め、ふたりが建物の脇から出てくるのを向かいにあるヨミジの風呂屋の陰で待った。

女は思い切り背伸びをして額のあたりにキスをし、はらりと手を振ると離れた。市彦はその姿を見送っていたが、やがて胸元の猫が鳴くと思い出したかのように反対側へと歩き出した。

市三は女の去った方向へと駆け出した。

に

「なあ、どう思う？」

市彦は包帯の隙間からボールペンを突っ込み頭皮をがりがり擦り始めた。見ると仔猫が襟元から顔を覗かせている。

市三はあくびを噛《か》み殺しながら話を上の空で聞いていた。

昨日と打って変わって冬の柔らかな日差しが店内に差し込んでいた。

「この間、ロイヤルズのジミーから直電があったんだよ。コーチのギルロイが今期で引退するから後を継いでくれないかって。年俸は二千。まあ最初は安いけれど貢献度によっては……」

「拭いたのかよ？」

「あ？」

「商品だよ。棚のを全部、磨いとけっつったろ？」

「あ？　ああ、わかった」市彦は丸椅子から立ち上がると乾いた布巾を手にして棚に向かった。

「一個、一個、心を込めて丁寧に拭くんだよ、クズ」

「おまえとおふくろにも色々と苦労をかけたけれど、これで挽回できる。それに俺だってまだ完全に現役の道が閉ざされたわけじゃねえんだ。今でもよ」

市彦は右腕を曲げ、山のような力こぶを作ってみせる。苦しいのか猫が〈にゃ〜〉と間延びした声をあげる。

「確かに躯は完全じゃないが、それだって現場にでれば試合勘みたいなものだって戻ってくるしよ。そうなりゃおまえ、アカプルコあたりに家建てて、おまえとおふくろに一生楽させてやれるよ。おまえ、ラテン系の女はいいぞ。情熱的で」

「ラベルはこっち向きに置くんだよ、莫迦」

その言葉に市彦は慌てたのか持っていたジャムの瓶をお手玉するように踊らせると床に落としてしまった。

「あ、ごめん」

割れた瓶の欠片《かけら》を拾おうとする兄の腰を市三は蹴飛ばした。

「糞虫《くそむし》野郎。おまえは何をやらせても無駄と邪魔ばかりしやがる。だから死んでくれればよかったんだ」

「俺だって……一生懸命……」

「噛わせるな。普通の人間みたいな口を利くなよ、下司《げす》野郎。おまえは家族の生き血を吸って、テメエだけいい目を見てきた寄生虫さ。今更、人間みたいな口を利くな」

「ひでえこと云うな。な、市」

伸ばしてきた手を市三は強く払った。

「触るな！　クズが移る！」

「どうして、そんなに嫌うんだ？　兄弟だろ、俺たち」

「教えてやるよ！　おまえは今、頭が狂ってるんだよ。自分でもわかってないんだろ？　おまえは適当に有名になったところで海外に飛び出して、そこで役立たずになって帰って来たんだよ。完全な粗大ゴミとして。あんたは毎日毎日、酒とドラッグと女と派手な頭突きでクルクルパーになっちまったんだ。嘘《うそ》だと思ったらそのジミーとかいうのにここで電話してみろよ。おまえの脳味噌のなかにしかいないってことがよくわかるぜ！　ほら」

市三は受話器を摑むと突き出した。市彦はそれを受け取るとボタンをプッシュし、切っては、また押し、切ってはまた押した。

「通じない……」

兄は呆然《ぼうぜん》とした顔で市三を見つめた。

「わかったろ？　おまえは気が狂ってる。もう誰もおまえなんか必要とはしていないんだ。おまえはもうゲームオーバーな人間なんだ。だから頼むから死んでくれ。生命保険に入って車に轢《ひ》かれてくれ。いま、おまえが命がけでやらなきゃいけないのはそれだ」

「なんてことを。そんなに嫌いなのか俺のこと。俺は少なくともおまえを好きだぜ」

「反吐が出るから二度とそんなことを云わないでくれ。俺は物心ついてから、おまえを好きだったことなんか一度もないぜ。早く死ねばいいのにとだけ思っていたんだ」

「おまえ……」兄の顔が充血した。と、苦悶の表情が、すとんと無表情になり、次に眠りから覚めたような気配がその顔を覆った。

市三が舌打ちをする。

「あれ？　おい、瓶落ちてるぞ！　しょうがねえなあ」

兄はいきなりしゃがみ込むと瓶の欠片を拾い始めた。それが何で落ちたのか全くわかっていないようだった。

「いいから出てけ」市三が邪険に押しやる。

「いいよ。俺がやるよ」

「出てけよ！」

その気迫に押され、兄は立ち上がり「そ、そうか」と、もごもご呟きながら外に向かった。

「市彦！」

「あ？」兄が振り返る。

「猫に注意しろ」

そう云われ、兄は自分の胸元の猫に気づき頷いた。

「大事な猫だ」

「わ、わかった」

兄の大きな影が入口を横切っていった。

市三は溜息をつくと落ちた瓶を掃除し始めた。

暫《しばら》くすると、ドアが開いた。

すらりとした女がいた——すっぴんだが、堅気でないことは一目瞭然だった。

「あの……躯の大きな人……いますか？」

「いませんよ」

「そうですか失礼しました」一礼し、出て行こうとした。

「あ……」

「はい？」

「少し待っていたら帰ってくるかもしれません」

「そうですか」

「近くに出かけてるだけだから」

女は左の手を右の腋《わき》に挟み、右手の人差し指を唇に当てながら棚の上の商品を眺めた。

「ふふ……面白い名前ね」

「変わった人が作ってるから……はは」

「煙草吸ってもいい？」


「そう。弟さんなの」

「ええ。アニキと違って平凡ですけど」

「あたし、あの人のことよくは知らないの。二週間前に会ったばかりだから」

椅子に腰を下ろした女は細いメンソールをゆっくり吹かしていた。

「アニキは小学校の頃から陸上の選手で、高校に行ってからアメフトで有名になったんです。大学も推薦で。うちはしがない布団屋だったんで親父もおふくろもそれこそ狂ったように大喜びして、もう家のなかはアニキ中心でした。大学在学中にアメリカのスカウトが来て、向こうでプレーするようになってずいぶん派手な生活をしていたんですけれど、途中でおかしな連中と付き合うようになって駄目になったんです。この店もアニキが親を騙《だま》して始めさせたようなもので、へへ。それにアニキ、実は頭がおかしくなってて。物を憶《おぼ》えたり、判断したりができなくなってるんですよ」

「ふ〜ん」

「だから俺も結構、わり喰《く》っちゃって……へへ。この歳《とし》まで恋人を作る暇もないんだよ」

「わかるわ」

女は煙草をもみ消した。

「え？」

「女があなたに惚《ほ》れない理由」

市三は女を見つめ返した。

「あなた、男じゃないもの」

「なんだよそれ」

女は立ち上がった。

「お尻を置かさせてくれてありがと」

「ちょっと待てよ。人を莫迦にして出て行くのかよ」

「あら。親切に忠告したのよ」

女はすたすたと入口へ向かう。

「……淫売から説教喰らういわれはねえよ」

女の足が止まった。が、背中は向けたままだった。

「知ってるぜ。あんた堀之内のソープ嬢じゃんか。〈ピーチ&オレンジ〉のナナミだろ。俺はまともにやってんだ！　おまえやアニキみたいな後ろ指さされるような人種とは違うんだ。ちゃんと親父とおふくろの面倒も見て、常識的に暮らしてきてんだ。莫迦にするな！」

「ふふ……へたれは死ぬまで囀《さえず》ってな」

女は外に出て行った。

ほ

「いい女だったぜぇ。背中に少し大きな黒子《ほくろ》があってよ、きっしっし」

ヨミジは思い出したのか嬉《うれ》しそうに顔をぺろりと撫《な》で、手にした焼酎を呷《あお》った。

「汚《きたね》ぇ女だ。よくおまえもそんなことができるよ」

「なに云ってんだよ。後をつけたおまえが教えたんじゃねえか」

「行けとは云ってねえよ」

「そこまでネタが入りゃ同じことよ。おまえもぐちゃぐちゃ云ってねえで、やってくりゃいいじゃねえか。客なら堂々とやれるし、四の五の云わせることもねえだろう。それになんか厄介な病気になった娘をひとりで育ててるっつってたな。だから銀行の窓口係じゃやってけねえから風呂に沈んだって。嘘か本当かはしらねえが、どっちにしろ功徳《くどく》だ。俺はまた行くぜ」

「勝手にしろ。俺はあんな汚ぇ女、大っ嫌いだ」

「頭が固《かて》ぇってのか……なんて云うのか」

「俺はまちがってねえんだ……俺はまちがってねえよ」

酒で顔を赤くした市三はボイラーの炎を睨みつけた。


「ただいま」

玄関で靴を脱ぎかけた市三は白いパンプスが脱いであるのに気づいた。

「おかえり」サキの声に、はしゃいだものが含まれていた。

居間に入ると卓袱台の上に煮立った鍋があり、兄の市彦の姿があった。

「お兄ちゃんがお客さんを連れてきたんだよ。あんたも食べな」

「かあちゃん……」

「おお！　市、座れよ。みんなで食べよう」

するとトイレの水を流す音がし、足音が近づいた。

「あ。丁度、良かった。弟なんですよ。こちら黛《まゆずみ》さん」

サキの声にナナミが、やや強張《こわば》った顔で頭を下げた。

「どうも」

「あれ？　知ってるの」

「この前、店にアニキを訪ねてきたから」

「あっそう。じゃあ、緊張もしないね。食べよ、食べよ。なんだか、女の子がいるとパッと明るくなるよね」

「あたし、もうそろそろ」

「なによ。来たばっかりじゃない。下で喋《しゃべ》ってたの見つけたからさ。無理矢理あがって貰《もら》ったんだよ」

「市、この人、俺のこと何も知らなくて惚れてくれてるみたいなんだ」

「市彦さん、優しいから……」

「この子は昔は結構、有名なアメフトの選手だったんですよ。もう引退しちゃったけど……」

「なに云ってるんだよ。まだやれるよ。さっきもスカウトの話があったって云っただろ。もし決まったら、こんなとこ出て、ちゃんとした家に住まわせてやるよ。その時は市三も一緒だ。あのボロ店も畳んで、ちゃんとした商売をすればいいよ」

「ほんと、そうなるといいねえ。アニキはこういう風に外向的なんだけど、弟のほうはほんとに引っ込み思案でねえ。頼りなくって。根はいい子なんですけどね。未《いま》だに彼女のひとりもできないの。黛さん、誰かいい人いたら紹介してやってくださいよ」

「あたしなんかの紹介じゃ、とてもとても」

「そんなことないわ。もうこうやって知り合ったんですから、よろしくお願いしますよ。こら、市。あんたも黙りこくってないで、ちゃんとお願いしなさいよ！」

「知り合った？　なにを知り合ったんだよ」市三が母親と兄を睨《ね》め回し、それからナナミを睨みつけた。

「頭が狂ってるってことか？　それとも家族を犠牲にしていい気になってたってことをか？」

「なにを云ってるんだよ、莫迦だね、この子は！　冗談にもほどがあるよ」

「冗談ってのは、これのことだよ。おふくろ」

「あたし、やっぱり」

ナナミは腰を浮かした。

「おい、なにをするんだ。市」

市三はナナミの前に立ちはだかると財布から三万円を取り出した。

「アニキ、この女は淫売だ。堀之内でソープやってる」市三はナナミの胸を摑んだ。

「揉《も》むだけで三万やる。こんな気前のいい客はなかったろう」

サキも市彦も言葉を失い固まっていた。

「そうね。居なかったわ」

ナナミは三万を市三の手から引き抜くと目の前で引き裂いた。

「でもね、あたしは人間しか相手にしないの。あんたは人間じゃないわ」

「なんだと！」

その瞬間、市三の頰が大きく鳴った。

「おかあさん、ごめんなさい。ベリイ、寂しいね……さよなら」

ナナミは身を翻《ひるがえ》すように玄関から出ていった。

市彦が無言で後を追った。

「あんたなんて莫迦なことを！」

サキが叫んだ。

「ふざけんな！　なんであんな奴《やつ》が俺よりも大切にされるんだよ？　なんであんな奴のほうがもてるんだよ！　俺だって頑張ってるんだよ！」

「当たり前だろ。あんたはなんでもないんだ」

「どうして俺ばっかり犠牲になんなくちゃいけないんだ。俺だってあいつみたいになりてえよ」

「いいじゃないか！　そういう風にできてるんだから諦めなよ。あんたがお兄ちゃんみたいになれるわけないじゃないか！　あんたは地味になんでもなく生きていくようにできてるんだよ。いいじゃないか家族の犠牲になったって。ひとりぐらいそんな人間がいてもいいよ！　自分の好きなように生きられる人なんかいやしないよ。あんたは踏み付けられたままでいいじゃないか！」

「やだよ！」

その時、市三の携帯が鳴った。

ヨミジが悲鳴をあげていた。

へ

「あれどうにかしろよ！」

銭湯の前で待っていたヨミジが市三の腕を引っ掴むと裏庭に引き入れた。

近づくと既に、どすんどすんと大きな音がしていた。

「突然、飛び込んできたと思ったらあれだよ。どうでもいいけど、怪我《けが》されたら困るよ」

見るとボイラー室の屋根に上った市彦が煙突へ猛烈なタックルをかましていた。

「おい！　なにやってんだよ！」

市三の声に振り向きもしなかった。

「なんでも猫が煙突に上ったとか云ってよぉ」

「市彦！　好《い》い加減にしろ！」

男湯の窓が開き、何人かが見物をしていた。

「倒れたりはしねんだろう？」

「まさか」

「とにかく止めてくる」

市三はボイラー室の屋根に上ると市彦の背後から近づいた。

「ちくしょう！　ちくしょう！」

市彦は、どしーんと煙突の壁に激突しては、戻り、また突進するをくり返していた。

なんだか周囲には粉埃《こなぼこり》のようなものが立ち込めていて市三は咳《せ》き込んだ。

見上げると市彦が躯を叩きつけるたびに煙突が揺れているような気がした。

「市彦！　莫迦なことはよせ！　なにやってるんだ！」

「猫が上っちまった！　あれがいないと彼女は帰ってこない！　俺もまともにはなれねえんだ」

「なに云ってるんだ？　関係ねえだろ」

市三は市彦の背中を思い切り殴りつけた。

すると市彦が振り向いた。まともな顔をしていた。

「関係ねえのは、おまえだ。もう自分の不幸を人の責任にするな！」

そう云うとドンと胸を突き、市三は屋根からまともに地面に叩きつけられ、頭を打ちつけた。

次の瞬間、大勢の悲鳴がどかん！　と、あがった。

市三の視界が暗くなると同時に煙突がスローモーションで倒れていくのが見えた。

煙突は根元を三分の一ほど残して倒れた。

運良く怪我人もなかったのは倒れた方角が奇跡的に良かったのと、旧式の煉瓦積みにセメントを張っただけの構造だったので空中で分解したためだった。

倒壊の先にあった二棟のマンションが掠《かす》りもせず損壊を免れたのは奇跡としか云いよ

うがなく、ただしそのマンションに挟まれた天然食品の店〈フキダス〉だけが直撃によりほぼ全壊した。

警察は市彦を住居侵入並びに建造物等損壊の現行犯として逮捕したが、後に病気を理由に不起訴とした。

兄弟の店は修復されることなく更地となり時間貸しの駐車場として生まれ変わった。

ヨミジの銭湯は保険で等価交換のマンションに変わった。

市三は兄の不起訴が確定した日、「自分探しをしてくる」とサキに云い残し、姿を消した。

市彦は通院を続けながら母親とふたりで公団住宅に暮らしている。

天気の良い、穏やかな日には公団住宅内の小さな児童公園で膝の上に猫を乗せた大きな男が日向《ひなた》ぼっこをしている姿が見受けられ、更に運が良ければ、その隣に白いパンプスの細身の女が寄り添っているのが見られる。

猫はすっかり大きくなっている。

悪口漫才

一

日野原カホルが人を撥《は》ねたのはそれが二回目だった。自転車がライトの光の輪の中に横から飛び込んで来るとブレーキを踏む間もなくフロント部が直撃し、人の躯《からだ》がどこかに消えた。

「マジかよ！」

車から出たカホルは道に倒れている人影に駆け寄った。

——子供だった。小学校一、二年生に見えた。俯《うつぶ》せた躯を僅《わず》かに捻《ひね》ったままその少年は倒れていた。

「大丈夫かっ!!」

カホルは少年の躯に触れた。が、目を閉じたまま何の反応もなかった。

そこはバイパスの側道であるため、車の通りは少なく、頭上にオレンジ色の光を放つ街灯が並んでいるのが見えた。

カホルは携帯を取り出した——と、そこで自分が以前、人を撥ねた時、同じことをしたなと気づいた。あの時はフロントガラスに人の頭が当たって蜘蛛《くも》の巣状に罅《ひび》が入り、警察に連絡する間、ずっと車のなかからふたりの子供の泣く声がしていた。

今は静寂そのものだ……。

カホルは携帯を閉じるともう一度、周囲を見まわした。他に人影らしきものは見当たらない。

「俺が直接、運べばいいんじゃないか……」

彼はそう呟《つぶや》くと少年の躯を後部座席に乗せ、自転車は雑草の生い茂る空き地に押し込んだ。

「今、病院に運んでやるからな！　名前は？」

カホルはエンジンを掛けながら叫んだ。が、返事はない。

「とにかく頑張れ！　頑張ってくれよな！」

そう呟くと、カホルは車を発進させた。

二

カホルは市内にある建て売り専門の不動産屋に嘱託として雇われていた。勿論《もちろん》、正社員が良かったのだが前科のある四十男を何もなかったかのように採用してくれるところはなかった。

　事故を起こしたのは十年前、家族でプール付きの遊園地に行った帰り道のことだった。後部座席にいた子供がふざけて「誰だぁ？」とカホルの目を後ろから塞いだのだった。ほんの一瞬の出来事であったが、妻の「きゃー」という叫び声と一緒に指の隙間から何か灰色の物が飛び込んで消えるのが見え、車が、ががっと変な音を立てて揺れた。

　慌てて飛び出すと何もかも諦めたように躯を投げ出している老人の姿があった。両手を広げ、片膝が立っていた。

「大丈夫ですか！」

　躯を揺すると返事の代わりに口と耳から、ごぶっとインクのように粘度の高い〈赤〉が噴きこぼれた。

　車は老人の胸と腹の上を通過していた。

　翌日の午後、老人は死亡し、カホルは刑務所に送られた。

　カホルは自動車運転過失致死傷罪として交通刑務所に懲役五年を云《い》い渡されて服役し、四年で出所した。職場は懲戒免職。事故当日は休日だったので会社の保険は一切利用できず、自分の任意保険のみで対応したが、頼みの保険屋は遺族側の云いなりにしかならなかった。住宅購入の頭金を全額賠償に使わざるを得ず、賃貸マンションを服役中に引き払った家族は低所得者向けの公団住宅に移った。それでも遺族の怒りは簡単におさまるものではなかった。故人の息子には水をかけられ、妻には平手打ちを喰《く》った。

あの一瞬の〈誰だぁ?〉で、カホルは全てを失ってしまった。しかし、カホルは警察の事情聴取でも一切、そのことを明かさなかった。事故はあくまでも自分のわき見運転が原因であると主張し続け、現場検証の担当警官から「こんなに見通しの良いところで何故《なぜ》、横断歩道を青で渡っている被害者に気づかなかったのか」と呆《あき》れられたりもした。

刑期を終えて家に戻ると、これが自分の家族だったろうか?　家庭であったろうか?と愕然《がくぜん》とするほど彼らはみすぼらしく、動物じみていた。かつての自分が理想としていた家庭はそこにはなく、あるのはただ人生を諦め、ただ流されて生きていくだけで精一杯という妻と、英知も才能も欠片《かけら》も感じさせない、どこまでも平均以下で何の取り柄もない交尾の結果が二匹いるだけ。

カホルは帰宅して初めてそれらを見た時、突然、猛烈な吐き気に襲われ、便所に駆け込んで何度も戻した。

顔を洗い、鏡に映る己《おの》が青ざめた暗い顔を見た時、初めて本当に、どこまでも本当に俺は全てを失ったんだとカホルは確信した、家族は靴の裏に貼り付いたチューインガムになった。

三

「しっかりしてくれよ！」

病院に向かいながら、カホルは少年に声をかけ続けた。

が、少年からは何の反応もない。

「おい！　頑張れ！　お父さんとお母さんに会いたくないのか！　おい！」

カホルは自分の声が上ずっているのを感じていた。片手を伸ばして少年の躯を揺すった。しかし、少年はただただ車の振動に身を任せているだけで呻《うめ》き声ひとつあげない。

「なあ……なあ！　よう！」

カホルは車を停《と》め、少年を見た。

街灯を三つほど数えた先にファミレスの看板が見えていた。

歩道を自転車が忙《せわ》しげに歩行者を縫いながら走っていった。

カホルは少年の顔を見つめた。

少年は片眼《かため》を閉じ、片眼を半開きにしていた。まるで動いている最中に撮られた写真のような顔だ。

「そっか。もういいのか……会いたくないいか。めんどくさいもんな。めんどくせえよ、生きるのは」

カホルは車から降りるとガードレールに尻をくっつけながら煙草《たばこ》に火を点《つ》けた。風邪の時以外、咽《む》せたことなどないのに、今はやたらと咳《せき》が出た。

街灯の光が反射して車のなかの様子は見えづらくなっていた。一服している間も脇をタクシーが、ダンプが、乗用車が、営業車が、軽が、走り抜けていく。軽なんか乗りたくねえなと常々、思っていたカホルだったが、今はそれでもいいから乗って、なかの運転手と代わりたかった。

「なんだか、俺の人生ここらで詰みかなあ」

煙を吐きながらひとりごつ。

ポケットのなかには携帯がある。警察にかける前、自宅へ電話することにした。逮捕されればこのまま警察まで直行だろう。自宅に戻れる確率はゼロ。

『はい』数回の呼び出しの後、ケイコの声がした。

「おれ」

『はい』

「今日、飯なに？」

『カレーです。お母さんから古くなった松阪牛を戴《いただ》いたんですけど、古いから。そのままだと怖いから煮込んだの』

「駄目なのか？」

『いえ。全然、臭いとかはしないんだけど。なんだか気味が悪いから……』

「全部、使ったのか？」

『ステーキ用だから、まだ一枚残ってますけど』

「あ、それ、俺喰う」

『早いんですか』

「とにかく喰う」

カホルは携帯を切ると車に戻った。

少年は最前のままポーズを変えていなかった。カホルは瞼《まぶた》を閉じさせた。出血も怪我《けが》もないので、遊び疲れて寝ているようにしか見えなかった。

「きれいな死骸なのにな」

カホルは車を発車させた。今度はラジオを点けた。家に帰る前にドーナッツを買わなくちゃいけないなと思っていた。刑務所《なか》じゃ、甘い物が滅多に食べられない。

「小便に蟻《あり》がたかるほど喰ってやる」

赤信号で停車した時、隣の車の助手席の男がやけに自分を見ているような気がし、「もう少しで着くからな」と少年に声をかけるような芝居をした。

その時、このまま死体を乗せてドーナッツと夕食というわけにもいかないな、と思いついた。カホルは自分が担当している建て売り物件に向かった。

四

三年後に私鉄の新駅が出来る計画で土地開発の始まった地域にカホルの担当物件はあった。一戸あたり四千万円前後が適正売り出し価格だったのだが、カホルの会社ではそうした地域開発のなか、地割りや分筆で出てしまった極めて狭い土地や歪《ゆが》んだ土地、斜面や隣家に囲まれてしまったような土地をデベロッパーから格安で買い、それを単独で販売していた。二千万、一千万円台の家も売ったことがある。いずれも社長が〈貧乏人のケーキ〉と呼ぶ、鉛筆を地面に刺したような物件やピザの喰い残しのような〈何角形〉とも呼べない暮らしづらい建物ばかりだった。

カホルの車は建築が始まったばかりの区画の奥へ奥へと進み、やがて一軒の細い建物の前で止まった。周囲にはまだ街灯も少なく、車を停めたあたりは闇に包まれていた。

家の鍵を開けると車に戻り、あたりに人のいないのを確認してからドアを開けた。

「ちょっとの間、待っててくれよな」

カホルは少年の躯を担ぎ上げた。その途端、妙な具合に首が傾き、頭が落ちたんじゃないかと思うほど首が伸びた。

「こりゃあ即死だよ。痛くはないね。即死だもんなあ。運が悪いよなあ」

玄関で靴を脱ぐとドアを閉めてから照明を点けた。一階は駐車場しかないので二階、三階へと階段を進んだ。途中で何度か少年の頭を壁や柱にぶつけた。腕が痛いし、噴き出した汗が不快だった。「なんだか、いろいろと苦労をさせるよなあ。おまえ」カホルは三階の上のロフトへ少年を運び、成約時のプレゼントとしている大型収納ボックスに少年の躯を入れた。首が曲がって窮屈そうだったがそのままにした。

「とにかく飯喰って、腹を決めたら警察行くから、待ってろよな」

少年にそう云い置くとカホルは蓋を閉め、家を出た。

五

「携帯がもう古いらしいんですよ」

ケイコがカレーをよそいながら暗い顔をした。テーブルには息子のマナブと娘のフミコがいた。三人とも父親の顔色を窺《うかが》いながら食事をしている。

帰宅したカホルは風呂から出ると、首を傾《かし》げる家族を無視して買ってきたドーナッツと古い松阪牛のステーキを肴《さかな》にビールをがぶ呑《の》みした。これが最後だと思うとなかなか酔わなかった。

「もう三年も使ってるから、写メも全然、写りが悪いし。それに開くとがくがくしてきちゃったから」

フミコがカレーを口に運びながら呟く。

「よせよ。そのぐらい自分で買えよ。うちは大変なんだから」

「お兄ちゃんは大学生だから、いくらでもバイトして自分で買えるだろうけど、あたしは高校生なんだよ。バイトも禁止されてるんだから！　ズルいよ。あたしだって普通のちゃんとした携帯が欲しいよ」

「フミコ、その話はあとにして。お兄ちゃんは就職の話をなさい。どうだったの？」

「なんか駄目臭い。もうどこに出しても試験さえ受けられないんだ。なんでだろう」

「そんなことぐらいで諦めちゃだめよ。他の子たちも条件同じなんだから頑張って」

「もう五十社以上も断られてるんだよ。自信もなくなってくるし、もう自分なんか世の中に必要とされてないような気がして履歴書を書くのも気が重いし、正直、怖いよ」

「……刑務所《むしよ》に入れ」

カホルが呟いた。

「刑務所に入れば履歴書を何百枚書こうともそんなことは苦でなくなる。面接で落とされるなんてことも屁《へ》でもなくなる。俺はおまえたちのおかげで全てを失い、それでもこうやって生きている。俺の人生にとって何の役にも立たず、得にもならない人間を住まわせ、着せ、喰わせ、携帯を買ってやってる。俺はあの日、目を塞がれて人を殺した。誰かが目を塞いでくれたおかげだ」

三人は自然とスプーンを下ろした。

「あれがなければ、今頃は順風満帆だ。おまえも就職が決まっていたろうし、携帯だって新しい。家だってこんな奴隷便所のようなとこではなかったはずだ。おまえらが好きこのんでこの生活を選んだんだ」

部屋を毎度の沈黙が支配し、秒針の音だけが大きく響く。

「もうよしましょうよ。ひさしぶりにお父さんも早く帰って来られてみんなでご飯が食べられるんだから、機嫌を直して、ね」

場を取りなそうとケイコが、わざと明るく云った。

「わかったよ。もうよそうよ。俺もまた明日から頑張るよ」

「あたしも携帯いらない。変なこと云ってゴメンナサイ」

「おまえらのそうした理解や口振りがその場しのぎに過ぎないことはわかってる。なにしろ何の努力も苦しみも引き受けずに幸せになろうという詐欺師のような根性が、性根のド真ん中に腰を据えている連中だからな。だから自分たちのその都合のいい幸せゲームが、いつまでも続くと勝手に考えていろ。猿が剃刀《かみそり》を持ってるからといって誰もが気の毒がって取り上げるわけじゃない。なかには俺のように怪我ぐらいしたほうが学ぶはずだと考える者もいる。それもまた愛」

フミコが自分のカレーを少しずつ削っては口に運んでいたが、やがてギアの回転が止まるように皿から口、口から皿へのスプーンの移動が遅くなり、停まった。

「俺、サトルに相談しようと思ってる。だってサトルの親父って銀行の重役だろ。なんかいろいろな会社と繋《つな》がりがあるみたいなんだ。この間、映画館に行ったら偶然、同じ列に座っていてさ。映画が終わったあと、少し話をしたんだ。そしたら親父さんに紹介してくれるっていうんだ」

「本当？　悪いわあ」

「ほんとなんだ。俺もなんだか気が引けたけど、こうなったら何でも利用して。とにかくパパやママを安心させるよ」

げえぇ……古い家の排水口のような音をたててカホルが盛大にゲップをした。

三人がポカンとした顔になった。

「さて、俺は人を殺してきたから眠る。人を殺してきたから、疲れてしようがない。なにしろ人を殺して引きずって隠したんだからな、今日は疲れ切った」

すっかり酒で顔の紅くなったカホルは立ち上がった。

「あ！　パジャマ新しいのがあります」

ケイコが立ち上がり、隣の部屋に向かう夫の後に続いた。兄妹は怪訝《けげん》そうに互いを見やる。フミコが首を捻った。

六

昨日が木曜日で助かったとカホルは思った。金曜日は直行が許されるのだ。カホルは朝、会社に連絡をすると現地へと車を走らせた。正社員は社名入りの社用車を使うが、カホルのような嘱託は自家用車の持ち込みを推奨されていた。今朝、車に乗り込んだカホルが最初にしたことは後部座席に血が付いてたりしないかのチェックだったが、幸いそれらしきものは無かった。

顔を洗っていると、寝惚《ねぼ》け眼《まなこ》のマナブが何か物問いたげに立っていたが、カホルは敢《あ》えて無視し、トーストとハムエッグをオレンジジュースで流し込むと、弁当を手に出てきた。

ラジオが月の最後の週だと云っていた。普段、月末が近づくと成績の悪さを社長から朝礼で突き上げられるのを想像して憂鬱になるのだが、不思議なことに今朝はそれがなかった。きっと心のなかでは〈それどころじゃない〉んだろう。

「轢《ひ》き逃げもたまには役に立つな」

煙草を咥《くわ》えようとして自分がそう呟いたことにカホルは驚いた。その瞬間までカホルには〈轢き逃げ〉の意識はなかった。今でも誰かに少年を撥ねた事実を指摘されれば何の躊躇《ためら》いもなく全てを認めるつもりだったし、例えば白バイ警官やパトカーに停められて〈あなたですね？〉と問われれば〈はい。私がやりました〉と認める意志は百パーセントある。しかし、自分がこうして素直な気持ちで逮捕して欲しいと願っていても、そう都合良く相手がやってくるものではない。それに今は仕事もある。

自分がいなくなった後に混乱を招かないように色々と引き継ぎの準備をしてから自首するというのが本当じゃないかと、カホルは思った。少しは世話になった会社だし、〈立つ鳥、跡を濁さず〉というじゃないか。あの物件は二階の窓の鍵が塡《はま》りにくいから客にロックを任せてはならないし、便所の床が一部軋《きし》む、それに車をやたらに駐《と》めるとデベロッパーの巡回車に注意される。そうした諸々のことをきちんと引き継いでから自首したって遅くはない、あの子は死んでるんだし、今更、親の哀《かな》しみが癒えるわけじゃない。それは前回、経験してよくわかった。遺族の哀しみというのは面白いもので遺影を置く高さでわかる。天井近くに遺影が飾ってあれば、もう遺族はほとんど哀しんではいない。逆に足元近くにある場合には相当に、哀しみや怒りが強いので暴行されたりするのを常に警戒していなければならない。カホルはそうしたことを同房の男から学んだ。その元トラックの運転手は飲酒運転のくり返しで十五人ほど轢き殺していた。「十五匹かなあ」一交通事故は刑期が短いので娑婆《しやば》に出やすく、また免許の欠格時期はだいたい懲役中に消化される。だから後は運転試験場に直接、出かけて行って実地で一発合格してしまえば翌日から働けた。飲酒運転の常習者でもあった男は轢いては合格、轢いては合格をくり返していたのだ。当時の法律では何人殺しても自動車なら最長で懲役七年だった。同房の連中はみな自分が殺した人数を〈匹〉と呼んでいた。そうしたなか、カホルは随分と気の毒がられた。「一匹で五年はねえよなあ」というのが彼らの口癖で随分、親切な人たちだと思っていたら、ある夜、手足を押さえつけられ強姦《ごうかん》された。そして、それ以降、カホルは何かにつけ同房の男たちの〈精液便所〉にされてしまった。母親が東北出身だったので〈肌がもちもちしている〉というのが狙われた理由だった。カホルは今でもまるでオムツを替えるように自分で両足を抱えさせられ裂けた肛門を刑務医に縫われた時のことを夢に見て起きることがある。ただ目覚めるのではない。直立してしまう。つまり、熟睡している状態からいきなり立ち上がって目が覚めるのである。そんな時、何も知らずに惰眠を貪っている家族の顔を見ると、無性に踏み潰してやりたくなって困った。

七

玄関の鍵が開いていた。

カホルは物件のドアノブを握りながら背筋に冷たいものを感じた。死んだように見えた少年が蘇生《そせい》し、逃げ出したのではないかという予感だった。いつでも逃げ出せるよう土足のまま室内に上がる。一階、二階に人の気配はなかった。そのまま三階を覗《のぞ》く。カーテンのない窓からの日差しが室内を明るくしていた。ふと煙草の香りに気づき、ロフトのあたりを見上げると白い靄《もや》がかかっていた。

「よう」

梯子《はしご》を上ってロフトに顔を覗かせると、少年の入っている収納ボックスに腰かけたノボが片手を上げた。

「なんて顔してんだ、ふふ」

「いえ。ただ鍵が開いてたんで泥棒でも入ったかと思って」

「で、土足で踏みこんだっつぅわけか」

「あ」カホルは慌てて靴を脱いだ。

「後できっちり掃除しとけよ、おっさん」

「はい」

ノボは歳《とし》は三十代前半だがトップセールスマンだった。今では社長の信を受け、成績不良社員に気合を入れ、ハッパをかけていた。

「おっさん、最近しょっぱいよ。なにやってんの？」

ノボは立ち上がるとカホルの周りをぐるぐると歩いた。

「嘱託だから売らなくていいってことはないし。会社もそんな人間は要《い》らない」

「しかし、最近はお客が激減していますし。戸建てよりも賃貸に人気が……」

「あんた船が沈没した時に汚れたボートしか残ってなかったら死ぬのか」

「え」

「あんたの船は沈没してるんだよ。もうあんたって船はおっ死《ち》んでるんだ。なのにこのボートは乗れない、あのボートじゃなきゃダメだって云うのか」

「そういうわけじゃ」

ノボは頷《うなず》くと顔を近づけた。

「俺は今、自分の幸せをひしひしと感じてるんだ、涙《なみだ》が出そうになるぐらい神様に感謝してるんだ。わかるか？　わかるだろ？」

「いえ」

「俺の親父があんたじゃなかったってことをだよ！　こんなヨレついた泣き言ばかりのオカマ野郎とは血の一滴すら関わりがないということがありがたいわけ」

ノボはカホルを罵倒しながら興奮してくるとやたらと収納ボックスを叩《たた》いた。手近にはそれ以外に何もないのだから仕方がないとはいえ、彼が手を触れるたびにカホルは胃のあたりが気持ち悪くなった。

「俺は感謝されてもいいくらいだ。なぜなら社長が、あんたを今すぐ放り出すと云ったのを、あとひと月だけ見てやってくれと頼んだのが俺だからさ」

ノボは小一時間、カホルをなじると出て行った。送りに出たカホルはノボの車が完全に見えなくなるのを確認してから建物に戻り、鍵をかけ、それからロフトに戻った。

「さて……どうするかな」

収納箱を前にしてカホルはひとりごち、やがて蓋を開けてみた。腋臭《わきが》の男と水虫の男が生魚を互いの躯に塗って日光浴してるような臭いが鼻を殴りつけてきた。

「うう」

既に少年の顔は紫色に膨らみかけ、目からは浸出液が絶えず溢《あふ》れ、泣いてるように見えた。口が半開きになり歯と膨らんだ舌が覗いていた、というよりも舌が膨らんだので自然と口が開きかけていたのだ。

カホルは一旦、蓋を閉じると窓を開けた。

そして収納箱の上に腰掛けるとそのまま午前中一杯、そこで立ったり座ったり熊のようにウロウロして過ごした。

弁当は建物の外に出、玄関の前でしゃがみ込んで済ませた。味噌汁《みそしる》やおかずの入った保温タッパーを直接、地面に置いて飯と交互に食べていると、なにやら自分が一層、犯罪者になったようで酷《ひど》く気持ちがささくれて仕方がなかった。

「おい！」室内に戻ったカホルはケイコに電話をかけた。

『はい。あら、あなたどうしたの』

「出るのが遅い！」

『だって今、宅急便が来てたんですよ。寒くなってきたから首カバーを買ったんです。あなた寒いと肩が痛い痛いって云うじゃありませんか』

「うるさい！」

『なんなんですか』

「日常過ぎるんだよ、おまえは！　もっとちゃんとしろ！」

『なにを云ってるのよ』

「もう俺ギリギリだよ！　もうギリギリになったんだよ！」

『仕事の話ですか？　あたし、パートに行かないと。今日はフルタさんが法事で早引けするから早いんです。お弁当、食べました？』

「喰った」

『あの生姜《しょうが》焼きどうでした？』

「別に、なんでもない。いつものだろ」

『ふふ、あれソイミートって大豆で作ったお肉なんですよ。コレステロールとか凄《すご》く低いし、躯にいいんです。よかった！　わからないんだったら、これからも平気ね』

「大豆なんかどうでもいいんだよ！　おまえ、俺、子供殺したからな！」

——沈黙。

カホルも黙っていた。

『あなた、昨日もそんなこと云ってたみたいですけど、どういう意味なんですか。なにか試してらっしゃるの？』

ケイコが、ゆっくりと口を開いた。

「……ああ、そうだよ。あの日の総括がちゃんと俺たちはできてなかったから、もう一度勉強し直すようにって神様がチャンスをくれたんだ」

カホルは自分で喋《しゃべ》りながら驚いていた。咄嗟《とっさ》に口に出したことだったが、妙に腑《ふ》に落ちた。今まで神頼みなど真剣にしたことは一切なかったが、確かに宇宙的な力のようなものは存在するだろうし、それが気まぐれにこうした事態を引き起こし、人がどう対応するか見て楽しむというのはあり得ないことじゃない。子供が蟻の巣に水をかけたり、入口の穴を木切れを使って潰してしまうのと同じことなんだ。

カホルはそれから二度三度と収納ボックスを開け、少年を見つめては閉めるをくり返した。

少年の様子はどんどん悪くなっているようだったが、課題が難しくなればなるほど成果も大きいに違いないと思うと段々、臭いや変化も気にならなくなってきた。

「うおぉ！」

　カホルは叫んだ。服を脱ぎ裸になった。そうだ、思えば誰も来ないのだったら、こんなことだってできたんだ。自分は常識に囚《とら》われ過ぎて、自ら矮小《わいしょう》化していたんだ。考えれば金だって世の中から消えちまったわけじゃない。無ければ有る奴《やつ》から取ればいい、商売だってその取り方のひとつのパターンに過ぎない。相手が納得すればどんな奇矯な取り方だって無限に存在するじゃないか。カホルは裸のまま階段を一階から三階へ、また三階から一階へと何度も往復し、汗だくになるとフローリングの上で大の字になった。そんなことをしたのは初めてだった。いつでもカホルは担当物件を壊れ物のように扱っていた。ところがこのように自由にしてみると物件が案外、大したことのない小物に感じられてきた。

「大したことないな」

　身内にエネルギーが充満するのを感じ、カホルは呟いた。

「こんなもの売るぐらい。なんでもない。大したことない！」

　そう絶叫すると、大きなくしゃみをした。

八

「まあ、どこの……」

玄関口で、カホルを迎えたケイコは抱きかかえた少年に顔を近づけた途端、絶句し、凍りついた。

カホルはそれにかまわず部屋のなかに少年を運び入れるとＤＩＹセンターで買ったしょぼいソファの上に置いた。

「ねえ！」

ヒステリックな声とともに肘をグイと摑《つか》まれたカホルはケイコに向き直った。

「なんだ」

「な……なんだじゃありませんよ！　あれ！　あれはいったい何なの？　どうしたのよ！」

ケイコは少年を指差した。

「ユーヘー君だよ」

「ユ？　ゆ～へ～くんじゃないわよ！　どうしてあんなものがあるの？　なんであなたが抱えて持ってくるのよ！」

「歩けないからに決まってるだろ」

「死んでるじゃない！　死んでるわよ！」

「誰だって死ぬんだ、珍しいことじゃない。それに自分の子供が死んだ訳じゃないし、そうギャーギャー騒ぐな」

「そんなこと云ったって……」

ケイコはボクサーのように躯の前で拳を握りながら地団駄を踏んだ。

「もうお正月なのよ！」


「家族全員が揃《そろ》ったところでお父さんから話がある。まずユーへー君だ。詳しいことは知らない、パーカのタグにそう名前があったからたぶん間違いないだろう。ひとりで色々と心細いだろうから、おまえたち仲良くしてあげなさい」

カホルは、テーブルの椅子に胸を着物の扱《しご》きで縛られ項垂《うなだ》れている少年を子供に紹介した。

台所で夕食の用意をしているケイコの顔は散々、喚《わめ》き泣きじゃくったために少年同様、どす黒くなっていた。

フミコは居間とトイレを激しく行き来し、吐き疲れたのか椅子に座って俯《うつむ》いたまま動かなくなっていた。

「わけわかんないんだけど……」

ユーヘーに定位置を獲《と》られ、フミコとくっつくように座らされたマナブが顔を顰《しか》めながら呟く。

「おまえにわかることなど地球には何もないし、わかったところで三角の糞《くそ》が出た程度の影響しかない。十年前、おまえたちに惰眠を貪らせるためにお父さんは刑務所に行き、死ぬような経験をした。おまえらはお父さんの苦しみを理解したようなフリを今日まで続けてきたが、そんな小便で書いた字のようなものは正直、ありがたくもなんともなかった」

ユーヘーが椅子ごと倒れた。

カホルは立ち上がり、椅子を直すとユーヘーを座り直させた。顔が思い切りフミコのほうに向いたが、カホルはそのままにして座った。

「結果、我が家はとても過去に大きな代償を払ったとは云えない、怠惰と虚飾の家になってしまった。お父さんは、はっきり云って虚《むな》しい」

「なんでこんなことになってるんだよ。なんでうちの家に死体があるんだよ」

「間違っている。うちにはもともと生きていると云えるような人間はひとりもいなかった。おまえたちはユーヘー君よりも死んでいる。おまえたちに比べれば彼のほうがよっぽど生きている」

「なに云ってンのかわかんねえよ」

「おまえにはなにを云ってもわからん。もともとわかるほどの知識も目ももっていないのだ。おまえは俺の犠牲の上で平和にのうのうと暮らしている」

「だってあたしたち子供だったんだよ！　お父さんが事故を起こしたからって、どうしようもないじゃん。あたしが刑務所に行けば良かったっていうわけ」

フミコが叫んだ。

「おまえらの虚しさはそれだ。答えの全てを人に求めようとする。自分の命懸けのものがきのなかでそれを得ようとはしない。いや、もともとおまえらにはできないのだ。できそこないを産んでしまったのだから」

ケイコがそこへ鍋を運んでやってきた。

「まあまあ、お父さんもあんたたちも、そんなにしかつめらしく怒鳴り合うこともないじゃないの。もうそろそろ今年も終わりなんですよ」

「水炊きか」

カホルは思わず頬が緩んだ。

「お父さん、お父さんが刑務所に行っている間にこの子たちは僕たちは何もできないけれど、とにかくお父さんには水炊きを死ぬほど腹一杯食べさせてやりたいって……そう云って、この鶏を育てていたんですよ。雨の日も風の日も」

「本当ですよ。この鶏は〈石の水炊き鶏〉といって親のいない子供の手からしか餌を食べないんです」

「そんなこと、いま初めて聞いたぞ」

「俺たちは、父さんが怒っているのを知っていたから、今に絶対何かするってわかってたから。その時まで待ってから食べさせてあげようって隠しておいたんだ」

「とにかく食べてください。子供たちの心尽くしですから」

ケイコが碗《わん》に水炊きを取り分ける。

肉には味がよく染みていた。

「家族っていいもんだな……」

カホルは呟いた。

その途端、ユーヘーの首がむっくりと持ち上がった。

「おばさん、ぼくにも」

しわがれ声だが、はっきりとそう云いケイコに向かって手を伸ばした。

「まさか……」

九

躯が冷え切っていた。カホルは暗い部屋のなか、目を覚ました。裸だった。

「なんだ……眠ってたのか……」

カホルは起き上がると電気を点け、服をひとつひとつ拾いながら着ていった。携帯に会社からと家から六件、着信が入っていた。

服を着終えると、収納ボックスの蓋を開けた。少年が入っていた。

「なんだ、これは本物か……」

少年は底のほうに顔を向けていた。服や髪の毛が濡《ぬ》れているように見えた。

カホルは蓋を閉めるとその上に座り、煙草に火を点けた。ゆっくりと一服した。

「君も家には帰りたいやな」

カホルはそう呟くと建物を出た。鍵は決めてある通り、水道メーターボックスのなかに隠した。こうしておけば鍵が無いと同僚が困ることもない。

カホルは建物に一度、手を合わせると車に乗り込み、発進させた。

少年を撥ねた場所に来ると、相変わらず寂しく人影はなかった。

車から降りると確かに現場検証のようなものが行われたのか道路の上にチョークでいくつかの円が描かれていた。

カホルは自動車のボンネットに腰掛けると携帯を取り出し、家にかけた。

『あなた、大丈夫ですか？』

ケイコの声がした。

「俺がさっき云ったこと、憶《おぼ》えているか？」

『昼間のことですか……はい』

「あれは本当だ。俺は昨日、子供を撥ねてしまった」

『え！　本当に！　で、いまどこの病院なんですか？』

「病院じゃない。その子はもう死んでいた。首の骨が折れて即死だったんだ。それでも俺は病院に運ぼうと車に乗せて走り回っているうちに行く気が失せて……隠した」

自転車を隠したあたりの草むらがザクリと鳴った。風が出てきたようだった。

「いまは俺が担当している物件のロフトの収納ボックスのなかに入れてある。昨日からぴくりともせず腐敗が始まっている。確実に死んでいる。俺が殺したんだ」

『一度、帰ってきてください』

「わかった。その代わり、今度は長くなる。轢き逃げで隠蔽しているからな。下手《へた》をすると致死罪ではなく殺人で起訴されるかもしれない。そうなれば五年や十年では済まないだろう」

ケイコは黙っていた。

「だからおまえは子供たちとどうにか生きていけ。もう奴らも大きいんだ。自分で生きていけるだろう……」

『あたし……そんなに待ってられないわよ。今度はあたしたちのせいじゃないんですから！　あなたは今までずっとご自分の不幸をあの日のあたしたちのせいにしてきたけど、これでハッキリしたでしょ！　あれはどっちにしろ起きたことなの！　あなたはどちらにしても人を轢いてしまう人なのよ。これでハッキリしたでしょ！』

「ああ、ハッキリしたな。これでおまえも胸がすっとしただろう」

『したわよ、本当にバカみたい。でも、なんだったんだろう。あなたとの生活って。なんにもならなかった。一度は同情できるけど、二度目は勝手にやったのよね。なんだろう……なんだったんだろう。こんなことだったらあなたじゃなくて小野寺君と一緒になれば良かった』

「生まれ変わったらそうしろよ」

『ばーか』

「ばーか」

『ばーか！　ばーか！　莫迦糞《ばか》！』

　電話は切れた。

　カホルは溜息《ためいき》をつくと警察に電話し、事情を説明した。担当者はそこを動くなと落ち着いた声で告げ、電話は切れた。

カホルは携帯のデータファイルに残っている子供の写真を全部、眺めた後、携帯を遠くに放り投げた。

いま煙草を吸っておかないとこれで吸い納めになってしまう。カホルは煙草を取り出した。

「すいません」

不意に近くで声がした。見ると自分よりも十も若そうな男がいた。

「火、貸して貰《もら》えますか？」

「いいですよ」

草野球の帰りなのか男は金属バットを手にしていた。

カホルは男の煙草に火を点けてやり、その後、自分のにも火を点けた。

「ふ〜ん。そんな面《つら》をしていたんだ、人殺し」

男がそう云った瞬間、グシャッと肩の骨が砕ける音が、カホルの躯のなかで響いた。

男は素早かった。道路に倒れたカホルに狙いを定めてよく叩いた。

カホルは咄嗟に両腕で庇《かば》ったが二本とも同時に叩き折られ、骨が白い茎のように突き出した。脇腹が鉄球を受け止めたように凹《へこ》み、元に戻らなくなった。全力で振り下ろされる金属バットがアスファルトに当たってカンカンと乾いた音をたてた。カホルは突き出した骨を道路に擦《こす》りつけながら車の下に逃げ込もうとした。腰に爆弾が落ちたような痛みが走り、両足が痺《しび》れて動かなくなった。骨盤が折られたのだとわかった。

男はカホルが車の下に逃げ込むと車を発進させた。タイヤが両腕と両足を轢いた。埃《ほこり》っぽい車体の裏が顔面すれすれを掠《かす》めていった。車は通りすぎるとバックしてカホルを轢いた。タイヤの力で首が捻《ね》じ切られるように曲げられ、それは折れた。目の前にタイヤのグリッドが迫ると顔面が轢きつぶされた。

それから数分後、駆けつけた警察官に少年の父親は逮捕された。肉を包んだ襤褸《ぼろ》布のようになったカホルを見て、警官は救急車の要請を断念したが、実はそれからなお五分ほど、カホルは生きていたのであった。

ドブロク焼き場

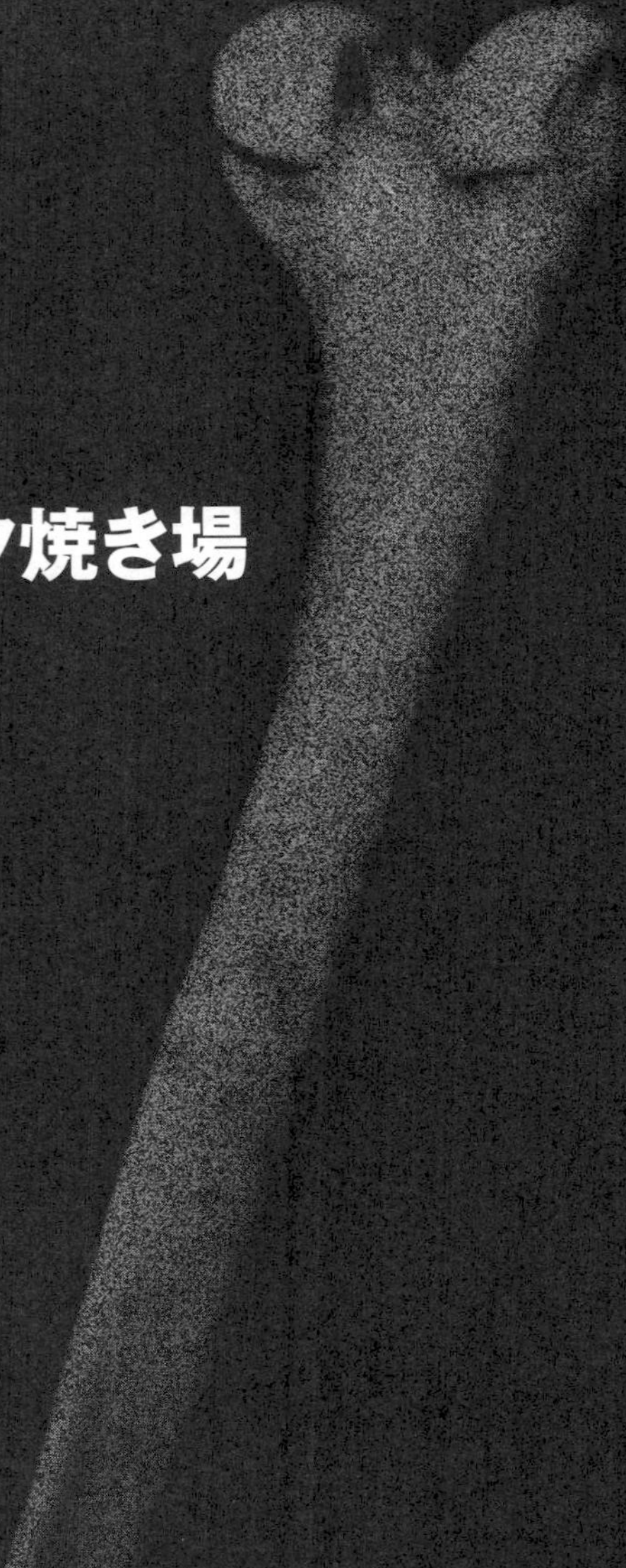

一

「みなさま、合掌、礼拝にてお別れとなります」

とっつぁんが遺族に声をかける——俺はスイッチ盤の脇からそれを眺め、チョンベとっつぁんが棺《ひつぎ》の載った台車を火葬炉の前室に押し込み、出てくるのを待つ。チョンベは台車を下げ、とっつぁんは恭《うやうや》しげに喪服の集団に一礼すると「扉が閉まります。最後に今一度、合掌、礼拝をお願い致します」と告げる。全員の黒や茶色や白の頭が下げられると俺はスイッチを押して前ダンパの扉を下ろす。それから炉裏に移動して再燃炉の温度が三百度になったところで主燃バーナーを点火すれば、後は煙突からもくもく黒い煙が出ないように時々、温度調整をすりゃ、一丁上がりってわけだ。デブや痩せ、爺《じじ》いや婆《ばばあ》、若いの、古いの、新しいので多少、時間に差はでるが、今日のは七十八の婆さんだから、八十分ほどで焼き上がるはずだった。

俺は炉に穿《うが》ってある〈窓〉を開け、棺にまんべんなく火が燃え移っているのを確認してから、隅っこにある休憩用六畳間に座り、花札を取り出すとチョンベを待った。

「なあ、マルさんよい」そこへ風光社の成田が顔を出した。

「おまえも交じるか？」

「花なんかやってないでさ。ちょっとまた導師が難しくなっちゃってるんだよ。頼むよ」成田は胡麻塩頭《ごましお》を下げて、俺を拝んだ。

「俺はまだ拝まれるほど、くたばっちゃいないぜ」

「そう云《い》わないで。な。頼む」成田は遺族から貰《もら》った封筒のなかから札を抜き出し、握らせようとした。

「ちょっと待てよ。今日は金垂《きんたれ》寺のズイビンだろ」

「そうなんだよ。あのクソ坊主、遺族用には手前《てめえ》の弟がやってる弁当屋を使う癖に自分の弁当だけは〈祇園屋《ぎおんや》〉の特上懐石か、〈オーボベルジェ〉の松阪ステーキ弁当って指定しやがるんだ」

「野郎、タレント養成所を始めたそうじゃねえか。集まってくる若い女を陰で喰《く》ってるって噂《うわさ》だぜ」

「そんだけじゃねえよ。そこで集まった女の子をアイドル向けのバイト斡旋《あっせん》だっつって駅前のキャバで働かせるんだぜ」

「女衒《ぜげん》坊主め。ヤクザとも、つるんでやがるんだろ」

「奴《やつ》もキャバに出資してるんだ……あくまでも表に出てるのは先代から葬儀を扱ってる鬼首組《おにこべ》の若衆らしいけど」

「死ねばいいのになあ。あんなクソ莫迦《ばか》に読経《どきよう》されて成仏できるかよ」

「まったくだ。でも、今日のところは頼むよ。弁当を頼み忘れてたんだ。代わりの弁当を出したんだけど機嫌が悪くって。あれじゃあ遺族に変だと悟られちまうよ。あんたのほうで間違ったと頭を下げてくれりゃ助かるんだがなあ」

「また尻ぬぐいか……封筒貸せ」

「え」

「封筒だよ」俺は成田の手から親族が心付けに渡した不祝儀《ぶしゆうぎ》袋を抜くとなかを見た。諭吉が八枚——俺は四枚抜いた。

「ひえ！　半分かよ」

「やなら、おまえ行け。俺は仏を焼くのが仕事だ。坊主が怒ってようが逆立ちしてようがかまやしねえ」俺は手を振った。

「わかったよ」

そこへチョンベがとっつぁんと戻って来た。

俺はチョンベを手招きして一万円を渡し、坊主に弁当のナニを詫《わ》びてこいと命じた。

チョンベは一瞬、哀《かな》しそうな顔をしたが外に出ていった。

「あんたも相当に怖《おそ》ろしい人《シト》だな」成田が呆《あき》れたように呟《つぶや》く。

「震えて眠るか。此処《ここ》は火葬場だ。丁度いい」

「あんたにゃ、かなわねえよ」

成田は首を振りながら出ていった。

「またゴタかい？」それまで黙っていた、とっつぁんが顔を上げた。

「ズイビンの莫迦ですよ。弁当が気にいらねえとヘソを曲げてるんです」

「どうしようもねえな」

「全くっす」俺はとっつぁんに、一万を渡した。

とっつぁんは相撲取りがやるみたいに手刀を切って受けとると煙草《たばこ》に火を点《つ》けた。

俺たちは並んだまま暫《しばら》く黙っていた。高温燃焼バーナーが棺の中身を焼いている音が薄い地鳴りのように待機所に響いていた。普通の部屋よりも高いところに付けられた明かり取りの窓に形の悪い雲がぼんやり浮いていた。

とっつぁんがぽつりと呟いた。

「おまえ、本当にそのお笑いとかなんとかをやる気か？」

とっつぁんが煙草の箱を差し出した。

俺は一本抜き取ると、とっつぁんのライターで火を貰う。

「まあ。昔、取った杵柄《きねづか》ですからね。性《しょう》に合ってるんですよ。それに独り身《ちょんがー》だし。あくせくしなけりゃ、なんとかなるもんなんです」

「あんたは職人気質《かたぎ》で面白い男だが、どこか無鉄砲なところがあるから、こういう商売は向かねえんだろうけど……でも、勿体《もったい》ないとは思うけどねえ」

「ええ。俺も半分そんな風にも思ってます。でも、自分がしでかしちまったことですから……仕方ないっす」

「ふうむ」とっつぁんは吸い差しを分厚い掌《てのひら》で潰した。


俺が役所の人間を殴ったのは半月ほど前のことだった。勿論《もちろん》、知ってやったわけじゃない。たまたま残業を終えて帰ろうとした時、暗くなった敷地の隅に駐《と》めた車のなかで乳くりあってる奴がいて、注意すると女に乗っかってたのが殴ってきたので、やり返しただけだ。ここもそうだが火葬場というのは敷地が広い。広い割には職員も含め人間が少ない。ここでも、事務職やタクシーなんかの連絡係の人を除けば、実質とっつぁんと俺とチョンベで回している。夜ともなれば、まともな人間は気味悪がって近づかないが、ろくでなしどもは逆に人気《ひとけ》のないのをいいことに、悪さをしにやってくる。大概はラブホ代わりに使うのだが。そういう手合いはサックを道に捨てていく。半端な蛇の抜け殻のようなそれらには陰毛や血が付いていて、俺は駐車場の隅や建物の裏に捨てられたそれらを掃除するのが大嫌いだった。殴りかかられた時、躊躇《ためら》うことなく横っ面を引っぱたいたのは、きっとそういう鬱憤《うっぷん》もあったんだな。横分け髪が乱れたそいつは眼鏡《めがね》を耳に引っかけたまま「ひどい！」と、女のような悲鳴を残して助手席の女とともに去った。四日ほどして俺は社長に呼び出され、勤務態度について役所から苦情が入っていると告げた。詳しい説明を少しもしないので、どういうことなのかと喰い下がると「君は簡単に人に暴行を加えるそうですね」と云われた。俺はあいつが役所に繋《つな》がっていたのかと驚きながら、事の顚末《てんまつ》を説明した。すると後で採用試験の時、親切にしてくれた住倉《すみくら》さんが「悪い奴を叩《たた》いちゃったね」とこっそり教えてくれた。俺が殴った男は市民課の中ボスで、実に実にねちっこく、いつまでも根に持つという噂の男だった。ウチの会社は役所から焼き場の仕事を回して貰って成り立っていた、所謂《いわゆる》、民間委託というやつだ。勿論、社長はのっけから馘首《くび》を云い渡してきたわけじゃない。最初は減給され、詫び状を書けと云われた。

「わかりました。書きますよ」と答えた俺はその晩、仕事を終えて駅裏にある千《セン》ベロの立ちんぼ吞《の》み屋に入った。所詮、職級や取引先の力関係がモノをいう世の中、仕方ねえと思いながら吞んでいた。が、何故《なぜ》か腹が立ってきた。結局、十枚は書けと云われた詫び状を俺は便せん二枚しか書かなかった。そいつを社長に渡して十日目、仕事を終えた俺はまた車が一台、焼き場の建物に隠れるように駐まっているのを発見した。同じ車だった。見ればまたぞろ眼鏡が乳くりあっていやがった。俺は黙って屋上に上がると真下に見える車の屋根を確認した。死角になってはいるが街灯の細い光がバンパーと輪郭をくっきりと浮かび上がらせていた。そこは壁一枚隔てて毎日、遺族によってお骨が拾われる収骨室のあたりだった。屋上の隅には回収日まで保管しておくはずの壊れた家電製品が積んであり、俺はそのなかから手頃なサイズの24インチのテレビを持ち上げ、遥《はる》か下方に見える車の屋根に向かって突き出すと、手を離した。腕がフッと軽くなった直後、ガラスとプラスチックの粉砕するとんでもない音と女と男の絶叫がし、転び出た男の尻が街灯に白く浮かんだ。助手席からは青いワンピースの女が飛び出し、短距離選手並みのスピードで服を抱えたまま駆け去った。俺はそのまま屋上に寝転がり、からからと嗤《わら》った。始めは遠慮がちに、そのうち空に響き渡るほどの莫迦笑いになって、止めることができなかった。

翌日、俺は社長から次の給料が出たら馘首だと云い渡された。

「やれるかなあ」

舞台袖から客席を覗《のぞ》いたチョンベが情けなさそうに俺を見つめた。額に小さな汗がびっしりだ。

「大丈夫だ。あれだけ練習したんだ」

「マルさん、出だしは豆腐屋は痛風が多いんですよ……だよね」

「そうだ。オチはケツ、チー！　尻！　血！　で、う〜ん、ボッキングぅだぞ」

「わかった」

一時間後、俺たちは駅前の立ち呑み屋に居た。

「やっぱり俺ぁ、もう向いてないよ。おわってんだよ」

「なんだあの客ども、全員アンテナが腐ってやがる、あんないいネタぶっこんでやったのに」

「でも俺、頭ぶっ飛んじゃって豆腐屋って云わなかったもんね」

「確かに。痛風屋には豆腐が多いって云ったよな」

「それにオチはバリバリ！　ボリボリ！　って云っちゃった。みんなポカンとして焼き場みたいになってた。ダメだ。こんなんじゃ、復活なんてできないよ」

「気にするな、今日は試運転みたいなもんさ。いまは勘を取り戻すことに集中しなよ」

俺はチョンべにビールを注《つ》いだ。チョンべこと長部雄七《おさべゆうしち》は、かつて〈マッサー・ジョー〉の名で舞台に立っていた芸人だった。俺は同じ職場にいて、そのことを半年ほど気づかずにいた。なにしろテレビで見ていた頃のマッサー・ジョーはケバケバしいメイクのドラッグクィーンだったし、チョンべは縦から見ても横から見ても全く風采の上がらぬ四十男でしかなかったからだ。それにチョンべは過去について、特に芸人時代のことはひと言も話さなかったからわかるはずもなかった。しかし、ある時、奴の声に聞き覚えがあるのに気づいた。初めはよく似ているな程度だったが、次第に声の調子から言葉の選び方などが繋がって、遂《つい》に俺は奴がマッサー・ジョーだと確信し、立ちんぼ呑み屋に連れ出すとズバリ問い質《ただ》したんだ。ビールを噴き出したチョンべは、ずいぶん驚いたみたいだったが、下手《へた》に否定はしなかった。たぶん俺と同じで咄嗟《とっさ》に嘘《うそ》や誤魔化しはできないタイプの男だったんだ。俺はチョンべとその夜、明け方近くまで呑み歩いた。

実は俺も鼻糞《はなくそ》程度のキャリアだが芸能経験があった。とは云え、木《こ》っ端《ぱ》屑《くず》俳優だったし、低予算のヤクザ映画の子分役ばかりだったから、チョンべのほうが売れていた。俺は焼き場でリストラを喰らう前からチョンべに、お笑いをやろうと時々、口説《くど》いていた。そして昔のつてをたどってマネージャーを紹介して貰い、俺たちでも紛れ込めるようなゴミ営業があるとノーギャラ承知で出かけていった。まだ三、四回しか舞台に立ってないし、とても満足のいく出来じゃなかったが、俺は舞台に立つのがなんとなく楽しかったし、チョンべも外面は渋々でも内心、嬉《うれ》しがっているはずだった。

「俺、もしこの仕事で復活できたら焼き場は辞めるよ」

「互いに家族もいねえし。そうなるといいな。また人生が面白くなるぜ」

俺たちは舞台の傷を舐《な》め合うみたいに酒を呷《あお》った。

次の日、出勤すると、とっつぁんが事務所で苦虫を嚙《か》み潰したような顔をしていた。

「どうしたんだい？」

「今日は一件だ」

「いいねえ」

「よくねえ」

「なんで」

とっつぁんの話では今日、やってくる仏さんは八歳の女の子だという。総じて子供の場合はキツイ。それも八歳の女の子となれば憂鬱な仕事になるのは目に見える。

俺ととっつぁんは着替えると外の雑草取りと清掃に向かった。暫くするとチョンべも加わり、俺たち三人で広い敷地を移動して午前中が終わった。大体、うちの火葬場は日に一件か二件が普通だった。炉は古いのが二基しかないし、街の反対側に最新式のが去年できたからだ。俺は少しでも気分を軽くしようと弁当を外で喰うことにした。チョンべがやってきた。

「とっつぁんはどうしてる？」

「ドブロク搗《つ》いてる」

「はあ？　しょうがねえなあ」

「気が紛れるんだって。控室で一升瓶股ぐらに搗き棒でズンドコやってる」

「喰い終わったら釜の準備をしなくちゃな。粗相があったら大変だ」

俺は以前、何をとっちらかしたのか、この焼き場で骨の取り違えのあったのを思い出した。俺がやってくる五年ほど前の話だったそうだが、交通事故で亡くなった中学生と末期癌《がん》で亡くなった八十の爺さんの遺族をあべこべの収骨室に案内してしまったのだ。で、それがわかったのが中学生の母親からの連絡で、なんでも、哀しくてやりきれないその母親は息子の骨を折りに触れては齧《かじ》っていたそうなんだが、どうやら〈金歯〉が見つかったのだという。当時はそういったものの〈拾い忘れ〉が多かったのかどうかは知らないが、少しずつ齧っていくうちに見つけた母親は息子に金歯がなかったことを思い出した。

当然、裁判沙汰の大騒ぎになったのだが訴えたのは爺さん側の遺族だった。なにしろ返した骨は半分に減ってしまっていたのだから返せというわけだ。しかし、爺さんは母親の胃袋だか腸だかに納まってしまっているわけで、今更どうしようもない。おまけに見ず知らずの爺さんの骨を齧っていたと知った母親はその後、心因性の下痢と嘔吐《おうと》を同時にくり返すややこしい病気を患い、精神科にかかる羽目になった。

つまり、若い者の死は俺たちプロにとっても、動揺をもたらすという話だ。

「もしもし……」

弁当を全部喰い終わらないうちに携帯が鳴った。代穴《だいあな》美由紀からだった。ダイアナは俺が昔、役者をやっていた頃、メイクの見習いで来ていた女で、今は小さなプロダクションをやっていて、彼女の紹介で俺たちは舞台に立っていた。

『おい。イイ感じの話が来たぞ。湿っちまうぞ。いくら男のおまえらでも』

「ああ、本当かい。何の話だ？」

『キチモトからG《ゲィ》－1に出ないかって打診があった。こないだのしょっぱい便所営業のズベタをキチモトの、どいつらだかが出歯亀してやがったまんじゅう』

ダイアナは中学・高校時代のシンナーのやりすぎで前頭葉が溶けているという触れ込みで昔っから訳のわからない単語を連発するのが癖だった。でも、全く話が通じないわけではなく、力のある奴には具合のいいアソコを気前よく使わせることで、彼女曰《いわ》く〈跨《また》がり上がって〉きた。

「いつだ？」

『早漏するなよ、莫迦！　すぐじゃねえ。その前に何回かネタ見せをして向こうチンポのお眼鏡にバッキンコと巧《うま》くいったらの話だ。まずは今日の八時、渋谷に雁首《がんくび》しな』

ダイアナは仕事が終わったら事務所に来るようにと云って電話を切った。

俺がそのことを伝えるとチョンベの顔が上気した。

「G－1か！　すごいなあ。成功したら、なんかいろいろと変わりそうだ」

「そうだな。きっといろいろ変わるぜ。こうなったら腕によりをかけて極上のネタを用意しないとな」

「うんうん」

「火葬は三時からだから八時には渋谷に行けるぞ」

俺たちはさっきまでの憂鬱な気分を忘れて弁当を済ますと残り時間をネタの打合せに使った。


八歳の女の子の葬儀は想像以上に〈寂しい〉モノだった。

やってきたのは五人。葬儀会社の人間と導師の坊主を除けば、遺族はふたり。二十五、六の男と女だけだった。驚いたことにそのふたりはトレーナー姿だった。

「驚いたな」とっつぁんが霊柩車《れいきゅうしゃ》から降りた遺族を見て目を丸くした。

俺もチョンベも勿論、そんな奴らは初めてだった。

初めて見る葬儀屋も、だいぶ戸惑っているようで頻《しき》りに頭をぺこぺこ下げた。

「葬儀も素っ気なさすぎて、素うどんみたいでした……」新入社員らしい葬儀屋の若い者が額の汗をハンカチで拭き拭き説明した。

とはいえ、俺たちは戸惑いながらも、いつものように炉を稼働させた。

「おまえらは控えにいろ。今日は俺が火加減を調節する」

とっつぁんがそう云い、俺たちは従った。

子供の骨や長患いの老人の骨は加減が難しい。アメリカや海外と違って日本は骨を焼いた直後に拾い、その際、喉仏や下顎は残しておかなくてはならない。〈骨揚《こつあ》げ〉の際、遺族に喉仏を指し示して〈仏様の座っている形〉であると説明できることが、本人が成仏している証《あかし》のように思う遺族もいるからだ。実際に本物の喉仏なんかは焼けて灰になってしまうから、皆が喉仏だと説明を受けるのは首の第二頸椎《けいつい》なのだが、それはそれで喉仏ということにしていた。これを綺麗《きれい》に仕上げるには火加減の調節が最大の鍵になる。これは〈窯〉から頻繁に焼き加減を確認してやらないといけない名人芸で、俺やチョンベにその技量はない。

とっつぁんに場を任せた俺とチョンベは建物の裏に回った。自然とネタの話になり、知らず知らずのうち熱が入っていた。

「かっこまーん」

突然、物陰からトレーナー姿の女が飛びだしてきた。死んだ少女の母親だった。ギョッとしているとその女は笑いながら近寄って来、俺とチョンベを眺め回した。

「オサベさんって、どっち？」

俺はチョンベを指差した。

女はキスでもしそうに顔を寄せ「ふーん。なるほどね」と云った。痩せていればそこそこの顔立ちだろうが浮腫《むく》んでいるうえに荒れた生活臭がまとわりついて薄気味が悪かった。

「このたびはご愁傷様です」俺たちは型どおり頭を下げた。

「あ、いいの。いいの」女は手を振ると「ジュパッチ！　むきむき！　ジュパッチ！　むきむき」と大股拡《ひろ》げ、自分の股間を両手で摩擦するような動きをした。

「じゃ！」女は手を挙げて去って行った。

「なんだよ、あれ。狂ってるな……」俺が呟くと、

「ほんとだ。あれ、大昔の俺のネタだもん」チョンベが呆れたような声をだした。

　骨揚げが終わり、小さな骨壺《こつつぼ》を胸に抱いて男と女は陽気に唄いながらタクシーに乗り込んで去った。

　控えに戻ると早くも、とっつぁんが自家製造のドブロクを呑んでいた。

「まあ、やれ。俺は本当に今日はたまぐりかえった」とっつぁんは縁《ふち》の欠けた茶碗《ちやわん》を突き出した。

「俺たちもですよ」

「あの母親、骨揚げの説明をしても顔色ひとつ変えやしない。普通、母親は泣き叫ばないまでも涙でぼろぼろになっているもんだが、と、そんな風に思ってると彼女、喉仏を手で摘《つま》んで喰っちまったんだ。たまげたよ。まだ熱いのによ。ぼりぼり、ぼりぼりって

……呑まずにいらんないよ」

「男のほうはどうだったんですか」

「それがあれは旦那じゃねえらしい。葬儀屋が小部屋を貸してくれって大目にチップを置いていったんで変だなと思ったら、あのアベックそこでオマンコしてやがった」

「え」

「ほんとだよ。まあ十分ぐらいのことだったが、屑入れにコンドームが捨ててあった。今朝は空っぽだったはずだ。いいか、おまえら……いま怖ろしいことが日本人の心のなかには起きてるぜ。チョンベ、ピザ取ってこい」

「え？　またやってんのかよ、とっつぁん」

「いいじゃねえかよ！　やってらんねえからだよ。あんな親じゃ、こうでもしてやらなくちゃ。あの子が浮かばれネエよ」

「浮かばれねえって、わけわかんねえよ！　気持ち悪い」

俺が抗弁してる間にもチョンベは〈釜〉に行くと焼きたてのピザを運んできた。遺体を焼いた〈釜〉の余熱で焼いたピザだ。とっつぁんはそれからドブロクを更に呑み、ピザを平らげ、日本を憂いながら寝てしまった。

俺とチョンベは互いに顔を見合わせると店終《みせじま》いにかかった。

「湿るぜ、てめえら！」

キチモトの構成作家の前でネタを見せた俺らに、ちゅぱちゅぱ音を立てながら煙管《きせる》を吸うダイアナが声をかけてきた。

「おまえらの正式なコンビ名はドブロックな。おまえがドブ男《お》で、おまえがロック」

俺はロックと云われ若干、ホッとした。

「僕はドブ男ですか？」

「当たり前ジャネエか。てめえほどのドブ男はいねえよ」

「はあ」

「とにかく今日は好感触だったけど、安心してガバマンになるのは濡《ぬ》れ早いぜ。次は客前で見せて貰いたいとさ。そしたらその後はスタジオだ」

「ダイアナ、俺たち一発芸とキャッチフレーズも考えたぜ」

俺たちはふたりで考えたあれやこれやをやってみせたが、ダイアナの反応は鈍かった。

「……おまえら乾くぜ。ゴビ砂漠だ。もっとマシなのを考えて、俺のアソコをべたべたのチーズフォンデュにしろ」

俺とチョンベは前にも増して熱を入れた。何か起きそうな予感があった。この歳《とし》で少しでも光が当たりそうだと思うとそれだけで興奮した。

パチパチ……。

その日、いつものように建物の裏でネタをやっていると拍手の音がし、青いドレスの女が現れた。カーセックスの女だった。

「面白いね、あんたたち。プロみたい」

「此処は関係者以外立ち入り禁止だけどな」

「固いこと云わないでよ。あたい、あんたらがマルムシ堂の屋上で漫才やってるの見たよ。どっちが本職なの。あっち？　こっち？」

「とにかく出て行ってくれよ」

俺は女の腕を摑《つか》んだ。すると女はその腕を強く振り払った。

「あたしは人に腕を摑まれるのが大ッ嫌いなんだ！　やめろ」女はそう云うと地べたに唾を吐き、ヒールの音を響かせながら去った。

尻だけは悪くない形をしていた。

客前のネタ見せの日、事務所に顔を出すと、皆が浮かない顔をしていた。

「今日も子供だ……」

とっつぁんが憂鬱な声を出す。

時間になると霊柩車が一台だけ、ぽつんとやってきて停まった。

館内のガラス越しに俺たち三人が突っ立っていると霊柩車からトレーナー姿の女と男が降りて来た——あの女だった。

「どういうことだよ。立て続けに子供を亡くしたってのか……」とっつぁんが呟いた。

葬儀屋が目一杯戸惑っているのは前回と同じだったが、母親の連れてきた男は別だった。

「俺、骨揚げしたくねえ」点火し終えて戻って来た、とっつぁんが音を上げた。「今日のは六歳の男の子だと。親があれじゃあ、俺はできねえ」

「でも俺もできませんよ」

馘首になるのが決まっていた俺に〈骨揚げ〉は禁止されている。

「じゃあ、俺っすか……やだな」チョンベが心細そうに呟いた。

二時間後、母親と男は帰っていった。

〈釜〉から戻ったチョンベは顔面蒼白《そうはく》で、何を話しかけても黙り込んでいた。

会場に向かっている間も、殆《ほとん》ど口を利かなかった。

が、ネタ見せは俺の心配とは裏腹にバカウケした。特にチョンベの爆発力は今までになく俺もド肝を抜かれた。いつもの自信のない感じは消え、完全に舞台をブン回し、客もスタッフも巻き込んでいた。奴は俺たちが編み出したネタ以外に、かつて自分がかましていたボケすらも総動員させて大活躍した。

「てめえら！　やったな。俺はイッタぜ！　便所に落とした携帯みたいにべっとべとに濡れたぜ」控えに飛び込んできたダイアナは俺とチョンベのほっぺたにチューをお見舞いし、見たことがないほど上機嫌だった。「おまえらゴールデンにも、いきなり登場だぜ！　この調子でぶっぱなせ。しょっぱい餓鬼どものハートに爪痕を残せ！」

「やったなあ、チョンベ……正直、驚いた。おまえは、やっぱり凄《すげ》ぇよ」

俺は奴に抱きついた。チョンベは黙ってされるがままになっていた。

後から考えると賑《にぎ》やかな控室のなか、奴だけが昏《くら》い海に捨てられちまったような顔をしていた。

それから少しして、また霊柩車が一台だけでやってきた。

俺たち三人が見守るなか、喪服の女がひとりで降りて来たので、とっつぁんと俺は安《あん》堵《ど》の溜息をついたが、その年配の女が持っている遺影を見て仰天した——あのトレーナー女だった。

葬儀社の話では自殺だということだった。母親だという女は泣きもせず、思い詰めたような面持ちで葬儀屋の誘導にしたがっていた。

棺を炉に搬入し、とっつぁんが点火して控えに戻って来た。

俺が遺族の待合の前を通りかかるとチョンベとあの母親が何やら顔を見合わせていた。

「なんなんだ、あの女は」とっつぁんが、またぞろドブロクの一升瓶を揺きつつ呟いた。

「子供をふたり亡くしたあまりの自殺ってのはわからないでもないが……。それでもあまりにもマトモじゃなかったからなあ」

「子供は病気だったんですかねえ、それとも事故で立て続けってわけでしょうか」

「二人目の男の子を扱った葬儀屋に聞いたんだが、なんでもふたりとも生まれつき病気で長患いだったらしい。立て続けだったのは偶然だと。警察でもかなり慎重に調べていたから間違いないということだった。つまり、あの女はツイてなかったということだな」

　俺はとっつぁんから煙草をくすねると、とっつぁんのライターで火を点けた。

　そこへチョンべがまた青白い顔で入ってきた。

「おまえ、あの女とナニ話してたんだ」

「いや、別に……」チョンべは俺たちから離れた部屋の入口に腰掛けた。

「おまえ、今日、本番録《ど》りだからな。大丈夫か？」

「ああ」

　チョンべは全く大丈夫じゃない返事をしたが、前回もこんな調子で巧くいったので俺はあまり気にしていなかった。火事場の馬鹿力に頼りたい気持ちもあったのだ。

「骨揚げ、俺がやります」突然、チョンべが云った。

「頼む。助かったぜ。もうあの一家に関わるのは正直しんどくてな」

チョンベは時間になるまで固まったみたいに座った姿勢を崩さず、自分の爪先を見つめていて、〈窓〉を覗き込んだとっつぁんが「そろそろだ」と告げるまで黙っていた。

何か違和感を感じた俺は手伝うふりをしてチョンベの近くにいることにした。


骨はきれいに焼かれていた。顎や喉仏は勿論のこと、頭蓋骨の蓋までがきちんと残っていた。チョンベは台車の上に載った骨をひとつひとつ丁寧に説明していた。声が震え、時折、鼻声になっていた。葬儀屋の人間が喪主の母親と一緒に骨を壺に入れる。ちりんちりんと乾いた音が瀬戸物の底でした。

「これだけきれいに骨が残るということは、まだまだ躯《からだ》は生きたかったということなんでしょうね」

チョンベがそう告げた瞬間、喪主の女が骨を摑んでチョンベに投げつけた。奴のおでこのあたりで白い煙がパッとあがり、女は金切り声をあげると壺から遺灰を摑みあげ、チョンベの頭にそれをブチ撒《ま》いた。

「おい！　あんた」俺は叫んだ。

「なにをやってるんですか！」葬儀屋が女を連れ出す。

チョンベは真っ白になったまま立ち尽くしていた。

「信じられねえ！　そんなこと」話を聞いたとっつぁんはドブロクを鼻から噴き出した。

「喪主が遺灰を職員にばらまくなんて事件ですよ。これは」

「もういいです……」シャワーを浴びたチョンベが云う。

「正式に抗議したほうがイイぜ」

「いや、マルさん。本当にいいんだ。俺が悪かったんだ」

「そんな莫迦なことあるかい！」

「とっつぁん、マルさん。とにかくもういいんです」

チョンベは立ち上がると俺たちに向かって頭を下げた。


スタジオは若い客で溢《あふ》れかえっていた。

「大丈夫か？」さすがの俺も本番前の緊張で足が震えていた。

チョンベはますます口数が少なくなっていた。

「では、ドブロックさん。次。お願いします」

控室にＡＤが顔を出す。

俺たちは一度、ハグをしあうと舞台に出た。

二

病室でチョンベは青よりもどす黒い顔になっていた。

絶対安静だと云われ、俺も五分ほどしか面会は許されなかった。

チョンベは涙を流しながら、俺に手を合わせた。

「よせよ。俺は死んだわけじゃねえぜ」

俺が笑うと、ようやくチョンベも安心したように苦笑して、喉が痛むのか顔を顰《しか》めた。

あの日、ドブロックは大受けした。

チョンベは狂ったように爆発し、俺は奴のアドリブについてゆくのがやっとだった。客はどうかわからないが、俺は飛ばし続けるチョンベが怖くなっていた。アクセルを床まで踏み付けている酔っ払いの車に乗っているような気分だったのだ。

そして、それは実際、そうなった。

オチの直前、チョンベは客に向かって、カメラに向かって〈ぼくは死にまあしゅ！〉とドラマの名台詞《ぜりふ》のように叫ぶと、隠し持っていた西洋剃刀《かみそり》で喉を掻《か》き切ったのだった。

一瞬、俺も含めて全員がそれもネタなのかと思ったが、チョンベが噴血と共にぶっ倒れるのを合図に大パニックになった。

その週の芸能ニュースと雑誌はさながら〈ドブロック祭〉となった。

病院で意識を取り戻したチョンベは俺にトレーナー姿の女が昔、産み捨てたも同然の自分の娘の成れの果てであったことを筆談で教えてくれた。

奴はそれを二人目の孫の死の時に直接、聞かされていたのだ。

娘はチョンベが〈憎い〉と云った。

〈憎い〉けれど逢《あ》いたかったとも云った。

娘は生まれてこなければ良かったと思い続けながら生きていたという。

全てはチョンベの居所を興信所に探し出させ、住民票を移し、子供たちを転院させてのことだった。娘は最後に俺に復讐《ふくしゅう》したかったのだろうとチョンベは云った。

俺は〈それでも娘さんは逢えて嬉しかったんじゃないか〉などとゴミのような台詞が口元まで出かかったのを呑み込んだ。

そんなことは誰にもわからないし、決めつけてはならないことだからだ。

声帯を削っちまったチョンベは声が出なくなるらしい。

ドブロックは解散した。

ダイアナは怒り狂っていたが、業界に影響力のある誰かに気前よくやらせてやったおかげで会社が潰れるようなことはなくなったと最近、云ってきた。

タイミングよく物事は進むモノで俺は時を同じくして正式に馘首になり、故郷にでも帰ろうと思っていた。

軽く呑もうと駅前を歩いていると肩を叩かれた。青いドレスの女だった。なぜか花を持っていた。女はそれを俺に突き出した。

「今日も偶然持っていたけれど。あの日も持って行ってたの」

「なんの話だ」

「スタジオ。あたし、いたの」女は微笑《ほほえ》んだ。「よかったわ」

「いらねえよ」俺は花を突き返した。

女はそれを受けとると側《そば》のゴミ箱に放り捨て「じゃあね」と云って歩き出した。

尻がぷるぷる揺れていた。

「おい」俺は声をあげた。

女が振り向いた。

「ここらに旨《うま》いおでんを喰わせる店をしらないか？　ちくわぶがあると最高なんだが
……」

「染みてるやつ？」

「そうだ」

「一軒、知ってるわ」

女が人差し指で〈来い来い〉と、ジェスチャーをした。

俺は女のほうへ歩き出した。

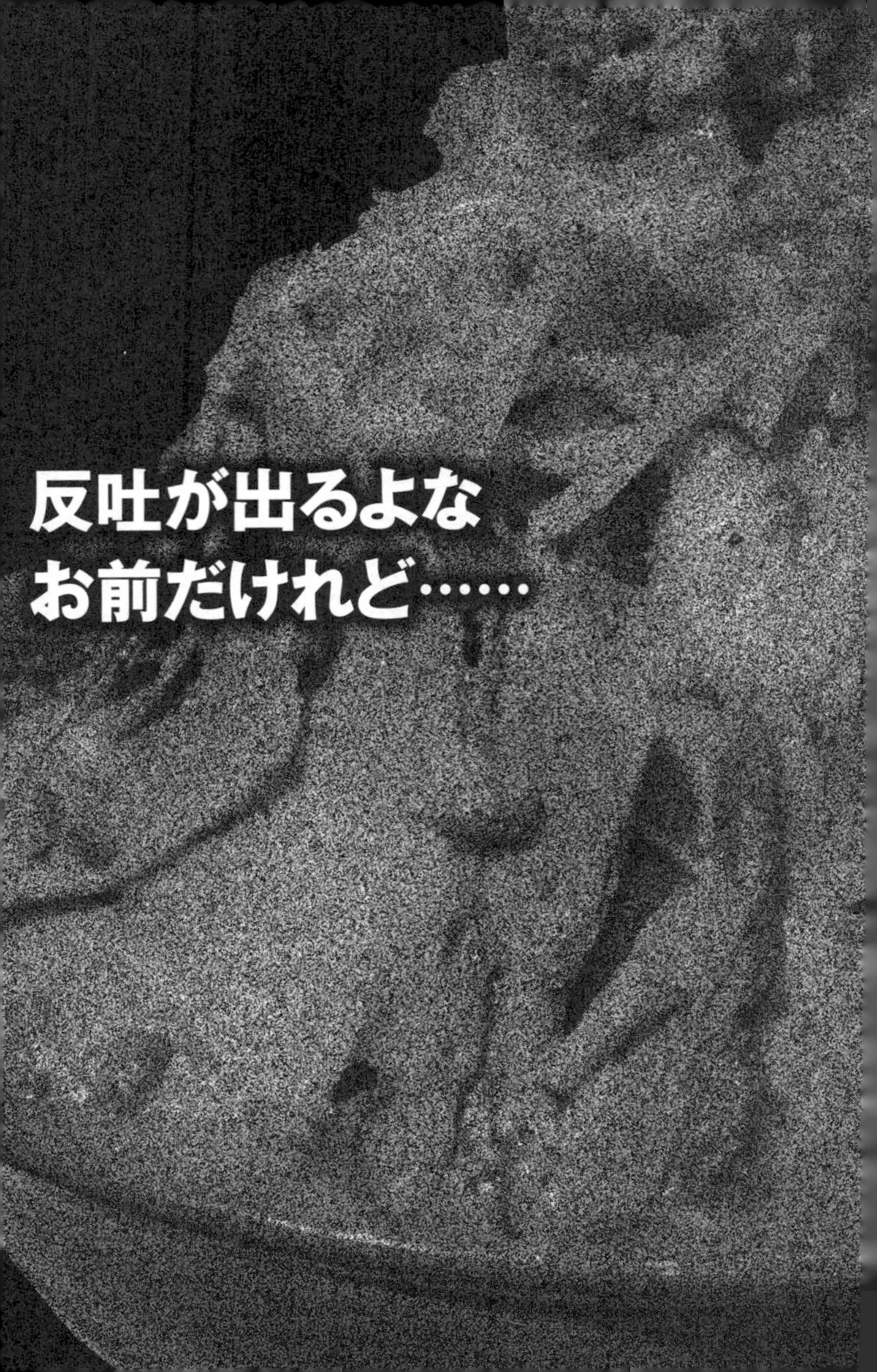
反吐が出るよな
お前だけれど……

一

「なあ、あんた乞食《じきこ》だろ？　乞食に喰《く》わせるものはねえんだよ。あそこにいるアソコが変な臭いのするババアなら、なんとかしてくれるかもしれないが、俺はごめんだね」

　ポケットの小銭を掌《てのひら》に載せているとカウンター越しに店主の声が降ってきた。

　俺は飯さえ喰えればありがたいと思い、閉めきられたシャッターが壕《ほり》のように延々と並んでいる商店街で一軒だけ開いていたクリーニング屋で、この店のことを教えて貰《もら》った。クリーニング屋は明らかに俺のことを嫌っている風だったが、意外にも、腹が減っているならあんたにぴったりの店があるよと教えてくれたのだ。表情とは裏腹に親切なおじさんだったなと感心して、教えられたとおり商店街の裏通りへと曲がり、そのまま筋を二、三本越えたところにこの店〈中華コリーダ〉があった。あったといっても看板を見つけたわけじゃなかった。ただ行列があったんだ。学生やフリーターや勤め人風が虫眼鏡《むしめがね》で灼《や》かれるような炎天で昼時に行列するのはラーメンぐらいしかないだろ？　だから、俺はそれを目印にした。サッシの入口を全開にした、コの字形のカウンターだけの店。テント看板の生地は溶け崩れたように骨組だけになっていたが、右端で垂れて丸まっているのが〈ーダ〉と読めたのでクリーニング屋の云《い》っていた店だと見当がついた。

「コリーダってラーメン屋は此処《ここ》かい？」俺は前に立っている学生風に声をかけた。

「こりーだ？　知らないなあ。俺たちは、きちがいラーメンって呼んでるけど」

「それが店の名前？」

「うん」

　俺はもう一度、店内に目を遣《や》った。客は全員、黙々と丼に向かっていた。顔を上げるのはラーメンを待っているか、水を飲むか、熱さに驚いて口の中を冷まそうとする時だけのようだった。

「旨《うま》いのかい？　此処」

「旨いとか旨くないとかじゃないよ。ゲロウマだけど、ゲロマズって感じ」学生風はそう云うと俺に向かって口笛を吹き始めた。生温かい息が顔にかかった。

「あんた、昨日、誰かが捨てたナプキンとか血の付いたキムチを喰ったただろ」

　学生風が何かを云おうとした途端、俺の番が来た。

　俺が戸口をくぐろうとした時、「別れてえんだよ！　くそったれの糞《くそ》が俺！　糞のような女と暮らす哀《かな》しみのなかで、その俺。ああ、ただただ糞女と別れたい！　金が欲しい！　糞女の横っ面を引っぱたいて尻《ケツ》を捲《まく》って大脱走できるほどの金が！」と店主が叫んだので驚いて顔を上げると、その胡麻塩《ごましお》頭の店主と目が合った。店主は俺が〈さっき公園であんたのおふくろさんに犬が乗っかって尻振ってたぜ〉とでも云ったかのような目つきで見、鼻を鳴らして首を振り、笊《ざる》を雪崩《なだれ》のように振り下ろし麵揚げにかかった。

店は燃える石炭のなかで蒸気を浴びているような暑さで、カウンターの向こうに並ぶスープと麵茹《ゆ》で用寸胴《ずんどう》のなかでは白濁した液体が〈アソコが滝壺《たきつぼ》〉のように騒いでいた。しかもなにやら異様な獣臭が店と云わず、客と云わず、ボロけた壁紙と云わず襲いかかり、見えない毛布でくるまれたようになってくる。客は全員、手の甲にまで粒を浮かせる〈汗だく〉で。口を利かず、ひたすら麵を啜《すす》り、顔を拭く。なかには暑さのおかげで故障したのか、やたらとしゃっくりを始めるのもいた。いずれの丼にも盛りの良い野菜がうずたかく載っている。俺は席に座ったのだが、メニューらしきものがどこにも無いのと、どう注文したらいいのかもわからなかったので、取り敢《あ》えず銭が足りるだろうかと数えたところに店主の声がかかったというわけだ。

「おい！　人間の屑《くず》！　屑野郎。屑やれよ！　もう死ぬんだからさあ、もうあんたは癌《がん》で死ぬんだからさあ。少しは人様のためになろうって気にはならないのか」

不意に具材を盛りつけていたバアサンが喰って掛かる。

「俺は癌じゃねえ！　ババア！」オヤジが振り向くと怒鳴りつけた。

「癌だよ！　わかってないだけさ。癌ってのはねえ、昨日今日できるもんじゃないんだよ。最低でも十年かかってゆっくりと大きくなっていくもんなんだ。だから、あんたはいま絶対に癌だし、癌になったし、癌になったらあんたは信じられないような惨めな死に方をするんだよ。はい。ありがとうございます。ありがとうございます。とても嬉《うれ》しくもご愁傷様です。はいはいはい」バアサンはオヤジを拝むように両手を合わせた。

　俺はド肝を抜かれたが他の客にはさほど驚いてる様子はなかった。

「ああ、こんな豚女！　こんなゲスの塊のような女となんで一緒になっちまったのかなあ。マシーンが欲しいよなあ。マシーンがよお。マシーンがあったら、このゲス牝《めす》と出《で》会《くわ》した日に戻って二度と、絶対に逢《あ》わねえようにするんだ。いや！　逢ったとしても抱かねえ。こんな女を抱くぐらいなら梅毒の淫売に突っ込んだほうが、なんぼかマシだぁ」オヤジは丼のタレをスープでのばすと揚げた麺を中に入れ、箸で整える。

「あたしだって同じだよ！　あんたみたいな口先だけの何の優しさもない男の器量の欠片《かけら》もないような大嘘《おおうそ》つき野郎なんかに騙《だま》されて一生を棒に振らされたくないからね。あたしだってマシーンが欲しいよ。欲しくて欲しくてアソコがぼぼ濡《ぬ》れだよ！」バアサンは丼のなかに具材である海苔《のり》と煮卵を添える。

「なんて汚らしい口糞アマだよ。なあ、お客さん！　誰かこの女を殺してくれねえかな？　そしたらずっとタダにしてやるよ！　どうだ、あんた！　得物《えもの》ならあるよ」

　オヤジに包丁を突き出されたフリーター風の男は〈いいです〉と呟《つぶや》き、麺に戻った。

「莫迦《ばか》！　そんな目腐れ金で誰が人殺しなんかするもんかよ！　あんたは本当に蚯蚓《みみず》ほども脳味噌《のうみそ》がないからねえ。本当に生き恥だ。こんなものと暮らしていたなんて、とんだ生き恥人間ですよ、あたしは」

「莫迦はおめえだよ！　屑マンコ！　テメエなんか殺すのに大金払う価値があるわけねえだろ。なあ四の五のめんどくさいから早く死んでくれよ。そこの通りにもバスやトラックが来るだろ。その前へプールに飛び込むみたいにしてくれりゃ済むんだ。やってくれよ！　一生の御願いだから。自殺してくれよ！　頼むよ、死んでください！　御願いします。自殺してください。できれば大きな会社の車で事故死してください」オヤジは箱から麺を出し、湯にポンポンと放り込む。

「糞喰い野郎！　誰がそんなマブいことするかよ。そんなことしたら銭が入るのはおまえじゃないか！　あたしはあんたより一日だって長生きしてさ、くっだらないあんたの死骸を焼いた灰をドッグフードに混ぜて犬に喰わせてやるんだよ。そしてあんたが犬の尻の穴から出てくるのを眺めてドンペリで一杯やるのさ。それだけは譲れないね！」バアサンが叉焼《チャーシュー》を切り、葱《ねぎ》を刻む。

「情けない女だ！　屑の淫売だ！　なんでこんなものが女としてヒリ出されてきたんだ

ろ。よっぽど、てめえのおふくろの子袋は腐ってたんだな。でなきゃこんな女のできそこないがアソコから出てくるはずがねえ」オヤジは丼を並べるとタレを小柄杓《こびしゃく》で入れていく。

俺は面喰らいながらも〈ラーメン〉と云おうとした。

するとオヤジが「コイカタオオメノブタマシ？」と怒鳴ってきた。

「え」

「ブタマシ？　ニンニクヤサイマシ？　それともブタニンニクヤサイマシマシ？　カタバリカタ？」

「はあ」

「どぶどろ？　どぶどろのぶろどろ？　どろどぶましのどろぶろ？　どぶどろましましのどろどろましましぶろぶろ？」

「ああ……なんだろう……どうしよう」

「ああ！　もうめんどくせえ。いいや、あんた。とにかく喰え。金あんだろ？」

「はい」

「乞食《じきこ》だよ！　乞食に文句は云わせないよ！　いくら乞食以下の人間だと云ったってあたしまでが乞食や乞食以下の人間だと思われるのはたまんないよ！」

その瞬間、俺はバアサンがドラマに出てくる家政婦に声も顔も全身もそっくりなことに気がついた。

「味のことですよ。どぶどろはどろのようにドロッと濃くて、どぶのように豚骨の臭みが強いってこと。あんたが頼んだのは、たぶんこの店でも最強な一発ですよ」

隣にいるサラリーマンが教えてくれたが、奴《やつ》の唇はリップグロスを盛り塗りしたようにギラベトしていた。

「早くしろよ！　おまえのくだらない人生に付き合わされている俺の身になることもできねえんだろうけれど、おまえは存在しているだけで俺を圧迫してるんだよ！　俺はおまえに死んで欲しくて欲しくてたまらない！　このたまらなさを押し殺して仕事をしなくちゃならない苦しみを人間なら少しでも人間の欠片でも残っているなら、もう少しあと二ミリでも素早く動くことができねえのかな？　やっぱりサラリーマンの家でぬくぬく暮らしてきた女にはこういう鉄火場の仕事は向いてねえ……」

「糞喰らえ！　糞を喰らいなよ！　こうパクパクパクパクパク！　あんたみたいな中卒にもなれない脳味噌とっぱらいのヤクザをよくお天道様が許してるよ！　自殺しな！　自殺しておくれ！　自殺自殺自殺自殺自殺自殺自殺自殺自殺自殺自殺……」

「死ね死ねババア！　死ねババア！　他殺他殺他殺他殺他殺他殺他殺他殺他殺他殺他殺……」

俺はふたりが狂ったように罵り合うのを聞いていると何だか腹の底が塩辛くなって、

ゲップがなんども持ち上がってきた。

「よくみんな平気で喰うなあ」

するとと反対側のサラリーマン（こいつは汗だくすぎて乳毛がシャツから透けていた）がゲップをしながら俺を肘で突き、カウンターのなかのふたりを指差した。

「ああやって、喚《わめ》き合いながらも次々と注文のラーメンを仕上げていってるでしょう。プロなんですよ、あのふたりは。だからみんな我慢して食べに来る。それにここのラーメンは絶品だから、終《しま》いには慣れてくるし、あれも良いスパイスになってるんです。あんな調子だからこっちも喰えばさっさと出てきますからねえ。客の回転もいい。ちょっとくらい不便があっても文句を云う空気じゃない。実に実に巧みな仕掛けですよねえ」

リーマンはズズッと音をさせて丼を空けると言葉通り去って行った。

ドンと音がしたので見るとラーメンみたいのが前にあった。

みたいのがっていうのはラーメンには違いないのだろうが、そこにあるのは俺が今までご対面してきたものとは似ても似つかない代物《しろもの》だったからだ。

まずピラミッドのように積まれた大量のキャベツで中身が見えない、上に載っているのは生のおろしニンニクらしく鼻のなかまでツンとした臭いが突き刺さる。背脂《せあぶら》とスープが丼からカウンターに垂れていた。湯気と云うにはあまりにも獣の血を炊いたような煙に俺は厭《いや》な汗を我知らず噴き出していた。とにかくオヤジが胡乱《うろん》な目つきで睨《にら》んでいるので、とっとと喰って逃げるのが手だと割り箸を鳴らし、丼に突っ込んだ。ところがいつまで喰ってもキャベツキャベツキャベツ、まるで迷路に突っ込んだように喰えども喰えども麺が姿を見せない、しかもぶっかけの生ニンニクがキャベツの合間に飛び込んで強烈に鼻を刺激する。咽《む》せつつ目を白黒させながら、ようやく麺に辿《たど》り着くとそのまま勢いよく啜り上げた。洗ってない犬の背中に噛《か》みついたような臭いと共に、なんだか喉の奥に泥を塗りつけられたような濃いと云うよりも〈えげつないまでに〉塩辛いスープが雪崩れうち、不意を突かれた俺は残しては金が勿体《もったい》ないというだけの理由で訳もわからず箸をついつい動かしてしまい。なんだかわからないうちに半分以上を喰い、飲みしてしまっていた。丼から顔を上げると目の前が緑と紫のフィルターがかかっているみたいになって、俺は水を一杯飲んだんだが、それでも目眩《めまい》は治まらず。

「まずっ」……ざっぱーん！　という感じでゲロを吐いて、わからなくなった。

二

気がつくと薄暗い天井を見上げていた。躯《からだ》はべとつき、脂臭い。顔を上げると扇風機の前で足を組んで座ったオヤジが煙草《たばこ》を燻《くゆ》らしていた。

「とんでもねえ野郎だよ、あんた。営業中の店でゲロなんか吐きやがってよ。しかも、マズッ！　なんて叫びやがって」

「ああ、すみません」俺は躯を起こすと胡座《あぐら》をかくしかなかった。立ち上がろうとしたけれど、また胸がムカムカして吐きそうになったのだ。

「まずいのかよ？　うちのラーメンがそんなによ」

店にはオヤジだけのようだった。

「安心しろ。ババアはいねえよ。今は店の休憩時間だ。五時まではな。休憩中は別々に離れて過ごすのさ、マンズリでもしてるんだろう」

「本当に嫌いなんですね」

「殺してやりてえ。人を殺してもいい国ってのがあれば俺は店畳んででも行きたいね。それよりもあんた、うちのラーメン、そんなにまずいのかよ？」

「いや、ちょっと慣れてなくって」

オヤジは煙草を捨てると長靴で潰した。

「ラーメン喰うのに慣れとか慣れねえとか……なに云ってンだよ、あんた」

「はあ」

「ウチはもう二十七年もやってんだよ。昨日今日のナニじゃねえんだよ！」

オヤジが勢いよく立ち上がったので、殴られると思い首をすくめた途端、半分がた下ろしてあったシャッターをくぐって男がふたり入ってきた。

オヤジの顔が青ざめた。

「ちょんわちょんわ！　知ってるか？　ちょんわちゃんわ？　あれ？　ちゃんわちょんわかな？　どうだ！　オッスめっすキッス！」

サングラスにスーツ姿、角刈りの男がオヤジに向かって怒鳴りつけた。

「どっちなんじゃこりゃあ！」その後ろにいる眉毛のないアロハシャツの男が視線でオヤジを刮《こそ》ぎ減《べ》りさせようとするみたいに思いきり眉間に皺《しわ》を寄せ、顔を上下させる。

「ちょんわちょんわ……だと思います。花の応援団ですよね。青田赤道《あおたあかみち》」

オヤジが蚊の鳴くような声で呟く。

「関係あるかぁ、こりゃあ！」アロハが怒鳴りつける。

「埋めるぞ！　埋めると云うよりも煮て、出汁《だし》取って、客に喰わすぞ！」スーツが叫ぶ。

「客に喰わすぞ！　ええんかこらあ！」スーツの言葉をアロハがくり返す。

「わかったな？」スーツがオヤジの肩をぽんぽんと優しく叩《たた》く。「こっちはいつでも用意してるんや。あんたが決心してくれたら済むことやないかい。そしたら、あんたこないなしょむない店で汗だくになって、おたおたせんでも済むことや」

「いやでも……それは」

「わりゃ、まだそないなことグチャグチャ抜かしとんのんかい！　グチョグチョにしてまうど！」

「ブチョブチョにしてまうど、ごらあ！」

「……ちゃうやろ。グチョグチョやろ」スーツがアロハのほうを向いた。

「あ、すんません」

「そういうとこ、ちゃんとして。俺らプロやねんから」

「すんません、アニキ」

「この人にも謝って」スーツがオヤジを指差す。

「どうも、すんません」アロハは躯をボキリと音がしそうなほど激しく折り曲げた。

「はあ。どうも」

「で、わかっとんのかい！」スーツが叫ぶ。

「どうなんじゃ、わりゃあ！」アロハがキレる。

オヤジは黙ったまま、項垂《うなだ》れた。

「またまた、いつもの地蔵攻撃か……しゃあないな。おい！　ネズミ！」

「ああ、それはやめてくださいよ」

「しゃあないやろがい！　おのれが播《ま》いた種じゃ！」

スーツが手を伸ばすとアロハがどこからかハツカネズミを取りだして手に乗せた。

「見とれ！　これがヤミ金のど根性じゃい！」スーツはネズミを摑《つか》むと頭を口に入れ、そのまま嚙み千切り「げろお!!」と叫んだと同時に床に五度、びちゃびちゃ吐いた。

アロハがオヤジ以上に目を丸くした。

「ぐぶぶぶ……見だがあ、ちゃきぃっと見だがあ。見んとイワすぞ、わりゃ！」

涙目になったスーツが睨みつける。

「云わされんど、ごらあ」顔色を失っていたアロハが気づいたように叫ぶ。

「ほな、おまえな」

「え？」

不意に頭のないネズミを渡されたアロハがキョトンとした。

「なんですのん、アニキ」

「おんどりゃ！　ヤミ金根性みせたらんかい！」スーツがアロハを怒鳴りつけた。

「え」

「それはなんや？　おまえの手に乗ってるもんはなんやあああ？」

「ネズミですけど」

「ネズミやろ！　ネズミやろがい！　ネズミはなんと鳴くんや？」

「ちゅ……チューチューです」

「せやろ！　そしたら、チューチューしたらんかい！」

「え」

「あほんだらあ！　ちゅーちゅー吸え！　云うてんねん」

「そ、そんなあ。ご冗談を……」

「くらすぞ！　わりゃ！」スーツはアロハをいきなり殴り倒すとそのまま顔がわからなくなるほど蹴り潰してしまった。

俺は人間の顔があんなに簡単に目も鼻もぺったんこになるのを初めて見た。

「阿呆《あほ》が」スーツは革靴の裏をアロハのアロハで拭った。粘っこい血が糸を引いて染みになった。スーツは握っていたネズミをアロハの口に押し込むと顔を蹴り上げた。爪先が目玉に刺さるとアロハは悲鳴をあげてむっくり起き上がり、そのままスーツに尻を蹴飛ばされて外に転び出た。

「今月末。それで終いや。その時もガタガタ抜かしとったら、お山に連れて行くでハニー」スーツは胸ポケットから小さな袋を取りだすと目の前で振って出ていった。

オヤジはホッと溜息《ためいき》をつくとホースで水を撒《ま》き、床を掃除し始めたので、俺も手伝った。

「あいつら、ラーメンにシャブを入れろって云うんだよ。そしたら客がもっと癖になるってな。既にあっちこっちでスープで薄めたシャブラーメンを売らせてるらしいんだけど。冗談じゃねえ。いくらなんでもそこまで落ちぶれたくはねえよ」

「おやじさん、本当に奥さんのこと嫌いなんすか」

するとオヤジはデッキブラシの手を止め、俺を見つめた。

「俺はあの売女《ばいた》と別れるために奴らから借金しちまったんだ。競馬で増やそうと思ってな。馬主に知り合いがいる客の口車に乗っちまったんだが、それが雪ダルマで五百万だ。畜生……殺してやりたいぜ。あんた、ここを頼むぜ」

　オヤジはデッキブラシを俺に渡すとカウンターに入った。

　スーツが汚した跡を洗い終えるとカウンターにラーメンの入った丼が置かれた。

「いや。俺は。もう……」

「あんた、いくらもってるんだ」

　俺はポケットのなかの小銭を数えた。

「九百七十二円」

　オヤジはフッと薄く嗤《わら》った。

「……いいから黙って喰え」

　仕方なく座るとそこには店のラーメンとは似ても似つかぬ、透き通ったスープのラーメンがあった。

「それが俺のラーメンだ。ウチで今、出してるのは俺の作りたいものじゃねえ」

　オヤジが苦虫を嚙み潰した顔で呟いた。

「うまそうですね」

「うまそうじゃねえ。旨いんだ。飯の感想は喰ってから云え」

「はい」俺は箸を割るとレンゲでスープを吸った。口の中に適度な甘みとカツオの出汁が染み渡る。オヤジが作ったのは典型的な東京ラーメン、昔で云うところの支那ソバだった。

「うまい。うまいっすよ！」

「ふん。それは俺が自分の賄《まかな》い用に作ってるやつだ」

「こっちも出したらいいのに」

オヤジは煙草に火を点《つ》けると一服吸い込み、鼻から煙を吹いた。

「莫迦野郎。そんなものは売れやしねえ。あんたは本当に腹が減って喰ってるからだ。見たところ貧乏そうだしな。ところが他の客、特にここらでラーメンを喰おうって客はそんなものじゃ満足できねえのさ。もっと濃くて、舌がひん曲がるほど塩っ辛くて、アクの強い、便所の雑巾を煮たような鼻のもげるようなものでないとな。俺は三度、店を潰してようやくそのことがわかったんだ。だから、さっきみたいな連中も妙なことを考えやがる。今の客にとってはラーメンなんてのは駄菓子と同じ、ギトギトしたり、ベトベトしたり、なんだかギラついたドラッグみたいなものじゃないとダメなんだ」

「俺、悪いけど。さっき喰ったのなんか立て続けだと具合が悪くなっちまうと思う」

「当たり前だ。あんな脂と塩分と化学調味料の塊なんぞ、毎日喰ってたら死んじまう。でもな、これなら死ぬだろうなあっていうやつを作ると売れるんだ。三日食べたら胃の粘膜が溶けて、血管が詰まりそうなものほど評判になるんだよ。ダテに客を五人殺しちゃいねえよ」

「え？」

「肝硬変に動脈硬化、みんな成人病の巣になって死んじまうのさ。死ぬ前はなぜだかみんな急に顔が歪《ゆが》みやがって。踏んづけられたセルロイドみたいになっちまってたな」

と、シャッターが威勢良く開くとバアサンが入ってきた。

「なんだい、この人？」

「ウチで働くんだ」

「え？」俺は叫んだ。

「当たり前だろ。あんたのせいで客の何人かはラーメン喰わずに出て行っちまったんだ。明確な営業妨害だ。その分、ちゃんと働いて返して貰うぜ。それともまたオケラでふらふらほっつき歩くか？」

俺は正直、迷った。外がギラついているのはわかりきっていた。ゲロ吐いて倒れて、人がゲロ吐いて、人がぶん殴られて潰されるのを見た。そんなこんなが積み重なって外に出ていくのが怖くもなり、億劫《おっくう》にもなっていた。ダラダラとオヤジに付き合ってみるかという気持ちが持ち上がっていた。

「めんどくさいことは厭だよ。あんたは昔っからロクでもないことしか考えられない、ロクデナシなんだから」

「うるせえババア！　死ね！」

「慌てなくても、いつかは死んでやるよ。それよりあんた。あのヅカ石ヘド彦が下見に来るってよ！　大変だよ！　うかうかブッこんでらんないよ！」

「はあ？」

三

ヅカ石ヘド彦っていうのは元漫才師で今は主にグルメリポーターをやっているオーバーオールのデブで、奴が褒めた店は必ず大繁盛するという2ちゃんの噂《うわさ》もあった。

バアサンの話ではこのラーメン屋〈中華コリーダ〉がどういうわけか取材対象に選ばれ、近々、ヅカ石とディレクターが試食に訪れるというのであった。

「俺《おら》ぁやだよ。そんなめんどうなことしたくねえ。懲り懲《こ》りの尻《ケツ》の穴だ」オヤジは首を振った。

「この糞莫迦野郎！　あんたは本当に救いようのないゴミ屑だね。これで金を稼いだら、こんな糞駄目、おまえのような糞亭主とあたしは晴れて別れられるって云ってンだよ。ということはテメエだって同じだろってことを云ってンだよ。いつまで愚図ついて、こんなゲス店を続けようってんだよ。少しは脳味噌のついてるところを見せて御覧な！」

その時、キャベツを刻んでいるオヤジの手が止まり、目に理解のようなものが宿った。

「確かなのか」

「当たり前さ。風呂屋のギャートルズが云ってんだ」

「あのババアはガセばかりじゃねえかよ」

「ババアのゲス娘のゲス嫁ぎ先がゲステレビ屋で、ゲス息子からゲス嫁伝いにゲスネタが来たんだからゲス確かだよ」

「そいつがゲス確かだとするとゲス儲《もう》かるのか」

「当たり前田のゲス玉クラッカーだよ。スゲー儲かるよ！」

「そいつあ、タマキンがゆるゆるするなあ」

「気前のいいことブチ込みやがって！　まったくブチ殺してやりたいよ！　糞野郎！」

バアサンがオヤジの背中を除夜の鐘のように景気よくブッ叩くと、なんだか人の声じゃないような〈うぉぉん〉という音がオヤジの口から零《こぼ》れ出た。

「とにかくヅカだよ！　ヅカ！　こうしちゃいらんないよ。ただでさえナニがアレなんだからとびっきりのゲスラーメンをこしらえなくちゃ、あいつは絶対に納得しないよ」

「畜生！　てめえと組むのは肝が灼けるが別れるためだ。背に腹だ！」オヤジはカウンターに戻ると冷蔵庫からなにやら食材を取りだし始め、バアサンは裏から新たに林檎《りんご》や葱、ニンニクなどを笊に入れて運び込んできた。

「こっちこそあんたの百倍背に腹さ！」

「なら俺はおまえの千倍だ！」

「あたしは万倍だよ！」

ふたりは怒鳴り合いながら手を休めることなく、今まで使っていたスープをベースに更なる試作に取りかかっていた。喚き合い、怒鳴り合い、時には面と向かって唾《つば》し合いながらも、ラーメン作りに取りかかる二人の姿勢は息のあったバレエのペアのように無駄がなかった。

「おまえはグズグズしねえで汚れ物を片付けるんだよ！」

オヤジにエプロンをぶつけられ、俺は慌てて腰に巻き付けると洗い場に立った。丼やレンゲ、コップが山となっていた。

オヤジとバアサンは互いに罵り合いながら時間が来ると準備中の札を引っくり返す、既にその時には店の前に行列が並んでいた。

「どろどぶのどぶどろどろのどろどぶの……」オヤジは客の注文をこなしながら、タレに岩塩を突っ込んだり、何か得体の知れない小瓶の液体を注ぎながら首を傾《かし》げ、頷《うなず》く。

「わかったような振りをしなくていいんだよ！　何もわからないで、ただ莫迦みたいに作ってりゃいいんだ！」

「うるせえ、惚《ぼ》けババア！」

相変わらず互いに怒鳴り散らし、客は麺とスープをズルズルと胃に流し込んでは帰る、をくり返していた。俺はくるぶしから腰を伝って腹から背中にまとわりつく豚骨臭と熱に気が遠くなったり、膝がガクガクしたりしながら、どうにかこうにか営業終了を迎えることができた。

「よし！　ジジイ、やるよ！　離婚だ！　離婚！　離婚するんだ！　頑張るよ！」

「おう！　別れるためだやるぜ！　おまえと別れられるなら牛の糞でも飲み込めるぜ！」

俺がエプロンを外そうとするとオヤジが止めた。

「なにやってんだ？」

「いや、帰ろうかなと」

「莫迦！　これから、どろどぶやるんだよ。おまえには客の代わりをして貰わなくちゃなんねえ。帰すわけがないだろう」

「いや。俺、そんな凄《すご》いことできないから」

「ふざけんじゃないよ！　あたしもこの人も舌が莫迦なんだから、あんたみたいなド素人《しろうと》のド舌で味わって貰うんだよ。帰るならキンタマ置いて行きな！」

俺は取り敢えずカウンターを出ると丸椅子にへたり込んだ。腰と足が限界だった。背筋までが痛んだ。

「弱いね。最近のオンタは弱い魔羅だよ！」

「ツヨマラキタヨ！　ハニー」突然、店内に真っ黒なものが入ってきたかと思うとバアサンが飛び出し、抱きついた。ふたりは口と口を吸い合い、バアサンの胸がまさぐられ、バアサンの手は相手の股間を発火せんばかりに擦《こす》り上げていた。

オヤジの顎がストンと胸まで落ちた。

「な、なんなんだ！　そいつは」

「莫迦、ダーリンに決まってるじゃないか！」一瞬だけ口を離したバアサンが叫ぶ。

そいつは全身、真っ黒な肌でスティービー・ワンダーのようなサングラスをかけ、白い杖《つえ》を持っていた。縦から見ても横から見ても黒人だった。

「だ、だから！　なんなんだよ！　そのかりんとうみたいなのは」

「チョースケデス。ダメダコリャト、ヨンデクダサイ」チョースケは頭を下げた。

「あたしゃねえ、このダメダコリャと所帯を持つことに決めたのさ。だからさっさと、どぶどろの毒ラーメンで稼いでおさらばしたいんだよ」

「ああ、そうかいそうかい。おまえは昔っからマン弱な牝豚だったからな。カリントウのデチ棒喰らったらイチコロだったんだろうよ。穢《けが》らわしい」

「あんたのそこにくっついてる在るか無きかみたいなイボよりはよっぽど底突きがいい

んだよ。ねえ〜ダメダコリャ？」

「ダーリンスイートハートマイリトルベイベエ」ふたりはそこでまた口と口を吸い合った。

「妬《や》いたって戻りゃしないから。今更、里心を付けたって遅いんだからね。あんたは今まで散々、あたしを裏切ってきたんだから」

「莫迦野郎！　そんな賞味期限の過ぎた化石マンコのどこが惜しいかよ。おい！　かりんと！　そんなとこに突っ立ってねえで、おまえもこっちに来て手伝え」

「あははは……。やっぱり悪いのは頭とチンポと根性だけじゃなかったんだねえ。この子にそんな真似《まね》できるわきゃないよ。この子はそんな汚れ仕事をするようにできちゃないんだよ！」

「デキチャナインゼスヨ！」

　ふたりは笑い合い、また口を吸い合う。

「なにを云いやがるんだ！　キチガイ牝！」オヤジがバアサンに向かって生麺をぶつけ、床に落ちる。

「だって見えないんだよ！」バアサンは麺をサンダルでねっちりと踏みつけた。

「なに？」

「この子の目は神様がお使いになってるのさ。ねえええ、ダーリン」

「イエスハニー」

ふたりがまた口を吸い合ったので俺はカウンターに肘を突き、暫《しばら》く寝ることにした。

ドンと音がし、見ると目の前に丼があった。野菜はなく麺とスープだけだったが、賄いのラーメンとは別物のどぶどろのスープが湯気を上げている。

「喰え」スープに猿の干し首のようなものを投げ入れたオヤジが叫ぶ。

「俺、お腹《なか》いっぱい……」

「喰うのが仕事だ。仕事だ。喰え」

「そうよ、喰いな。喰うのが厭ならキンタマ置いて死にな」

見るとチョースケも隣で同じ丼を前にして器用に箸を割っていた。

「イタダキマス」チョースケが喰い始めたので、俺も食べることにした。麺を口に運んだ途端、クシャミが止まらなくなった。強烈な獣の刺激臭が調味料とは別に鼻を襲い、躯が驚いていた。それでも無理くり口に含むと顎全体が絞られるような塩辛さに喉が灼けた。

ぐえ！　突然、隣で嘔吐《えず》く音がし、チョースケが躯を曲げて震えていた。サングラスの下から泪《なみだ》がいくつも頬を伝っていた。

「ダメダコリャ」チョースケが呟き、丼の向こうに倒れた。

オヤジとバアサンが親指を突き立てた。

四

　こんな感じで一週間ほどが過ぎた。バアサンとオヤジは更に強烈なラーメンを開発し、ヅカ石に認められることで金を一気にカッパぎ、離婚資金にするという共通の目標をもったおかげで傍《はた》から見てもしっかりした協力態勢に入っていた。

　しかし、奇妙なことに日が経《た》つにつれ、ふたりの顔色は冴《さ》えなくなっていった。

「とうとう二割か……」

　ある日、仕入れから戻って来たオヤジがポツリと呟いた。

「どうしたんすか」連日のどぶどろラーメンの試食のおかげでお粥《かゆ》しか欲しくなくなっていた俺はレンゲで米の汁を啜りながら顔を上げた。どぶどろ最強毒ラーメンは味の最終調整に入っており、オヤジしか手が出せないので、バアサンはチョースケと共に夕方の営業まで戻って来ない。

「少しずつ客足が落ちてきているのよ」

「まじっすか」そう云われればここのところ行列の解消が少し早くなっていた。

「なんでだろうなあ。奴らの好きな味を最強マシマシにしてるんだがなあ」

「ほんとですよ。ここのところのどぶラーメンときたら胃に穴が開きそうですからね。

胸灼けしちゃって寝るどころじゃないぐらいだ」

「わからんな」オヤジは煙草に火を点けた。「客は気まぐれだ……」

「いいよ。明日ですね」

「ああ」

ヅカ石ヘド彦は明日、昼営業が終わった後の休憩時間にやってくることになっていた。

その夜、俺は久しぶりに銭湯に行った。店を手伝うようになってから寝るのはテーブルをふたつくっつけた上だったたし、風呂も無かったので気持ちが良かった。

「げえ」見ると俺の躯は急激に〈どぶどろ化〉していた。腹がでっぱり、躯のあちこちに妙な吹き出物ができていた。顔色は悪く、頭を洗うたびに髪の毛がごっそり抜けた。

「なんて怖《おそ》ろしい食い物なんだ……」

藻のように髪の絡みついた指を見つめていると背中に湯がばしゃりとかかった。後ろに座った男が下手《へた》なかけ方をしたせいだった。文句を云う気はなかったが、どんな奴かと振り向いて仰天した。真っ黒い肌、縦から見ても横から見ても黒人な姿形、チョースケだった。

「てめえ、お盛《さか》んなんだよ。お盛んすぎんだよ。どうなってんだよ、へへへ」

「やめてよ」

「けけけ」

チョースケは当然のことながらサングラスをしていず、鼻歌交じりに隣に並んだ子供みたいな躯をした背の低い白い肌の男のチンポコに手を伸ばしてじゃれていた。

俺は奴に気づかれないようにそっと立つと風呂屋を出た。


「あんた、ここに就職したの？」

裏口にゴミを運んでいると不意に声をかけられた。見ると初日に隣に座ったサラリーマンだった。何度か店に来ているのを見かけたが声をかけたことはなかった。

「まあ。就職ってのか……」

「そう。ならオヤジさんに云っといてよ」奴は楊枝《ようじ》を咥《くわ》え直した。「味が落ちてるよ。パンチが。なんだか殺し屋のきちがいラーメンじゃなくなってる。そこらの単に頑張ってるラーメン屋の味になっちまってるってさ」

「ああ、なんだかオヤジも気にしてたな。ここんとこ客足が落ちたって」

「なんつってた？」

「なんも。わかんねえって。客の気持ちは」

「ふーん」と云いながらサラリーマンは鼻を二度ばかり擦った。「仲良すぎンだよ。あんた気づかねえかな。最近、オヤジとババアのやりとりがヌルイんだよ。あれが原因だろ？　なんかあったのか」

俺は「いや、別に」と云いかけ、そう云えばここのところふたりは毒ラーメンの研究に一生懸命になるあまり、なんだか信頼し合う雰囲気になる時がある。勿論《もちろん》、それに気がつくと反動のように罵り合いを始めるのだが、リーマンの云うように確かに以前の殺伐とした耳を疑いたくなるような下劣な罵倒は影をひそめている。

「俺は……」

と、顔を上げたところで店で歓声にも似たどよめきが起きた。戻るとパンパンにオーバーオールを膨らませた提灯《ちょうちん》デブがハンチングを被《かぶ》ったディレクターと丸椅子に座るところだった。

「ヅッカちゃんで〜す」デブは両手を頬のあたりでパッと咲くような感じに開くと満面の笑みを浮かべた。俺はこのデブには詳しくなかったが、確かにいろいろと喰ってそうなデブだった。

「オヤジさん、一番自信の一杯、渾身《こんしん》の一杯を御願いします」ハンチングが笑いかける。するとオヤジとバアサンが緊張した面持ちで「へえ！　ガッテンでい！」と、したこともない返事をして作り始めた。

「休憩時間に来るんじゃなかったんですか」

「知るかよ」オヤジは手早く麺をほぐしながら、邪魔だと俺を押しのけた。

「ヅカちゃん、最近、マウゲロ云ってないから是非、云いたいなあ。せーの、マウゲロ！　マウゲロロロロロロロロロロ〜」

どういうわけか客までが、ヅカ石にのってゲロゲロと叫んで、はしゃいだ。

俺は何故《なぜ》か胸灼け的にうんざりしていた。

「しくじるんじゃないよ！」バアサンが金切り声をあげた、いつもなら当然の如《ごと》く云い返すはずだが、オヤジは黙々と作業を進め、それが客に驚きとなって伝わるのがわかった。

やがてあの汚らしいものと躯に悪いものを山ほど掻《か》き集めて作ったラーメンが完成した。

魔女の大鍋で煮崩したような汁のなかに麺が入れられた。

「はい。当店特製、ドブゲドロラーメン阿鼻叫喚《あびきょうかん》スペシャル牛頭《ゴズ》です」オヤジがカウンターに真っ黒なスープの丼を置くと客が新メニューだと、ざわついた。

ヅカ石は顔は笑うが目は決して笑わない。俺にとっては信用のできない類《たぐい》の男だった。

「いただき麺ソーレ！」大袈裟《おおげさ》に両手で拝むとヅカ石はドブゲドロを喰い始めた。

オヤジとバアサンは勿論、客までが珍しく固唾《かたず》を呑《の》んで見守るなか、いきなり隣のハンチングが〈ぎぇえらっ〉と叫んでクシャミをし、スープ交じりの極太麺を鼻から垂らし、喉を掻き毟《むし》りながら水を飲もうとして悶絶《もんぜつ》した。〈ば……ばり……マウゲロぉ〉そいつは丸椅子から落ちると四つん這《ば》いになりながら何度も深呼吸をした。「す……すげぇ。これは人間の喰うものの限界を超えてるぜぇ！」そいつが呻《うめ》くと隣にいた客がレンゲに手を伸ばし、スープをひと口盗み飲みした。

「ほおりぃしっと！」そいつも転がり落ちると床で胸を掻き毟った。

「こいつ、英語2だったのに……」転がった仲間を見て更にその隣のツレが青ざめた。

「怖ろしいほど刺激的に違いない……」

するとー斉に客が立ち上がった。

「オヤジ！　ドブゲドロくれ！」「俺も！　ドブゲロ糞まみれ！」「こっちにも追加して！」「こっちもヘドゲロ!!」店中が競り場のような騒ぎになった。

「へぇ！　毎度！」オヤジとバアサンがカウンターのなかで微笑《ほほえ》み合った。

此処に来て初めて見る有様だった。

突然、盛大に丼の割れる音が響き渡り、店内が静まりかえった。あのヅカ石ヘド彦が腕組みをしていた、目の前の丼は床にへばりついているハンチングに向かって投げつけられていた。どろどぶげろどぶ……なんだか、そんな名前のラーメンの中身を男は被っていた。

「ゲロマズ！　ゲロマズのゲロヌルぅ！　こんなのどこにでもあるラーメンじゃんか！」ヅカ石は細い目で陰険にオヤジを睨み上げていた。「こんなラーメンのどこが阿鼻叫喚で牛頭なんだよ！　ラーメン舐《な》めんなよ！　いい気になんなよ！」

「ど、どこが悪かったでしょう」

「なにもかもだよ！　なんだよ、このだらしないパンチの無さは！　日なたのアイスだってこんなラーメンよりは骨があるぜ！　あんた緩いんだよ！　ユルフンなんだよ！　ゆるゆるの褌《ふんどし》野郎なんだよ！」ヅカ石はブラウン管越しに見るのとは別人のように凶悪な顔で怒鳴り、立ち上がると〈首を切ってやる！〉と、オヤジに向けて親指を下に向けた。ヅカ石は四つん這って頭から麺を垂らしているハンチングを蹴り上げると「やめさせちまえ！　こんな店！」と怒鳴って出て行った。蹴られたハンチングも「あんた生き様が甘すぎるわ」と唾を吐いて出て行った。

　すると手に手に野口英世を摑んで追加注文に立ち上がっていた客たちも座り込み、目の前にある丼を適当に啜ると出て行った。なかには「甘いんだよ！」などと叫んで行く奴もいた。行列も消え失せ、営業中だというのに店には客がいなくなってしまった。

「なにをしてくれたんだよ！　この糞オヤジぃ！　きぃー！」バアサンがオヤジに摑みかかると顔面を搔き毟った。

「知らねえよ！　莫迦！」オヤジがバアサンを冷蔵庫に突き飛ばす、バアサンが床に転がる。「いっつもこうなんだよ！　肝心要《かなめ》で駄目になる！　ああ〜なんでこうなんだろ！　この莫迦は！　もう愛想が尽きたよ！　金なんか要《い》らない！　こんな死神みたいな、ゲンクソ悪い男なんかもう懲りっごりだぁ！」バアサンは床を殴りながら喚いた。

「俺だって、てめえみたいな貧乏オソソにゃ未練はねえ！　反吐《へど》が出る！　出ていきやがれ！」

「ふざけんな！　ふざけんな！　ふざけんじゃないよ！」バアサンは立ち上がると煮えたぎる鍋を次から次へと蹴り落とした。水蒸気爆発を起こしたように一瞬で周囲の空気がなくなり俺は外に飛び出した。店からは蒸気が煙のように立ち上る。そのなかから手に包丁を持ったバアサンがゲラゲラ笑いながら駆け出してきた。

「自由だ！　自由だ！」バアサンは俺に向かって包丁でバッテンを描くように振ると去った。

その後をオヤジがエプロンを真っ赤にしてヨロヨロと出てきた。

「は！　救急車！」俺が駆け寄るとオヤジが手を振った。

「紅生姜《べにしょうが》のつゆだ。早《ほう》とちりするな」

オヤジはそれでも呆けたように店を振り返ると道の反対側でへたりこんだ。

「だめだこりゃ。ふふ」

オヤジは俺が隣に座ると自嘲気味に笑った。

「店、掃除しなくちゃ。夕方に間に合いますかねえ」

「莫迦。あのヅカ石にあれだけ云われたんだ。口コミでアッという間に客なんか消えちまうよ。最近はネットでアッという間さ。暫く休むぜ」

「そうすか」

「ああ。ババアも消えたし。俺もなんだかゆっくりしてえよ」

「でも、借金がありますよね」

「ああ、それがあるか。でも、あれはババアのパチンコ癖がおさまりゃ、なんとか格好はつくんだ」

「パチンコっすか？」

「狂が付くほどだ。他に楽しみもねえからと目をつむってきたけどな。それにしても盲目の黒人に盗《と》られるとはなあ」オヤジは煙草に火を点けた。「ふ……俺はそれ以下かよ。正直、参るぜ」

俺はチョースケのことを思い出したが黙っていた。

「普通のラーメン作ればいいじゃないすか。あんな人殺しみたいなラーメンじゃないやっ」

オヤジは俺を見つめてきた。

「ゆるいな、アンタも。ふふふ」

俺たちは何故か声をあげて笑った、と、店の電話が鳴り出した。

オヤジが店に入るのを見ながら俺も煙草に火を点けた。

夕暮れが迫っていた。いつもならポツポツやってくるはずの開店待ちの行列が今日はできていなかった。

「ふざけんな莫迦野郎！」突然、オヤジが電話に向かって怒鳴りつけると、そのまま店の原付に乗って走り去った。

「あ！　あの！」俺は呆然《ぼうぜん》と立ち尽くすだけだった。

五

「この糞ッ垂れアマ！　死ね！　死ね！　死んじまえ！」

店内は仁王のように真っ赤な顔をしたオヤジとその前で項垂れているバアサン、そして俺の三人だけだった。シャッターは下ろされ、店の前には〈臨時休業〉の貼り紙があった。

「莫迦アマ！　本当に莫迦なアマ！　死ね！　死んじまえよ！　クソー！」

オヤジの罵声は既に、二時間近く続いていた。

「あたしだって死にたいよ！　死んじまいたいよ！」

「よし！　じゃあ、死ね！　いま死ね！　死んでみせろよ、ほら」オヤジが包丁を突き出した。

「わかったよ！　うるさいね！　ガタガタガタガタ」バアサンは包丁を摑むと首に当てた。

「あ！　よしなよ！」

「うるせえ！　俺はもう糞女に反吐が出るんだ！　こんな莫迦女は自殺でもするよか生きてる意味はねえ！」

「わけわかんねえ」

「死ぬよ！　死ぬからね！」

「死ね！　死ね！　死んじまえ！」

俺はエラいものを目撃するんじゃないかと思い、腰の蝶番《ちょうつがい》が外れたように感じた。

十秒ほど間があった後、不意にバアサンは包丁を投げ捨てると、その場に崩れ、泣き始めた。

「こんの野郎」包丁はオヤジの目と鼻の先の壁に突き刺さっていた。

「殺してよ！　もう生きていたくないからぁ！　殺してよ！　あんた殺してよぉぉぉ！」

「なんてババアだ……」オヤジが青ざめながら包丁を抜いた。

あの電話はバアサンからのものだった。銀行の口座から金がごっそり引き出されていたのだ。チョースケだった。

「しかも、あの人、日本人だなんて云いながら、本当は違うんだって。目だって見えるし、逃げちゃった」店に来たバアサンは唐突に俺に説明した。

「なんで暗証番号とキャッシュカードなんか渡したんだよ」

「盗んだのよ！　盗まれたの！」

「莫迦！　暗証番号をなんで知ってるんだよ」

「だって目の前で何回か押したんだもの」

「なんでそんな莫迦なことをしたんだ！」

「だって見えないんだから、大丈夫だと思ったのよ！」

「莫迦！　莫迦！　莫迦！」

というのが、包丁までのあらすじだ。

ふたりの貯金はゼロになってしまっていた。

仕入れ金の支払いや経理はバアサンに一括して任せていたのが致命的だった。

「休みかね」

その時、ひとりの老人が入ってきた。

「すみませんねえ。もう終わりなんです」

「そうですか、残念だ」老人は出て行った。

が、何を思ったのか、オヤジは駆け出すと連れ戻してきた。「少々時間がかかります」とかなんとか云っている。老人はいっこうにかまわんと丸椅子に腰掛けた。オヤジが鍋に火を入れる。そして手早く冷凍ストックしていたスープの出汁を元にいろいろと手を加え、三十分ほどで一杯だけ、あの支那ソバを作った。

「俺はもうダメかもしれない。しかし、最後のラーメンはこれでいく」

老人が食べるのを見てオヤジは呟いた。

「うまい！」スープの一滴まで飲み干した老人はそう怒鳴って出て行った。

翌日からオヤジの作るラーメンは支那ソバになった。当然、今までの客はいなくなり、客足は驚くほど遠のいてしまった。客の少ない店内では怒鳴り合いも虚《むな》しいのか、ふたりとも黙って時間を潰していることが多くなった。

と、そこに突然、キャップにTシャツの男がオヤジを訪ねてやってきた。

カウンターの端でオヤジは何度か頷きながら話をしていた。

「おい！　スポンサーが見つかったぞ！」

「はあ？」

「昨日、食いに来たのは大日本食品の会長だそうだ。今度、会長の若い頃のエピソードをドラマ化するんだが、そのタイアップとして最も会長の味に近い店をキャンペーンするらしい。その第一弾にウチが選ばれた」

「確かなの？」

「ああ、他は色々な審査員がコンペするんだが、ウチだけは会長自身が食べたからなんの問題もないらしい」

「ぎゃあああああああああああああああああああああああ」

バアサンは絶叫すると、その場で失神した。

六

一ヶ月後、俺は店を出た。

オヤジとバアサンは相変わらず口汚く罵りあっているが、ラーメンのスープは澄んでいた。

前の店では考えられないことだったが家族連れや年寄りも多く立ち寄る。

そのおかげで怒鳴りあいも、ほんの少しだけ緩まっていた。

行列はたまにしかできなくなったが、それでもいいとオヤジは云っていた。

最近、バアサンはたまにオヤジに弁当を作るようになっていた。

バイト代を受けとった俺はオヤジのラーメンを一杯喰うと金を払って店を出た。
暑さが和らいでいた。

人形の家

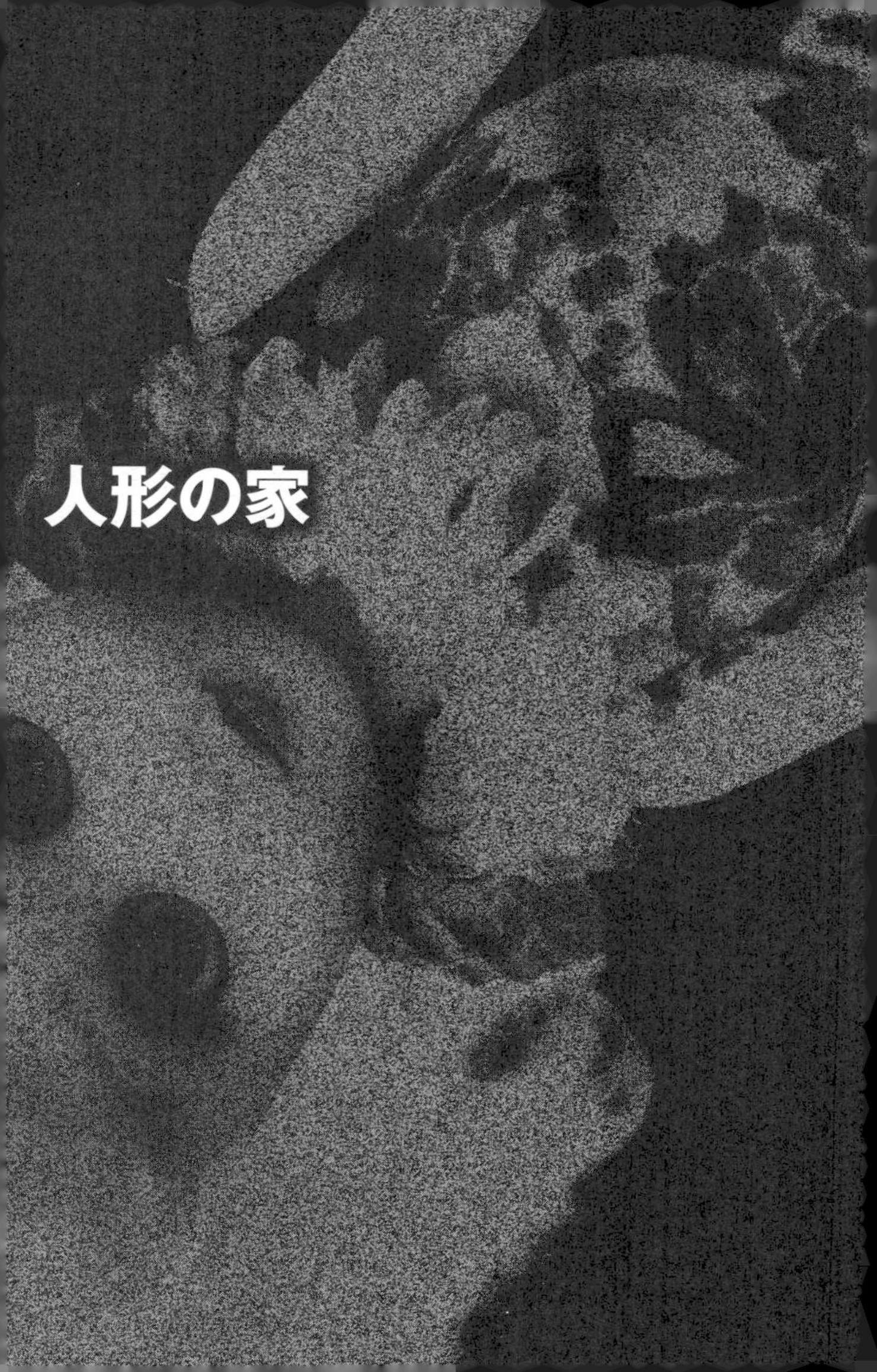

イ

「こいつぁ、もう一発《ぱついち》、争《ゴロ》でもかまさねえ限り出目《デメ》はねえぜぇ」

隣でチャンジーが、ごねった声で掠《かす》りあげるのを待っていたかのように俺はおけらになっちまっていた。

パチンコ、出なかった。

「くそ！」

俺は椅子を蹴飛ばして立ち上がると通路を一瞥《いちべつ》し、ウーランの隣が空いていたので尻《ケツ》をぶち込むと顔色を窺《うかが》った。玉台には銀色玉《の》が溢《あふ》れているし、ウーランは上下の縦揺れだったので玉台からちょいと拝借と手を伸ばすと奴《やつ》はしこたま、ひっぱたきやがった。

「あにすんだい、あんた」

ウーランは七十近いババアだし、化粧が下手《へた》だ。いつみても水たまりに落とした餓鬼の絵みたいに、どこかが垂れて流れてる。今日はマスカラが墨汁のように頬に垂れ、女物のヅラがずれ、額《でこ》の範囲が異様に広い。

「あんたってことはねえだろう。俺だって運《かぜ》が向いてるときにゃ、さんざ貸してやったじゃねえかよ」

「何年前の話《なし》だよ。ジュラ紀か白亜紀の話をしてるのかよお？　屑《くず》、玉乞食、反吐《へど》すり！」

「かてえこと云《い》うなよ。その代わり、ジャカスカ出たら、俺の如意棒《にょいぼう》に元気玉を添えてお返しするからよぉ」

俺はしこたま厭《いや》だったけれど、ウーランのもんぺみたいなジャージの膝に手を置いてうっふんを出してみた。

「店員さぁ～ん」

するとウーランの奴、咥《くわ》え煙草《たばこ》のまんま、こっちを見ようともしないで大声を張り上げやがった。

通路の端でシベリアの看守みてえな目で客を睨《にら》んでいたコンガリ色のスキンヘッドが振り向いた。こいつはボースンといってゴト師や揉《も》め客を殺す勢いで殴れるよう馬鹿でかい印鑑みたいな指輪を三つも右手に嵌《は》めている人間ゴリラだ。

「因業《いんごう》ババア！　死ね！　地獄まんこ！　孫は奇形児だらけになれ！」

「なんだと！　このチンポコ素麵《そうめん》！」

俺はありったけをぶちまけると台下に置いてあったウーランのセブンスターを引っ摑《つか》むと退散した。

ウーランが金切り声をあげたが、店内に響き渡る台の喧噪《けんそう》で巧《うま》いこと掻《か》き消された。

ザマーミロ。

「ただいマンモス」

アパートのしょぼたい鉄階段を上ってるうちから、カレーのいい匂いがしていた。俺んちだったらいいなと思ってたら、俺んちだった。

「おかえり」

ドアを開けると、はあちゃんが二口《ふたくち》コンロにかかった鍋の味見をしているところだった。

「カレー？」

「そう」

はあちゃんは眉に皺《しわ》を寄せ、唇を尖《と》んがらかしてお玉を舐《な》めた。

前の住人が部屋に残していった卓袱台《ちゃぶだい》は歪《ゆが》んでいて大きさもお皿をふたつ並べると狭いぐらいだったけれどカレーは粉っぽくなくて、大きめにカットした豚肉にも下味がしっかりついていて旨《うま》かった。嚙《か》むとじゅわっと肉汁が溢れるんだぜ。

それに、はあちゃんは本当に美人だし、料理も巧い。

でも俺ははあちゃんに、はあちゃんは俺に訊《き》きたいことがあるみたいだった。

はあちゃんはまた左手首に新しい包帯を巻いていた。

「おいしい？」

「うん」

俺はカレーにスプーンを突っ込むと石炭みたいに盛ったのを口に運んだ。はあちゃんが俺を見るともなしに見ていた。その日、俺は黒若屋の面接に行くはずだった。黒若屋は海苔《のり》問屋で、はあちゃんが口を利いてくれたところだった。俺はそこに今朝の十時に面接に行き、雇って貰《もら》えるかどうか訊いてくるはずだった。

でも、俺は黒若屋の手前、開けっ放しの出入口から事務員が座っている机が見えるところまで歩いていくとそのまま通り過ぎ、藤崎会館でパチやりに行っちまったんだ。あの時、コの字形になった机の向こうで、一番偉そうな胡麻塩《ごましお》頭のオヤジが顔を上げると俺を睨んだんだ。それは〈なんだこいつ〉っていう目だったし、俺も反射的に〈なんだてめえ〉って見返しちまってから、ヤベッ！　て気がついた。もしかしたら、胡麻塩が面接するかもしれないじゃん。そしたら落とすのは決まってるのに俺をキョーシュクさせて愉《たの》しむかもしんない。俺はそんな愉しまれ方をされるぐらいなら潔く、自分からゲームを降りることにした。やっぱり俺にはネクタイ締めてキリキリ働くなんてことは急には無理っぽいんだ。はあちゃんの心遣いはありがたかったけれど、やっぱり自分の仕事は自分で探すっていう二年前からの基本を守ることにしたんだな。まずはなんとなくまともな仕事に辿《たど》り着くまでの架け橋になるような、リハビリ的な仕事から始めたほうが結果、早道なんだよ。急がば回れだ。

「おいしい?」

「うん、うまいよ。すっごくうまい」

「そう」

はあちゃんは笑わなかった。微笑《ほほえ》みもしない。ただ自分の目の前の皿に視線を落としていた。俺も仕方ないからカレーを黙々と食べる。こういうときにテレビやラジオがあるといいんだけど、そんなものはとっくに〈リサイクルショップ　すあま〉に持ってっちまっていたからなぁ、15型トリニトロンテレビが三百円、ラジカセが五十円だった。

「おいしい?」

「ああ、おいしいよ。すっげぇ、うまい」

「そう」

はあちゃんは俯《うつむ》いたまま溜息《ためいき》をついた。太くて長い海賊の腕みたいなやつ。俺は胃のあたりがぎゅっと縮んで熱くなった。

俺はそれから黙ってカレーを平らげ「ごっつぉさん」と云って横になり、壁に向かって目を閉じた。

はあちゃんが黙って卓袱台をかたす。流しでチャカチャカ皿やスプーンを洗うのが聞こえてきた。

「あんなとこだめよ」

不意に、はあちゃんが云った。蛇口がチョロ水だったので、その声はしっかりと耳に届いた。

「あんなとこ……」

俺が返事をしないと、もう一度、はあちゃんはそう呟《つぶや》いた。

「安いし、意地悪な人ばっかりだし、ジローには向いてないな。全然っ！　向いてない。向いてないよ！」

振り返ったはあちゃんは眉間に皺を寄せていた。今にも泣き出しそうで唇がへの字になったり、戻ったりしていた。小さな白い歯がそのたびに覗《のぞ》いた。

「はあちゃん……」俺は起き上がって胡座《あぐら》をかき、ぼりぼりと頭も掻いた。

「またパチッちゃったの？」はあちゃんの大きな目から涙がぽろりとこぼれ落ちた。

「ごめん。ごめんなさい……」はあちゃんはそう云うと自分の右手で左手首を叩《たた》いた。

「いいよいいよ……。俺も駄目だもん」

俺が手を広げると、はあちゃんは膝の上にどかんと躯《からだ》を投げ込んできた。細身だけど、どかんと来た。俺はひっくり返り、壁に頭をごつんとぶつけた。

「いてぇ」

「大丈夫？」

「えへへへ」

はあちゃんが俺にちゅーしてきた。やっぱり、はあちゃんらしいいい匂いが、カレーと一緒に流れ込んできた。

ロ

はあちゃんと逢《あ》ったのは相変わらずパチで天カスになって、ぼーっと公園のベンチで股間を温めながら俺にとっての人生の成功について思索している時だった。

「なにしてるんですか」

不意に、はあちゃんに話しかけられ俺は驚いて「くはっ！」と声をあげてしまった。はあちゃんはそれがえらくおかしかったみたいで笑いを堪《こら》えようと頬をひくひくさせていた。

「なにしてるって、雲を消してるんだよ」

「くも？」

「雲。あんたのおつむの上に浮いてる魂の消しカスみたいなやつ。あれを俺の絶倫パワーで消してるのさ。結構な大仕事なんだぜ」

「ふーん」

俺はその時、絶対、はあちゃんは宗教の人だと思ってた。俺みたいなチンピラ風情《ふぜい》に声をかけてくるのは大概、ホームレス支援のボランティアか、カルトのくるくるパーだもの。で、なんでだか知らないけれどカルトのくるくるパーには美人が多い。だから俺は、はあちゃんはカルトのくるくるパーで、これから俺は神の国の煉瓦《れんが》のひとつとして一生扱《こ》き使われるのを喜びなさいっていうヨタを始めるんだと思ってた。

「あら、いい枝だわ」

ところが、はあちゃんは俺が雲を消すのを実演しようと手をかざし始めると、妙なことを呟きながら、どっかに行っちまった。

俺は誰もいなくなった静けさを愉しむ心と、ちょっと惜しかったなと悔やむ心を股間に温めながら目を閉じた。本当に自然という奴は素晴らしいと思う。自然は銭を盗《と》らない。太陽も雨も風もこんなに最高なのに奴らは金が要《い》らないんだ。パチンコも銭を盗らなくなれば最高なのになぁ……。

と、そこまで考えていたらわっしわっしと常ならぬ勢いで枝の揺れる音がした。風だと決め込むには大袈裟《おおげさ》すぎる騒ぎに振り返ると真っ赤な顔の女が口を丸く開けて俺を睨んでいた。足が見えない自転車を漕《こ》ぐようにジタバタし、女の頭の上の枝は今にも飛んでいきそうな勢いで羽ばたいていた。

縦から見ても横から見ても女は首を吊《つ》っていた。

俺は女の首に巻き付いているロープを外そうとしたが、きつく食い込んでいてできるはずもなく、一緒になって枝に取りつき激しく揺すり回した。

みしっと鈍い音がすると枝は裂けるように折れ、はあちゃんは地面の上にドサリと転がった。

「なんなんだよ……いったい」

誰かいないかと見まわしたが昼寝にでも帰ったのか園内には俺と眠ったように目を閉じているはあちゃんしかいなかった。

風が強くなっていた。

ハ

はあちゃんはすぐに気がつき、ラッパのような咳《せき》をすると地面の泥に爪を立て悶《もだ》えた。

俺はちょっとおっかなくなったので、そっと後じさり、公園を出るとアパートに帰ることにした。夕方になって銭湯に行こうとドアを開けると、廊下に、はあちゃんが泥付きの服のままで膝を抱えて座っていた。

「な、なんなんだよ……」

俺が怯《おび》えた声を出すと、はあちゃんは手を叩いて笑い出した。

「なんなんです……か？」

——その日から、はあちゃんは俺と暮らすようになった。もう一ヶ月になる。最初はくるくるパーかと思っていたはあちゃんも実は宗教の人でもなく、ボランティアでもなく、くるくるパーでもなかった。じゃあ何の人だと云われると自死の人だった。はあちゃんはとにかく死にたい人であった。俺と暮らしていても朝、起きて仕事に出かける。夕方、帰ってくる。それは普通なんだが、二晩目か三晩目の夜、ふたりで鱈《たら》の西京漬けを突《つつ》いていて、

「あ……。そうだ」

そう云って不意に立ち上がったので便所にでも行くのかと思っていたら、目の前の窓を開けてひょいと飛び降りてしまった。

それがあまりにも自然というか、全くなんの躊躇《ためら》いも見せなかったので一瞬、俺は自分の知らないうちにそんなところに部屋か何かが増設されていたのかと思ったくらいだった。でも、すぐにドスンという音で落ちたのがわかった。

「なんだ？　なんだ？」俺は茶碗《ちゃわん》を持ったまま下を覗き、一階の住人が小腰を屈《かが》めて、

庭先に転がっているはあちゃんに近づくのを見た。

幸い部屋が安普請《やすぶしん》の寸足らずの二階で普通よりも低かったのと、落ちたのが猫の額ながらも庭だったので、はあちゃんは腰を痛めた程度で無事だった。

「どうしてあんなことするんだよ」

「わかんない。でも、自分ではどうでもいいのよ」

はあちゃんはそういうことをした後だけはきつい目をしてくる。死ねないのが悔しいと云って態度もガラッと違っていた。

「でも俺、あんなの見たくないよ」

「じゃあ、知らないとこで死ぬよ」

「それはもっと駄目だよ」

「なんで」

「俺が探し回る」

俺を睨みつけていたはあちゃんは、ぱちんとビンタを喰《く》らわしてから抱きついてきた。

その夜、初めて俺たちは寝たんだった。

はあちゃんは自死を望む人だったが、成長したい人でもあるらしく、仕事をさぼったりはしなかった。

「だって生きてるうちは働くべきだから……」

諦めた顔で布団でごろつく俺を見て出かける。はあちゃんは駅前の古本屋でバイトをしていた。そこは俺が餓鬼の頃からある店でなかは迷路のように書棚が入り組み、客は棚と棚の間にできた空間を屈んで行き来するような場所だった。

「高校の時までよく通っていたの。ジローさん、本読む？」

「読まね。あれは暇人のすることだよ。うちは商売やってたから本読むのが一番叱られた」

「そう」

「本を読んでる人間って何もできないだろ？　テレビとかラジオなら見ながら、聞きながら仕事ができる。でも、本は駄目だ。動かないからな。ぼけーっと何時間も座り込んだまま、コップひとつ洗えやしない。だから駄目なのさ。あれは怠け者の言い訳だよ」

「そう」

はあちゃんは天井を見つめながら俺に聞こえないように呟いた。でも、俺には聞こえてたんだ。

「本は避難所《シェルター》」

はあちゃんは確かにそう云ってた。

二

その日、俺が部屋に戻ると、はあちゃんはカーテンを閉め切った部屋で見知らぬ婆《ばばあ》とふたりで座っていた。一瞬、親戚か何かかとも思ったが婆の様子は怖《おそ》ろしくきったならしくって、山姥《やまんば》のようなボサボサ髪に、重ね着した服の一番上のなんか元は白衣だったのかジャージだったのか、それとも単にシーツを巻き付けていただけなのかもわからないようにボロボロで、部屋のなかは婆の醸し出す塩辛いような臭さが充満していた。ドアを開け閉《た》てしても、無視しているので、俺は静かに上がると流しの隅にうずくまった。

その日も俺はパチチで天カスだった。

なんだかふたりは単純に話し合っているという感じじゃなくて占い師と客みたいな感じだった。まあ、実際のところ似たり寄ったりだったんだけどな。

「それじゃあ、みんなは仲良くしてくれているのね」

はあちゃんは婆の手を取り、顔を覗き込むようにした。

「うん。チョーなの。あかり、みんながヤチャチクちてくれるのうれひぃ」

「そう。ママ、安心した」

「ママ、だいちゅき」

そう云うと婆は、はあちゃんの膝の上にころりと頭を乗せた。はあちゃんは真っ黒になった雑巾のような婆の躯を撫《な》でさすりながら、子守歌を唄い始めた。

その婆と目が合った。

婆は〈おっ〉と驚いた顔をした癖に、すぐにまた親指をちゅぽちゅぽ吸い「ママぁ」などと云って、はあちゃんの腰に手を回した。

「あまえんぼうねぇ」

はあちゃんは婆の髪を撫でたりした。

俺は黙って一服した。

ふたりは、ぼそぼそと話し合っていたが、やがて終わりが来たのか婆は起き上がった。

「ありがとうございました」

はあちゃんは頭を下げると財布から一万円を渡した。

その瞬間だけ俺はブッと煙を噴き出した。

はあちゃんは婆を玄関まで見送り、婆は俺を一瞥したが、全く表情を変えずちびたサンダルを突っかけ出て行った。

その後、俺は黙って、はあちゃんのすることを眺めていた。はあちゃんはカーテンと窓を開けた。きっと空気を入れ換えるんだろう。婆はやっぱり臭かったんだ。

「さっきの生き物はなんだい？」

「イタコさんよ」

はあちゃんはその場でぺたりと座り込む。視線は手前の畳におっことされていた。

「銭を渡したんだ」

「だって、あかりを下ろして貰ってたから」

「あかり？　今、ここには俺の知らない間に、あかりとイタコが登場してるんだな」

「ですね。でしたね」

俺は次になんと云うべきかわからなくなり、はあちゃんの横に座って、もう一服つけた。

はあちゃんによると、あかりというのは昔、死なせてしまった子どもなんだと云う。詳しくは話そうとしなかったけれど、俺には、はあちゃんが自死の人になってしまった理由がそれなんだとわかった。はあちゃんはあかりが死んだのは自分の責任だと思ってて、それで自分が許せなくなってしまったんだ。

「で、あの頭陀袋《ずだぶくろ》はどうしたんだい？」

「頭陀袋なんて云わないで。あの人はトダさん。トダケイコさんなの」

「ああそう。まあ、どんな石ッころや雑草にも名前はあるっていうしな。別に誰がなんて名だろうとかまやしないさ」

するとはあちゃんは立ち上がり、押し入れの襖《ふすま》を開けると転がり込んできたときのトランクを引っ張り出した。そして小さなプラスチックボックスにしまっていた自分の下着やらを、トランクに詰めだした。

「なにしてるんだよ」

「出て行く。気に入らないんでしょう。トダさんと会ってるのが」

「そんなこと云ってやしないだろう」

「顔が云ってる。躯が云ってる。目がそう云ってるから」

俺は今にも詰め終わりそうな、はあちゃんの手首を摑んだ。

「よせよ。どこにも行くなよ」

「いいよ！　もういい！」

はあちゃんは身を捻《ひね》るようにして俺から離れるとトランクを残して玄関に駆け出した。

「どこ行ったって、外は肥溜《こえだ》めだぞ！」

俺は叫んだ。

「ここなら……ここは、少しはマシだ」

はあちゃんは、ノブに手をかけたまま俺をジッと見つめていた。

「外なんか行くなぁ！　ここにいろぉ！　そうだろぉ！」

俺はもう一度叫び、畳をパンパンと叩くと、そのまま玄関に背を向けて寝っ転がった。

ドアがそっと開けられる音がしたら、もうオシマイだ。絶対にもう、はあちゃんみたいなイイ女は俺の人生にはやってこない。俺は腑《はらわた》が鉋《かんな》で、ぞりぞり削られてゆくような気分のまま目を固くつぶって、神様にお願いした。〈どうか神様、はあちゃんをどこにも行かせないでください。そんな残酷なことを俺にしないでください〉

不意に肩に手が置かれ、はあちゃんの匂いと柔らかな躯が背に押し当てられた。

「わたしもここがいいな」

見上げると窓から白い雲がぽっかり浮いているのが見えた。なんだか妙に滲《にじ》んでいたので目を擦《こす》ったよ。

ホ

トダと、はあちゃんの親子ごっこはそれからも続いていた。相変わらずトダは汚らしくて蚤《のみ》やら虱《しらみ》をふりかけにして歩いていそうな雰囲気だったが、はあちゃんはそんなことは一切、気にせず、婆に膝枕したり、歌を唄ったり、お飯事《ままごと》みたいなことをしていた。

そんな時のトダはすっかり〈あかり〉になりきっているようで、はあちゃんを〈ママ、ママ〉と呼んでじゃれついていた。

「でも、本当に不思議。トダさんは、あかりの好きだったものもちゃんと当てるし、着ていた服の柄だって当てるの。遊びに行った公園の遊具も当たっているし。本当にいろいろぴったりなことばかりなのよ」

はあちゃんは俺に少しでもトダの凄《すご》さをわからせようとしているのか、たびたび、そういった〈プチミラクル〉について説明してきた。俺は大きく頷《うなず》きながら、一応、聴いている〈フリ〉はしていた。

確かにトダは、はあちゃんの真似《まね》もしているけれど、質問にも的確に答えているようだった。

パチで天カスになって帰ると、赤ん坊返りした婆が好きな女とじゃれついているというのは愉快なことではなかったけれど、少なくとも俺には意味があった。

はあちゃんは婆が来るようになってから自死を試さなくなったんだ。つまり婆の〈あかり〉が、はあちゃんの何かを引き留めたんだな。

「ママ、わたちぃ、もう一回ママの子に生まれてみたい」

「うんうん。産むよ。絶対に産むよ」

「うれちぃなぁ。あたちぃ、うれちぃ」

そんなこんなで、俺は婆がやってくるのを認めなくちゃならなくなった。おかげで、はあちゃんは仕事に行くし、俺には昼飯代として千円を置いていってくれるし、俺はそれでパチをやって、スッたりスッたり、儲《もう》かったり。スッたり、スッたり、やっぱりスッたりをくり返していた。

ある日、ちょっと儲かった俺は嬉《うれ》しくなってカナアミ座に映画を観《み》に行った。ちょっと強い雨が降ると天井から滴ってくるようなひでえ映画館だけど、俺が子どもの頃はまだちゃんとしてて、此処《ここ》で百恵ちゃんの『泥だらけの純情』とか大林宣彦の『ハウス』なんか観たものだった。今は一週おきにポルノと一般を交互にかけていた。その日は『北国の帝王』っていう意地の悪い車掌と男気のある浮浪者が汽車のタダ乗りを巡って殺し合いをするという身も蓋もない話をやっていた。なかなかの面白さに満足して外に出ると俺は線路に沿って歩き出した。昔はドヤが建ち並んでいたけれど、最近の不景気の直撃であっちこっち歯抜けのように潰れて更地になっていて、そこにホームレスが青テントを張っていた。

電車が猛烈な勢いで真横を駆け抜けていくと風が全身をなぶる。それが面白くってゆっくり歩いていると、向こうから小汚い形《なり》の婆が水を張った凹《へこ》んだ鍋を片手に近づいてきた。〈あかり〉の婆だった。

「ふん」

婆は俺に気づくと鼻を鳴らして更地にある四つの青テントのひとつに近づいていった。俺は婆の後を追った。婆はテントに入ると出てこなかった。俺は更地を囲む塀に凭《もた》れかかり、青テントを眺めていた。

「はいれよ」婆の嗄《しやが》れ声がした。「突っ立ってないで。目立つんだよ」婆がテントの入口を少し摘《つま》んで、中から睨んでいた。俺は煙草を踏み消すとテントに向かった。

テントのなかは案外広かった、が、案の定、臭かった。

「あたしゃ、男の人を、ウチにあげるのは初めてなんだ」

「嘘《うそ》だろ」

「嘘だよ」

婆は挑むように云い返すと、暫《しばら》く俺を睨んでいた。

「ちぇっ」俺は舌打ちすると、一服つけようとした。

「おい！」婆がこんがり日焼けした手を突き出してきたので、俺は一本抜いて渡そうとして、箱を引ったくられた。

「なんだよ」

「けへへへ。こんな婆に引ったくられるなんて。あんた、本当に負け犬だね。いや、犬じゃないよ。羊だよ。負け羊。めぇ〜めぇ〜」

「ごたくは尻《ケツ》からでるほど聞き飽きたよ」

「あんた、あたしをペテン師だと思ってるんだろ」

「ああ」

「あたしゃ、ペテン師だよ。あの頭のおかしな女を今は金ヅルにしてるんだ」

「なんだと！」

「いい男ぶるんじゃないよ、あんた。このテントでの話は周りの仲間も聞いてるんだ。なんかしたらタダじゃ帰れないよ」

婆がそう云うと外のテントからの咳払いが続いた。

「第一、あんたもたかりじゃないか。いい歳《とし》した男が壊れた金玉みたいにぶらぶらしてさ。あの女から銭ぃ貰ってるんだろ。それともあんたが喰わせてるのかよ」

「ああ、うう」

「なら同じだゴミ野郎。あんた、人の餌鉢《えさばち》に手ぇ突っ込むようなことをすんじゃないよ。こっちだって命がけなんだ。あんなマブいネタはないんだからね」婆はなんだか知らないけれど缶切りを摑んで震えていた。

「なあ、あんた。あれは頭から尻まででたらめなのかい？」

「なんでだよ」

「あいつ、あんたとママゴトやるようになってから……」

「自殺しようとしなくなったんだろ」

芯を突かれて俺は何も云えなくなっちまった。

婆はそんな俺の顔を嬉しげに覗き込むと、いきなりチューをしやがった。

「なにすんだよ、気持ちわりぃなぁ」

「ひゃっひゃっ。いいじゃないか、減るモンじゃなし。若い男の唇は大トロなんだよ。この老いさらばえた躯にはねぇ」

婆はなんだか胸のあたりを摑んで悶えるふりをした。

俺は後じさった。

「あのマブは死に取り憑《つ》かれちまっているのさ。人間じゃ、どうすることもできない。あのマブを生かすためには殺し続けるしかないよ。持続的に死を体感させていれば死にはしない。いくら死に好きだって、一度に二度は死ねないからね。死なない死で生かし続けるのさ。それがあのマブの生きる道だよ、くわっくわっくわっ」

そう叫ぶと婆は、また唇をチューの形に突き出して迫ってきた。俺は乙女のように「きゃぁー」と悲鳴をあげるとテントから逃げだした。

走っても走っても婆が笑って追っかけてきているような気がした。

へ

俺が、こてんぱんにされたのは、それからすぐのことだった。迷彩の作業着に革ブーツで現れた男はパチ屋の駐車場に俺を有無も云わせず連れ込むと無言で殴り始めた。最初は誰でもするように逃げようとしたり抵抗したりしてたけれど、拳骨《げんこつ》は石みたいに硬いし、とにかく繰り出してくるスピードが桁違《けたちが》いに速い。〈プロだな〉と思った途端、俺は戦意を喪失し、後は亀のように丸まってされるがままになっていた。

「葉咲《はさき》はどこだ？」

あ……はあちゃんのことだなと俺はそこで初めて気がついた。踏み倒した借金のカタに殴られているんだとばっかり思ってた。

アパートに着くとはあちゃんの兄貴は俺に連れ出してこいと命じた。

「余計なことを云えば、おまえを殺す。あいつは俺を嫌っているからな」

俺は何度も小突かれながら、それを聞き、仕方なく階段を上った。

ドアを開けると婆のサンダルがあった。

婆はまた膝枕して貰いながらはあちゃんに背中をとんとんと叩いて貰っていた。

俺と目が合うと婆はウィンクしてきやがった。俺は、げんなりし、いろんなことが厭んなった。

そんな俺に当てつけるつもりだったのか、婆はとんでもないことを云い出した。

「ママ！　うんこでたぁ」

「え？　ほんとなの」

「うん。だってたくちゃん食べちゃったからぁ」

婆はそう云うと自分で勝手にズボンを下ろし、はあちゃんの前で膝を抱えておっぴろげた。衝撃映像百連発でも到底敵《かな》わないものが登場し、俺は残り人生の平穏のために目を閉じた。

「あらあ……いっぱいでたのねぇ」

はあちゃんが予想外に明るい声をあげた瞬間、ドアが破裂し、大きな塊が突入すると婆を蹴りつけ、殴り始めた。はあちゃんが狂ったような悲鳴をあげた。

はあちゃんの兄貴だった。

全身筋肉だらけの牛のような男が婆を好き勝手に叩きつけ、引き延ばし、引き千切ろうとしていた。壁に婆の口から飛び出した入れ歯がぶち当たり欠けた。

「やめろ！」俺は兄貴の腕に齧《かじ》りついたが難なく吹き飛ばされ、はあちゃんはまた悲鳴をあげた。兄貴は俺の項《うなじ》を摑むとそのまま壁に何度も叩きつけた。ごすんごすんと壁が鳴る。俺は自分がトンカチになったような気分でいた。感覚が麻痺《まひ》して痛みが遠のいている感じだった。そしていきなり視界が真っ暗になった。

気がつくと既に部屋のなかは真っ暗だった。

電気を点《つ》けると畳に血が散らばっていた。婆の入れ歯が歯の生えた蹄鉄《ていてつ》みたいな感じで隅に転がっている。

はあちゃんの姿がなかった。

きっとあの熊みたいな兄貴に連れて行かれてしまったんだ。俺はその時になって躯が痛み始め、呻《うめ》くと同時に泣いた。はあちゃんがもう戻ってこないのは確実だった。厭なことは、いつでも一遍にやってきた。もう腹一杯だというのに神様は小出しにはしてくれない。これでもかこれでもかと、こっちが音《ね》をあげても皿に不幸を山盛りにして喰わせようとする。

……神様、俺はもうお腹《なか》一杯だよ。

それからの俺はまた元の屑に戻っていた。いや、それよりも悪かった。はあちゃんがいることがわかっていて、はあちゃんがいないからだ。それは前よりも悪い、最悪だ。線路際の更地から婆の姿は消えていた。青テントの数もふたつになっていた。時折、俺は酒を呑《の》んで泣いたりし、はあちゃんがふらっとコンビニにでも出かけるような感じで飛び降りた窓を開けて自分も真似てみようかと思ったけれど、二階とはいえ、高くてできなかった。こんなところをひらりと飛んでしまったほうが遥《はる》かに楽だと思わせる苦しみをはあちゃんは抱えていたんだ。結局、はあちゃんには何もしてやれなかった。何かしていたのは婆で、はあちゃんだった。はあちゃんが俺を安心させ、幸せにしてくれていた。俺は何もしなかった。だからはあちゃんはいなくなってしまったんだ。

俺は早くボケ老人になってしまいたかった。

はあちゃんの兄貴に糸くずにされた傷もだいぶ治りかけた頃、俺はアパートの階段を上ろうとして声をかけられた。あれから俺は気分を紛らわせるためにパチンコ屋で掃除のバイトを始めていたんだ。床から階段から灰皿から、便所まで全部、ロクさんというじっちゃんとふたりで掃除する。それだけだったけれど、座ってパチをやっているよりは気分が紛れた。以前には考えられないことだったけれど、そのほうが気分が良かった。

「おい」という声に聞き覚えがあった。俺が身構えると電柱の陰から兄貴が姿を現した。

俺は何かないかとあたりを見まわし、ゴミ置き場がカラスに荒らされないようにかぶせるネットの重しに使われている煉瓦の欠片《かけら》を引っ摑んだ。

「今日は違うんだ」兄貴は云い出しにくそうに何度か口を開きかけてはやめ、溜息をついた。「あれが子どもを亡くしてから、もう随分になる。事故でな。目の前で車に轢《ひ》かれてしまったんだ。あいつは当然、哀《かな》しんだ。俺たち家族は立ち直らせようとしていろいろやったんだが、無理矢理、見合いさせた相手にあいつは弄《もてあそ》ばれてしまってな。それから完全に手が届かなくなった。何度も自殺未遂をするので監禁したり、殴りつけたり……」

兄貴は俺の部屋を見上げた。

「もう俺たちにしてやれることはなくなってしまった。限界だ」兄貴はそう云うと懐から分厚い封筒を取り出した。

「あいつは狂ったようにおまえのことばかり。おまえはどうしようもない男だが、もしかしたら妹にとっては別の価値があるのかもしれんな」そう云って俺に封筒を押しつけてきた。

「なんですか？　これ」

それには答えず、兄貴は電柱の向こうにある車に乗り込んで去った。

俺は階段を駆け上った。

ドアを開けると、はあちゃんがいた。

「はあちゃん」

でも、はあちゃんは見る影もないほど痩せてしまい、しかも躯中が傷だらけだった。

「ジロー」

「なにやってんだよ。こんなになって……」

はあちゃんの躯は物凄く熱かった。額も腹も焼けた石みたいだった。

「ジロー。わたしねぇ。子どもできたんだよ」

「え」

「ほら、ここ」

はあちゃんは俺の手を自分の股間に導いた。

柔らかいもののなかに固い何かが詰まっていた。

俺がぎくりとすると、はあちゃんは満足げに微笑んだ。

「ね。もう大丈夫だよ」

俺はなんと答えていいのかわからず、取り敢《あ》えず布団を敷くと、はあちゃんを寝かすことにした。

横にすると緊張が解けたのか、はあちゃんはすぐにすやすやと寝息を立て始めた。

封筒のなかには札束が詰まっていた。

俺はそれを押し入れにあったクッキーの缶に隠すと、はあちゃんの薄い掛け布団を捲《めく》った。

はあちゃんの足が見えた。俺は起こさないように気をつけながらはあちゃんの足を開かせ、下着を下ろした。さっきのコツリと固かったものは何かを調べたかった。ガラスのような固さで、あれが熱の原因のように思えたからだった。足を更に開かせるとアソコが見えた。俺はそっと指でそこを開いてみた。

「ぐぇ」喉が勝手に鳴ってしまった。

はあちゃんのあそこからは顔が覗いていた。

ピンポン玉ぐらいの人形の頭が入っていた。

〈わたちぃ、もう一回ママの子に生まれてみたい〉

〈うんうん。産むよ。絶対に産むよ〉

あの飯事《ままごと》での会話が蘇《よみがえ》った。

俺は下着を元に戻すと、大先生のところに駆け出した。

大先生なら何とかしてくれるような気がしていた。

ト

大先生は看護師と一緒にやってきてくれた。

「おまえは外にいろ」

はあちゃんの様子を一目見て大先生はふさふさした白い髭《ひげ》を扱《しご》きあげた。

小一時間かかった。最初は何か、はあちゃんの叫ぶ声がしていたけれど、やがてそれはやんだ。

看護師に呼ばれてなかに入ると、はあちゃんは額に汗を掻いて寝ていた。そばの鉄皿には人形の首が盛ってあった。どっかり胡座を組んだ大先生はそれを指差した。

「十二個ある。こんな不潔なものを大事なところに入れておけば感染する。感染すれば死に至ることもある。おまえ、この子を殺したいのか？」

「いいえ」

「そうか……。だが、この子はこれをしなければ死んでしまう。これは俺たちには単なる人形の首だが、彼女にとっては大切な命だろう」

大先生はそこで言葉を区切ると俺を睨んだ。

「おまえ、彼女を本気で救うのならば埒外に出なければならんぞ」

「ラチガイ……」


それからひと月、俺とはあちゃんは何となくだけれど一緒に元気に暮らしている。

俺は掃除のバイトを続けていたし、はあちゃんは古本屋に戻った。

大先生の云うとおり、はあちゃんはあれから自死を試そうとはしなくなった。

俺たちは貯めたお金で風呂付きのアパートに引っ越した。兄貴の金は封筒ごと、はあちゃんに渡した。

大先生は、はあちゃんを当座、正気にさせておく方法として俺にピンポン玉ほどのステンレスの球をくれた。

「人形の代わりにしろ。それなら人体に害はない」

俺は目を覚ましたはあちゃんに目鼻を描いた鉄球を渡した。はあちゃんは俺の描いたのが気に入らなかったようで、自分で顔を描いた。

鉄球の数は六個。今は四つに減った。ふたつは、はあちゃんが供養だと云ってお寺に持って行った。

またカレーのいい匂いがしてきた。

「味見する？」

そう云いながら振り向いたとき、はあちゃんの足元から球が転がり出て、畳の上を滑った。

「おてんばなんだから」

はあちゃんはそう云って球を拾うと洗ってしまい、ちょっと照れたような顔をして笑った。

俺も一緒になって笑っていた。

今夜のカレーは旨そうだ。

チョ松と散歩

一

〈チョ松〉って、あだ名だった。

チョ松はイジメられっ子で担任にも親にも助けて貰《もら》えなかった。〈便所松〉とか〈うんこ松〉なんて調子にのって呼ぶ奴《やつ》もいた。俺の親父が割と手をあげる人だったんで昔から弟や妹が哀《かな》しい顔をするのが嫌いだった。その延長で、俺はチョ松の哀しい顔を見たくないから一緒になってイジメたりはしなかったんだ。殴られたり、物を隠されたり、壊されたり、捨てられたりしたのを見て、肩を落とし、呆然《ぼうぜん》としているチョ松は可哀想《かわいそう》だった。かといってイジメっ子から守ることもできない俺は、せめてもの気持ちで奴をブランコを漕《こ》ぎながらの〈歌合戦〉に誘って遊んだりしていた。人間っていうのは躯《からだ》を揺さぶられていると唄いたくなるもんだ。赤ん坊を見りゃわかる。母ちゃんってのは子どもをおんぶしてると必ず、尻のあたりをぽんぽんして唄うだろ。少し躯をぐらぐらさせてさ。あれだな。あれの刷り込みで人間はブランコでも車でも、躰が揺れてくると唄いたくなるんだ。そんな感じで俺とチョ松はそこそこ仲良しだった。

でも、今から考えると俺が思う以上にチョ松は親友だと思ってくれていたのかな。

『ぐっちゃん、だから朝なんだって。五時半にはやっちまうんだよ！』

俺は苗字《みようじ》が郡司《ぐんじ》だから〈ぐっちゃん〉と呼ばれていた。チョ松の声は夜だというのに、はしゃいでいた。

「そんな早くに出らんないよ」

『大丈夫。五時半にドカンッとやったら。油工場の前から駅へ行くバスがもう動いてるんだ。それに乗れば六時までには帰ってこれる。ぐっちゃんの部屋は道路に面してて親父さんたちの寝床から遠いだろ。窓からそうっと出て、そうっと戻れば絶対にばれないよ』

「無理だよ」

『お願い！　チョ松、一生のお願い。一緒に行って。チョ松を爆破に連れてって！』

「駄目！　そんなことばれたら絶対に殴られるもん。それにおまえ、怪我《けが》いいのかよ」

『あ、大丈夫。大丈夫。ちょっとコブ作っただけだから。問題なし子ちゃん』

「駄目だよ」

『なんだよ、ぐっちゃん。見たくないの？　大爆発だぜ。世紀のショーだぜ』

「そりゃ、見たいけど」

『だったら行こう！　ぼく、特等席を調べてあるんだから。凄《すご》いぜぇ。バーンって、あのオバケが、ぶっ倒れるの』

「行かないよ」

『怖いんだ。ほんとは大きな音が怖いんでしょ？　ぐっちゃん、怖がりだもんな』

「そんなの怖くねえよ。怖くなんかねえ」

『じゃあ、行こうよ。怖くなくて、見たければ行けばいいじゃん』

「そういうことじゃないんだよ」

俺はまだぐちゃぐちゃ話しているチョ松の電話を切った。

「夜中に子どもが電話使うな！」

居間から親父の怒鳴り声と不機嫌そうにコップを置く音が聞こえた。

「ごめんなさい」

俺は首を竦《すく》め、部屋に逃げた。机の上の時計は十時を指していた。

布団に入っても、チョ松の台詞《せりふ》がぐるぐる頭を巡って寝つけなかった。奴の云《い》う〈爆破〉ってのは、町外れにある製油工場の煙突のことで〈オバケ煙突〉と呼ばれていた。昭和の初めか大正の終《しま》いの頃にエライ人がやってきたときには、もう建っていて。なんでも酷《ひど》い扱いに怒った工員が、その煙突に登ってエライ人に直訴しようとしたら突き落とされたって噂《うわさ》だった。そいつは俺たちの住んでいるとこからツオカの森ってのを抜けたところにあった。勿論《もちろん》、バスなんかは森を迂回《うかい》するのだが、森を突っ切っていけば子どもの足でも小一時間で行けた。俺とチョ松は先生に叱られたり、親に叱られたりすると、森を抜けて、そいつを眺めに行っていた。ローキュー化から〈オバケ〉がぶっ倒され、その後は更地になって工場も無くなるのだと校長が朝礼で二週間ほど前に云っていた。

それを聞いた途端、チョ松はどうしようと、おろおろし出した。

「どうしようって、どうしようもないだろう」

「だけどぼく、昔っから厭《いや》なことがあるとあの煙突を見てスカッとしてたんだよ。あれが無くなったら、もうスカッとできないじゃん」

「そんなの知らないよ」

「大変だよ。とにかく大変だ！」

俺は工場の跡に何ができるんだろうと思ってたが、チョ松はとにかく〈オバケの爆破〉で頭がいっぱいになっていた。勿論、俺たちもそれなりに煙突への思いはあったけど、チョ松はまるで自分の家が吹き飛ばされるみたいな慌てっぷりだった。

そのうちにチョ松が〈オバケ〉は普通に壊されるんじゃないことを聞きつけてきた。

「ほんとか？」

「うん。うちのオヤジとアニキから聞いた」

チョ松の家は家族が十五人いた。婆《ばあ》ちゃんと両親の他に子どもばかり十二人もいて〈ダース兄弟〉と笑われてもいた。チョ松は真ん中の七人目で、既に大きくなったアニキたちは中学を出るとオヤジと一緒に工業地帯で清掃の仕事をしていた。チョ松が〈便所松〉とか〈糞《くそ》松〉なんて云われるのには理由があって、チョ松の家は貸家で風呂がなかった。だから毎日毎日、風呂に入ることができず、夏場なんかはちょっと〈臭かったり〉したんだ。近所の八幡神社の節分では豆と一緒にお菓子や小銭も撒《ま》かれるんだけれど、それにもましてチョ松たちにとって重要なのは〈藤ノ湯〉のタダ券が撒かれることだった。だから豆まきの日にはチョ松一家が総出で神社に行き、本殿の濡《ぬ》れ縁《えん》の周りを陣取ってはガッチリ〈豆〉をかっぱいで行った。当然、そんな姿も近所のおばさん連中には腹立たしく映るわけで、口汚く噂するのもいて、またチョ松の両親もそれを聞こえぬ振りで無視するものだから、余計にただでさえ無きに等しい近所付き合いが抉《えぐ》れてこじれて凹《へこ》んでいた。

「爆破するんだってさ。ドッカーンって！　すごいよ。もうロケット的だよ！　アポロだよ！」

チョ松によると清掃の人たちというのは実に綿密な情報網をもってて『あっちの会社の待遇はどうだ？』とか『ワイロをたっぷり使っているのはこの会社だ』とか、そういうことが全て秘密諜報《ちょうほう》部員的にわかってしまうそうなんだ。で、そんななかでもオバケ煙突の会社を担当している人が『あれは○○日の朝五時半に爆破だ。人通りが一番少ない時刻にやるらしい。昼間は破片が飛んだりして危ないからな。もう業者も選定済みだし、役所の許可も済んでいる』と云ったのだそうだ。

「ねえ。見に行こうよ」

それを聞きつけてからチョ松は、とにかくオバケの最期を見ることに執念を燃やし始め、そしてそれを俺と一緒に見るというのが絶対条件になっていた。

俺は布団のなかで、チョ松の誘いを受けて見に行き、それが親父にばれて半殺しにされるのと、巨大な煉瓦《れんが》の柱が轟音《ごうおん》と埃《ほこり》を巻き上げるなか、撃たれた象のように倒れるのを見てスカッとするのと、どっちがいいか悩んでいた。行かなきゃ、きっとチョ松はこれからずっと哀しい顔をするに違いなかった。

「困ったなあ」

俺は独り言を云ったり、横向きになったりしている間に眠っちまった。

二

コツンと硬いものが窓に当たる音で目が覚めた。

布団のなかでぼんやりしていると、また音がした。窓に石がぶつけられていた。覗《のぞ》くと頭に包帯を巻いたチョ松が大袈裟《おおげさ》に手招きしていた。

俺はだめだめと首を振ったのだが、チョ松は丁度、うちの前で急カーブになる市道の真ん中に立って飛んだり跳ねたりしては、俺を誘っていた。

〈だめだよ！〉俺は窓を細めに開けると身ぶりでチョ松に注意した。柱の時計は四時を少し回ったところだった。家のなかはシーンとしていて、みんな寝静まっていた。

窓から入る秋の空気が思いの外、冷たかった。

チョ松は道路に座り込んで土下座し、俺に向かって手を擦り合わせていた。

そして、あの俺の嫌いな哀れっぽい顔をしていた。

〈わかったよ！〉俺は抵抗するのを諦め、服を着替えると玄関から靴を持ってきて窓から抜け出した。

チョ松はもう大ハシャギだった。

「嬉《うれ》しいなあ！　ぐっちゃんと朝の冒険に出るなんて夢みたいだよ」

「朝じゃねえよ。まだ真っ暗じゃん」

「大丈夫、大丈夫。そのうち明るくなってくっから、任せとけ！」

チョ松はガハハと笑い、頭の包帯をぼりぼりと掻《か》いた。

「おまえ、それ一昨日《おととい》の？」

「ああそう。ちょっと落っこっちゃったの。やっぱり、ぐっちゃん、神社の屋根っての は滑るねえ。ははは」

チョ松が鬼ごっこをしていて八幡神社の屋根から落ちたという話は学校で聞いていた。それでチョ松はその日、学校を休んでもいたのだ。

「おまえ、学校休んで、爆破見物なんて絶対にバレたら叱られるぞ」

「なはははは。だから絶対に秘密。秘密だよ、ぐっちゃん！」

チョ松はそう云うと急にツオカの森に向かって駆け出した。


森のなかはまだまだ暗かったけれど、餓鬼の頃から遊び回っている俺たちには何の問題も無かった。このツオカの森というのはとてつもなく巨大な森で町の者には迷ったら出てこられない小さな樹海と噂されていた。実際はそんなこともないのだが、それでも町が平気で五、六個収まってしまうだけのことはあった。横浜の端とはいえ、こんなものが住宅街の奥にひっそりとあるのは、なにやら不思議だった。

俺たちは二、三十分ほど歩いたところで休憩した。そこはちょっとした広っぱになっていて座りやすい切り株もたくさんあった。

チョ松はポケットから凍ったアンズ棒を出し、俺にもくれた。

俺は森の暗いほうを見ていると何か厭なものが見えそうな気がして、なるべくチョ松を見ながらアンズ棒を舐《な》めていた。

「ぐっちゃん……ちょっと怖いんでしょ」

不意に見透かしたようにチョ松が呟《つぶや》いた。

「怖かねえよ」

「ほんと？」

「ああ」

「ならいいけど。ぼく、先週このあたりに来たとき女の人が首吊《つ》ろうとしてたの見たんだよね」

「え？　ほんとかよ」

「うん。ぼく、やめなよ！　って云おうとしたんだけど、なんか声をかけるのも怖くなっちゃってさ。でも逃げるわけにもいかないじゃん。だから、居たんだよ」

「居た？」

「うん。ここの切り株に座って見てたんだ。そしたらやりづらくなったみたいでいなくなっちゃった」

「じゃあ、諦めたんだな」

「でもね。夜中にすごく足を引っ張られたんだ。寝てたらグーッて。足は布団のなかにあるのに持ち上げられる感じがしてさ」

俺は突然、周囲の闇が濃くなるのを感じ、鳥肌が立った。

チョ松も少し青ざめながら話し続けた。

「朝、絶対に夢だと思って見たら、赤い痣《あざ》になってたんだ。丁度、人が摑《つか》んだみたいに」

「やめろよ、そんな話」

「でも、絶対に此処《ここ》で死んだと思うんだ」

「なんでだよ」

「だってそこにいるもん」

いきなり、チョ松が俺の後ろを指差した。

俺は背中に火が点《つ》いたような勢いで振り返った。が、そこには太い木があるだけで人の姿はなかった。

「おまえ、ふざけん……」

チョ松を怒鳴ろうとして、俺は息を吞《の》んだ。

確かに木の裏に女がいた、見えなかったのはその女の頭が地面すれすれにあったからだ。地べたに寝そべったまま顔だけ上げてこちらに向けている。そんな不自然な格好が余計に怖《おそ》ろしかった。

俺は唾を呑み込んだ。当然、チョ松も青ざめ、逃げだす寸前だと思ったのだ。しかし、奴は、ぼんやり切り株に座っていた。

「人がいる……」

「いるね」

女は寝そべったまま目を向けているのだが、魚のように漠然と、まん丸く見られていることが逆に怖ろしい。こちらの反応次第で、即座に何かしでかしてきそうだったからだ。

「おまえ……怖くないの」俺はチョ松の反応が普段とは全然違うことも怖ろしかった。いつものチョ松なら我先にと駆け出しているはずだった、それが落ち着き払って座っている。

チョ松は女を見、そして俺を見た。「あまり……」

「なんで？　おっかねえじゃん。これ絶対に」

「幽霊だね。此処で首吊って死んだ人だと思う。ぼくが眺めている間はやらなかったんだけど、その後、やっぱりね。きっと執着が強すぎて地面から剝がれられないんだよ」

「おっかねえじゃん。おっかねえよ！」俺は立ち上がりかけた。

するとチョ松は首を振って「ぼくは怖くないもん」と呟いた。

「どうしてだよ」

「だって、ぼくも死んでるんだもん」

「ぐっ」俺は腰が抜けたようにしゃがみ込み、運良く切り株に尻が乗っかった。尻に尖《とが》った部分が当たって声をあげそうになったが、反射的に呑み込んでいた。遠くで鳥が鳴いた。

「なに云ってんの？」

「聞いてなかった？　ぼくも死んでるの」

一瞬、こちらに向けたチョ松の目が光ったように見えた。目ん玉の真ん中に小さな赤い光が点《とも》ったように見えたんだな。

「死んでるって、いるじゃん。そこに」

「その人もいるでしょ」

チョ松の言葉に振り返ると女は俺を見ながら舌をぺろりと出した。

俺は顔を背け、チョ松に戻すと混乱した頭から一気に言葉がどっさり噴き出して何をしゃべっていいのかわからなくなった。人間や、それっぽいのも交ぜてここには三人いるはずなのに、ひとりぼっちで切り株に座っているような気分になった。川の水に浸《つ》かった時みたいに足の先から冷たい感じが腰のあたりまで遡《さかのぼ》ってきた。

「あなた、消えて」

チョ松が声をかけると女が立ち上がってぺこりと頭を下げ、林の奥へと歩いて行った。

ざくざくと足音が遠のいていく。

「話しやすくなったでしょ」女の姿が見えなくなるとチョ松が笑った。「ぐっちゃん、案外、怖がりだなあ。ふふふ」

「当たり前だ。あんなもの見て怖がらなかったら、そいつのほうがおかしいよ」

俺の台詞にチョ松は自分を指差した。「ぼくのこと？」

「そうだ。おまえだよ」

「ぼくもそう思った。生きてるときなら絶対に泣いて逃げてるもん。でも、なんか不思議と怖くないいんだよね。なんか不思議な感じはするけれど」

「おまえ、さっきから死んだ死んだって云うけど、ホントに死んだのか」

「うん」

「どうして」

「一昨日、八幡神社の屋根から落ちたでしょ。打ち所が悪かったみたい。頭が破れるみたいに痛くて、熱が出て、凄く気持ち悪かったんだけど……十時頃、いきなりグッて苦しくなった時、後ろにすってんって転んで。死んでた」

「すってん？」

「うん。すってん」

「だって、おまえ寝てたんだろ」

「でも、いきなりベッドの底が抜けたみたいな感じがして躯が真っ暗ななかで一回転したんだもん。すってんって。凄く気持ち良かった。それまでの苦しいのが全部、消えて」

「それに十時って、おまえが電話してきたときじゃん」

「話したよ。話したかったから。オバケ見に行こうって云ったよね。そしたらぐっちゃん、厭だ、厭だって云うから。もう喉のここまで〈ぼくは死んだんだから、最後のお願い聞いてよ〉って云いそうになったよ」チョ松は喉のあたりに手を寄せた。

俺は振り返り女がいなくなったとわかると、不意に怒りが湧いてきた。

「おまえ、なにさっきからわけわかんねえこと云ってんだよ」

「なによ？」

「俺に変な女見せて、勝ったつもりになってんだろうけど。自分は死んだとか。女が首吊ったとか、フカしこいてよ。あれ、このあたりでプー太郎やってるジキコじゃねえのか？」俺はチョ松の前に立ち、肩を怒らせた。

「わかんない。そうかも。ぐっちゃん全部、嘘《うそ》だと思ってんの？」チョ松は呆《あき》れたような声を出した。

俺は思わず、チョ松の頭を叩《たた》いた。いつも通りの感触と音がした。

「痛っ！　なにすんの？」

「あ、やっぱり！　おまえ、死んだんだろ？　幽霊なんだろ？　なんで痛いんだよ。痛いっつーことは、神経が生きてるってことだろ？　おまえ、生きてるってことで。それは女ジキコ使って俺をビビらせて莫迦《ばか》にしようっていう証拠じゃねえのかよ」

「痛いのはしょうがないよ。ぐっちゃんがぼくを死んだと思ってないんだから……だから、痛く感じるんだよ」

「莫迦！　そんな莫迦なことあるかい」俺は、もう一度叩いた。

「痛いなあ。またぶつんだ。ぶつなあ、ぐっちゃん」

「確認だよ。やっぱり、死んでねえ。酷い野郎だ」

俺がまた手をあげると、チョ松は逃げた。

「酷いのはそっちだよ。これじゃあ、ぼく、なんのためにぐっちゃんのとこに行ったんだかわけわかんないよ」

「なんのためだよ。云ってみろよ」

俺は追いかけながら、チョ松の背中や頭をぽかぽかやった。

「最後になんか面白いことをやって死にたかったからだよ。いろいろできたと思うけど、ぼくはぐっちゃんと何か面白いことをしてあの世に行きたかったんだよ。ほんとだよ」

いつのまにか、チョ松は目に一杯、涙を溜《た》めていた。

俺は走るのをやめ、奴を見た。

「ほんとだよ」もう一度云ったとき、ほっぺたを涙が滑った。哀しい顔をしていた。

「わかったよ。もうしない。でも、どうしても本当だとは思えないんだ」俺はチョ松の手を取った。それは温かく汗で湿っていた。本物の手にしか思えなかった。「これって、ほんとに死んでるの？」

「だから、さっきのおばさんを見せられたんだよ。此処に来ればいるとわかってたもん。他のも見る？　まだ一杯居るよ、ここ」

チョ松があたりを見回した途端、風がびゅうっと吹き抜けた。

「いいよ！　もういい！」俺は手を振った。「そんなことより先に行こうぜ」

「うん」

俺が先に歩き出すとチョ松も後を追ってきた。不思議と怖いとは思わなかった。それよりも俺はどう考えてもチョ松が死んでいるとは思えず、何度も振り向いては顔を見、そのたびにチョ松と目が合った。

目が合うとチョ松は少し笑ってみせた。

「なあ、やっぱり、俺はおまえが死んでるとは思えないよ。どうして生きてるまんまみたいに見えるんだ？」

「そんなのぼくにもわからない。初めて死んだんだもん。どこか変だって云われても困るよ。逆にぐっちゃんが教えてよ。これなら死んだとか、証明する方法」

「どっか高いところから飛び降りるとか、岩に頭をぶつけるとか。ナイフで心臓を刺すとか。犬に頭を齧《かじ》られるとか。それでも全然、平気なら死んだってことに……」

チョ松がじっと俺を見ているのに気づき、俺は喋《しゃべ》るのをやめた。

「なんか、もう友だちじゃない感じだね。そんなことほんとにさせたいの？　やっぱり死ぬと別ものにされちゃうんだ。寂しい……つまんないな」

「そんなこと云ってないだろ」

「触ってみて」

チョ松が腕を差し出した。触るとさっきとは全く感触が変わっていた。軽くて肌の感じがふわふわした頼りないものになっていた。俺はチョ松を見返した。

「ぐっちゃんがぼくのことを死んだと思ってきたからだよ」

「ほんとかよ」俺はチョ松の腕を強く握ったり離したりした。腕はぐんにゃりと曲がったけれど、握っている実感は無かった。

「痛いんだけど」

「あ、ごめんごめん」

「やっぱり、完全に死んだと思ってないからね、ぐっちゃんは。痛いよ」

それから俺たちは長い間、黙って歩いた。

と、目の前に突然、雑草の絡んだ黒いスレートの囲いが見えてきた。見上げるとオバケ煙突が明るくなった空に大きなシルエットを描いていた。

「間に合った！　間に合った！」

俺たちは囲いの隙間から中に入った。

敷地内には人気《ひとけ》も無く、機械が動いて準備している気配も無かった。ただシーンと静まりかえっていて遠くのほうでカラスが鳴いているのが聞こえた。

「いま何時だ」

俺は隅にある作業小屋の壁時計を確認しに行った。何度も忍び込んだ場所なので大抵のことはわかっていた。ガラス越しに見える壁の丸時計は六時になろうとしていた。

「なあ、もう五時半過ぎてるぜ」

「ほんとだねえ」チョ松は困ったような顔をしていた。

それから俺とチョ松は敷地をうろうろした。

オバケ煙突の下まで行った時、チョ松が〈ぐはっ〉と声を出した。

看板があった。

『爆破予定日は○○から××に変更になりました。但し、爆破予定時刻は午後一時と変更はありません』

俺は呆気《あっけ》に取られ、チョ松を振り返った。

チョ松も驚いたような顔をしている。

「今日、やんないって。来週だって」

「なんだよぉ」チョ松は、ふらふらと尻餅をついた。「せっかく、来たのに」

「それに爆破は午後一時だって。授業中だよ。来れねえよ。おまえだって生きてたら来れねえよ。誰だよ、今日のこの時間にやるなんて云ったのは」

「藤崎清掃のバアちゃんだよ。くそー。化けて出てやる」

俺とチョ松は並んで寝転びながらオバケ煙突を眺めた。

〈どっかーん！〉チョ松が大声をあげ、手を広げた。

「って見たかったなあ」

「おまえは見に来りゃいいじゃん。見に来れるんだろ」

「わかんないよ、そんなの」

「何にもわかんないんだな」

「わかんないよ、死んだの初めてなんだから」

「えばんなよ。俺だってそのうち死ぬんだから」

「ああ〜あ、つまんないなあ」

俺たちはそこで流行《はや》っていたアニメの歌を寝転がったまま唄ってから帰ることにした。

三

「やっぱりつまんないよ。こんなの」

三曲唄ったところで次に唄いたい曲がなくなった俺たちはスレートの隙間を抜けて森に戻った。とぼとぼ歩いている間ずっとチョ松は〈つまらない〉と、ボヤいていた。確かにこの世の見納めと云うには、あんまりなあんまりだった。

「じゃあ、おまえが霊の力で爆破すりゃよかったじゃん」チョ松の気持ちはわかっていたが、俺は俺であまりに何もできない自分に苛立《いらだ》って棘《とげ》のあることを云った。

「そんなことできないよ。何がどうなってるのか知らないんだもん。ああ、つまらない。ぐっちゃん、このまんまじゃ死にきれないよ。何か面白い話してよ。怖い話でもいいから」

チョ松はまたあの哀しそうな目で俺を見た。

俺は一旦、立ち止まってチョ松を見た。

チョ松の顔はさっきよりも青白くなっていた。

「わかったよ。昔、ツオカの森、つまり今、俺たちが歩いている此処な。此処の側《そば》を通る小学生をいっつも見送ってくれているおじさんがいたんだって。で、その子は毎朝、挨拶してたんだけど、ある時、すごく顔色が悪そうなんで心配で近寄ってみると、そのおじさん、首吊って腐る寸前だったんだ。つまり、その子が毎朝、挨拶してたのは首吊った死体に対してだったんだよ……どう?」俺は話しながら歩いた。

「つまんない。そんなの怖くない」

「だよな」

「他になんかないの? ぐっちゃん、家に着いたら帰っちゃうんでしょ。そしたらもう逢《あ》えないじゃん。ぼくだけ、つまんない気持ちのままで置いてきぼりなんだよ。もう少し何か話してよ。もう怖くなくていいから。お願いします」

「わかったよ」

俺はそれから思いつく限り楽しそうな話をしたが、チョ松は最初の頃だけ〈ははは〉なんてお追従《ついしょう》をしていたが、そのうちに黙りこくってしまった。

全滅だった。

「つまんないね。もっとなんか無いの」

俺も黙りこくってしまった。

もう本当に何も残ってなかった。

「ごめんな。俺、もう何にも楽しい話してやれないよ」

あと十分もすれば森から出てしまうあたりまで来たとき、俺は不意に哀しくなった。

やっぱり、チョ松が本当に死んでいるんだとしたら、せっかく、見に行った爆破が延期で、おまけに俺がこんなにつまらなかったら、やりきれないだろうなと思った。

「いいよ。つまんないけど。しょうがないよ」

チョ松は苦しそうな顔のまま笑って、頷《うなず》いた。

その時、俺はちょっと閃《ひらめ》いた。

「あ、そうだ。おんぶしてやるよ」

「え？」

「おんぶ。最近、おんぶして貰ってないだろ」

「うん。ぼくの家《うち》は兄弟が多いでしょ。だから、おんぶして貰ったことないんだ」

俺はしゃがんで背中を向けた。「ほれ。乗れ乗れ」

するとチョ松が背中にしがみついてきた。俺は奴の尻に手を回すと立ち上がった。

思った通り、大して重くなかった。

「重くない？　大丈夫？」

「大丈夫。おまえ、もうそんなに重くない」

「そっかあ。もうだいぶ死んできたんだね」

「そうかもな」

俺たちは森を出、車の行き交う車道脇を歩いた。

「あのさ。ぐっちゃんがお父さんになって、子どもが十三歳の春、家族で奥さんの実家に行くんだ。その時、必ず〈海に行こう〉って誘われるから。絶対に行かないでね」

「なんの話？」

「いいんだ。今はわからなくて。でも、これだけは憶《おぼ》えておいてね。絶対にその年の春だけは海に行かないで」チョ松はそう云うと俺に回している腕に力を込めた。

「わかんないなあ」

「いいよ。わかんなくて。ただ忘れないで」

俺たちの脇を相変わらずスピードを上げた大型ダンプが追い越して行った。この街道は工業地帯とバイパスの抜け道にもなっていて早朝からスピードを上げている車が多い。俺の家はこの先のカーブにあった。

「はい。ありがとさん！」不意にチョ松は飛び降りると角へと走り、そこであっかんべえをした。「つまらなかったけど、すっごく面白かった！　ありがとう、ぐっちゃん！」

「もう行くのか！」

俺が声をかけるとチョ松は手品師がショーを終えたときのように深々とお辞儀をして脇道に入った。

「待てよ！」

俺はチョ松の後を追った、が、一本道なのに奴の姿は消えていた。

「莫迦……。チョ松……」

家の近くまで来たとき、パトカーが見えた。人も集まっていて、なかにはパジャマ姿の人もいた。祭の御輿《みこし》が通るのを待っているような人だかりに顔を突っ込むと目の前の人が俺を見て悲鳴をあげた。布団屋のおばさんだった。

「たえさん！　いたよ！　キミアキちゃんいたわよぉぉ！」

周囲の人が全員、俺を振り向き、その瞬間、人だかりの裂け目から奥にあるものが見えた。急カーブを曲がりきれなかったのだろう。一台の砂利トラが深々と家に突き刺っていた。正確に云えば、家の一角にだ。そこはチョ松が呼びに来るまで寝ていた俺の部屋だった。殴りつけられるような勢いで肩を摑まれた。顔を真っ赤にした親父が俺を抱いた。背中におふくろがくっついてきたのが匂いでわかった。

——遠くから救急車のサイレンの音が聞こえてきた。

翌週、社会科の授業は小学校の屋上にあがり〈オバケ煙突〉の爆破を見学することになった。腹に響くような大きな音がした後、巨人が膝から崩れるように折れていった。煙が噴き上がると俺たちは仲間と手を叩いて喜び合った。

近くの電線に爆破音にも驚かず、ジッと留まっている一羽のセキレイがいた。綺麗《きれい》な薄緑の羽はあの日、チョ松が着ていたTシャツそっくりの色だった。

おばけの子

六月

千春は洗面器に入れたタオルを絞り、サエコの額に載せた。

数日前から風邪を拗《こじ》らせたサエコは熱を出し、寝込んでいた。そんなサエコの様子に飽き飽きした同居人のアキオは徹夜で続けていたゲームを攻略すると何も云《い》わずに出ていった。

午後の三時。薄い夕陽《ゆうひ》が1Kの部屋に差し込み、いまだけは、散乱した下着や服、底にスープの溜《た》まったラーメンの容器や菓子袋もオレンジに光って千春には優しく感じられた。

その日、千春は幼い手で何度もタオルを水に浸しては絞り、母の額に載せた。

「ちーちゃん、ありがとね」サエコが千春の手を握った。

サエコが自分を〈ちーちゃん〉と呼ぶ時は、昔の優しい母に戻っている時だった。千春は横になると母の躯《からだ》にくっついた。

「風邪がうつっちゃうよ」

「うつしていいよ。ちーに、うつすと治るよ」

外では賑《にぎ》やかにはしゃぐ子供たちの声がする。去年の夏に引っ越してきてから千春は学校には通っていなかった。母はアキオの仕事が決まって落ち着いたら行かせると約束していた。アキオは二、三度、面接に落ちると積極的に就職活動をしなくなっていた。いまの部屋はアキオの父の持ち物だと聞いたが、その人は一度も顔を見せたことがないので、どんな人なのか千春には見当もつかなかった。

最近、ふたりはよく喧嘩《けんか》をした。喧嘩をすると必ず、その後にセックスをし、それから何故《なぜ》か千春がぶっ倒れるまで正座をさせたり、水をかけたり、殴ったりして嗤《わら》い合った。

千春は最近、爪の色が真っ白になっているのに気づいた。昔は多少白くなっても擦《こす》ったり寝たりすれば色は戻ったが、いまは白いままだ。それに踵《かかと》や肘、膝の皮膚が簡単に破れてしまい、膿《う》んだままなかなか治らない。八歳にしては小さすぎる躯――もともと料理を作るのが嫌いなサエコは引っ越してから食事の用意を殆《ほとん》どしない。千春はインスタント食品やスナック菓子の食べ残しで空腹を紛らわせていた。

「ママ」

「うん？」

「学校行けるかな？」

　サエコは娘の顔を見つめた。

「行けるよ。行きたい？」

　千春は母の瞳を探った。

「別にどっちでもいい。ママとこうしてるのがいいもん……ママ？」

「なあに」

「あたし、いないほうがいい？」

「どうして」

「うん……なんとなく」

「こーちゃんのこと気にしてるの？」

「ううん。でも、たまに逢《あ》いたいな」

「あんたのパパが、いじわるしなきゃね」

　千春は去年の暮れに生まれた泣き虫だった弟――光太郎のことを思い出していた。一緒に引っ越してきたのだが、ある日突然、いなくなった。別れた父親が引き取ったという。アキオに殴られ、ガラステーブルに頭を打ちつけ昏倒《こんとう》している間に弟は運ばれ、姉弟は離ればなれとなった。

「あたし、アキオさん好きじゃない」

「どうして」

「あたし、ママとこーちゃんとで暮らしたい」

「へえ、そう」

サエコの口調が変わった。千春は反射的に布団から離れた。

「あんた、薬、買ってきて。あんたの添い寝なんかじゃ、どうしようもないよ」

母の目が冷たく自分を見据えていた。なんでいつもこうなんだろう。千春には優しい母が冷たい母へ急変する理由がわからなかった。

「アキオのポケットにお金が入ってるだろ、それで買っといで」

千春は革ジャンのポケットからクシャクシャに丸められた紙幣を取って外に出た。

※

薬のマブチは昭和五十年から続く老舗《しにせ》。店主のヨシツグは再来年、還暦を迎える。

「ねえ。さっきの子、見た？」

ヨシツグが調剤所から出ると妻のヒロミが声をかけてきた。

「どの子？」

「さっきPL顆粒《かりゅう》とカロナールを出した子よ。あんた……処方箋もないのに」

「母親が高熱で動けないって云うんだ。二日分だから心配するな」

「そうじゃないわよ」

「なんだ」

「あの子、いくつって訊《き》いたら八歳って。学校どこ？　って訊いたら、なんにも返事しないの」

「なんでそんなこと訊くんだ」

「だって服は汚れて、髪はぼさぼさだし、垢《あか》じみて、凄《すご》く痩せてるから気になったのよ」

「そんなことといちいち詮索することない」

「だって八歳っていったら二年生でしょ。この辺の子だったら南大島小じゃないの。サユミと同じ学年よ。あんな子がいたら目立つと思うのよね」

「孫とは違う学校なんだろ」

「どこだろうと、あの子ちょっと変よ」

「どの家にもいろいろ事情があるんだ。あんまりそういうことに首を突っ込むな」

「だって可哀想《かわいそう》じゃない。最近は変な親も多いし……」

「おまえがいちいち心配することないっていうんだよ。そういうことはちゃんとそれなりの役所や担当があるんだから任せておけばいいんだよ」

「なにを怒ってるのよ」

「俺たちは薬屋なんだ。子供に声かけて変な親に怒鳴り込まれたりしてみろ。商売あがったりだよ。ヒロスエんとこのコンビニのことを忘れたのか」

「あれは万引きでしょ」

「同じだよ。息子が万引きした癖に親が監禁だ、暴行傷害だって警察呼んで、新聞にまで出ちまったんだぞ。あいつ、ノイローゼになって店、畳んじまったじゃないか」

「そんなのとは全然、違うわよ」

「おんなじだよ。変な子には変な親が必ずいるもんだ。向こうが〈助けて〉って云ってくるまでは放っておくのが一番だ。おい、毛生えのゴロヤンガッシュ切れてるぞ！　発注したのか？」

「しましたよ」

七月

——わたしはわるいこです。おかあさんやおとうさんのいうことはきかないし。めいやくかけてこまらせます。わたしはわがままです。おかあさんとおとうさんをくるしめます。わたしはにんげんのくずです。わたしはぶたです。わたしはいきるかちがないです。おかあさんはわたしをうんでふこうになりました。わたしはりゅうざんするはずだったのにうすぎたなくしがみついてうまれてしまいました。ごめんなさい。おかあさんごめんなさい。おとうさんごめんなさい。はやくしにます。いまはしぬことがいちばんのおやこうこうです。はやくしにたいです。もうごはんもおみずもいりません。じぶんでしぬのです。しぬのがうませてしまったおかあさんへのおやこうこうです。わたしはしにます。ちゃんとしにます。わたしは不りょ品です。——

千春がそこまで書き終えると母親のサエコが前髪を摑《つか》んで後ろに引き倒した。マジックが手から放れ、小さな躯が床で鈍い音を立てると、サエコが蛙《かえる》のプリントのついた胸のあたりを踏んだ。千春は躯をくの字にして歯を喰《く》いしばった。悲鳴をあげればますます殴られるのがわかっていた。からっぽの胃が反り返るように動くと苦い唾が口のなかに広がった。

「あぁ、もうほんっとにやんなっちゃう。バカ！　マジバカ！　こいつドバカ！」

サエコは一度、蹴ってしまうとその行為自体に酔ったようになり、更に蹴り続ける。

千春は蹴られながら少しずつ躯を部屋の隅に移動させた。もうこれしか彼女が自分で身を守る方法は残されていなかった。悲鳴をあげるのは勿論《もちろん》、手でかばってもいけなかった。なぜならそれは〈愛の鞭《むち》〉であり〈躾《しつけ》〉であって、それを拒否することは〈あんたを嫌いだ〉というサインになるからであった。

「アキオぉ。マジやんなる」サエコは千春が玄関脇のキッチンのゴミ袋に身を寄せるのを見て、同居人である男の元に擦り寄ると、ゲームのコントローラーを握っている腕を引いた。

「邪魔すんなよ」

「だってマジバカなんだもん。あいつ、迷惑とか不良品とかも書けないんだよ！　この前からずっと教えてんのにさあ。もう九歳なのにさあ」

「迷惑とかムズいだろ」

「違うよ！　ひらがなだよ。見てよ」

サエコが千春が書き上げた誓約書を読み上げる。

アキオはテレビ画面に映る怪物を剣で薙《な》ぎ払い、咥《くわ》えた煙草《たばこ》の灰が重みで床に落ちても気がつかない。

「ねえ？　どうよ？　どう？」

「しょうがねえじゃん。おまえのガキだもん。バカは遺伝じゃん」

「でも、父親はワセダだよ」

「ヤリマンサークルのデキ婚だろ。駄目だよそんなの」

「ヤリマンじゃないよ。ゴーカンされたんだよ。何度、云ったらわかんの」

「うるせえな。産んだのが悪いんだよ、バカ。中ダシィーノ、タダ乗リィーノされただけじゃん。ははは」アキオはサエコの下着に手を入れ、思い切り陰毛を引き抜いた。

「げあ！　痛いよ！　もう何度も何度も！　ひぃ〜ん」サエコが背中にじゃれついた。

「うぜえんだよ。いまマジで倒してるとこだから。こいつからバルキロスの弓を取らなくちゃ先に進めねえんだから！」

「どこまでいってんの？」

「おまえ、口臭いよ」

「最近、歯洗ってないからかな？　今度、洗う」


千春はユニットバスのトイレで少し吐いた。

顔を上げるとヒビの入った鏡に〈おばけ〉がいたので息が止まりそうになった——顔の腫れた自分だった。夏だというのに千春の躯は常に凍えていた。指先が酷《ひど》く震えていた。止めることができなかったのでシャツの下に隠した。肋《あばら》の浮いた腹に触れた指は死んだ小魚のように冷たかった。おとなたちがゲームに夢中になっているのを確認すると赤い蛇口を捻《ひね》り、細くお湯を出すと指先を浸した。

「いち……に……さん……」

そこまで数えると千春は蛇口を閉めた。

※

ナカノヒロマサは保留音を聞きながら苛《いら》ついていた。やがて間延びした若い男の声が取って代わった。

『お電話代わりました。PKホームズお客様担当のカワベでございます』

「あのさあ、お宅、お客待たせすぎ。サービス業なんだからさあ」

『誠に申し訳ありません。お待たせ致しました。申し訳ございません』

「あのね。隣がうるさくてしょうがないの。なんとかしてよ」

『はあ。お隣様が。お客様、失礼ですが……もう一度、お名前と物件名を戴《いただ》けますか？』

「ナカノ。パークハウス川崎３０３」

『はい。ナカノ様ですね。申し訳ありません。で、うるさいというのは？』

「３０２だよ。なんだか子供がぎゃんぎゃん泣いたり、床に叩《たた》き付けてるような音がするし。あれ絶対、虐待とかだよ。夜中、ベランダとかに出してるし」

『３０２ですか。少々、お待ちください……すみません。これは分譲物件です』

「は？　どういうこと」

『こちらの管理ではないんです。パークハウスはマンション個々の部屋で所有者が違いますので。当社では管理をしていないのです』

「え？　じゃあどうすればいいのよ。凄くうるさいんだよ。俺、寝れねえよ」

『それは直接、お話し戴くか組合長さんにでもお話し戴くしか……はい』

「直接なんてできるわけねえだろ。厭《いや》だよそんなの！　それにここ組合なんてないよ」

『はあ。当社では管理しておりませんので』

「じゃあ、全然関係ないってこと？」

『管理をしておりませんので』

「なんだよそれ」

『誠に申し訳ありません。警察にでも相談されては？』

「もういいですよ」

八月

千春は冷たい床に倒れたまま天井を見上げていた。唇は裂け、口の中は火のように熱かった。誰かが全速力で走っているような音がし、それが自分の息だとわかるのに時間がかかった。壁には刷毛《はけ》ではいたように顔を押しつけられた時にできた赤い線が走っていた。

チャイムが二度鳴ったが、千春は起き上がることができなかった。アキオとサエコはパチンコに出かけていた。近くに新規オープンする店があるということで早朝から並びに行ったのだ。

昨日、千春はひとり取り残された部屋で弟の顔を描いていた。こんな顔だったかな？それとももっとこんな感じかなと思いながらチラシ裏で鉛筆を進めていると思いの外、巧《うま》く描けた。それは千春にとって初めての経験で自分にも何かできると思うと嬉《うれ》しかった。彼女は部屋のなかに散らかっている紙を集めるとまた弟を描き始めた。顔、おくるみから覗《のぞ》いていた小さな皺《しわ》だらけの手、おしんこのような足の裏、ひとりでに笑顔が生まれ千春は久しぶりにくすくす笑った。そして笑いながら描き疲れ、寝入ってしまった。ぼそぼそと話す声で目を開けるとアキオとサエコが突っ立ったまま千春の描いた絵を手にしていた。

「これ、あの子だよねえ」「絶対、そうだ」そんなやりとりが続くと突然、千春は腕を引っ張られ叩き起こされた。

「おまえ、これなにやってんだよ！」

チラシを手にしたアキオがいきなり頬を殴りつけてきた。

「ごめんなさい！」

「ふざけんじゃないよ！」倒れた千春の背中をサエコの足が蹴る。「陰でこそこそ一体、なにやってんだよ！　泥棒猫みたいに」

〈え〉と云おうとした途端、腹にプラスチックのダンベルが落とされた。ダイエット用にとサエコがネットで買ったもので中に水が入っていた。背骨まで大きな矢尻が突き通ったようで千春は息を詰めた。その時、千春は舌の上に石が載っているのを感じ、ペッと吐き出した。歯だった。

「なんだそれ」

「歯みたい。この子、虫歯だらけなんだよ」サエコが白いものを拾ってアキオに見せる。

「きたねえなあ。虫歯なんか。俺んち、親父が歯医者なんだぜ。ヤバいだろ。その居候が虫歯なんて。何本あるんだ」

サエコが千春の口をこじ開ける。「えーと。いち、に、なんだこりゃ。一杯あるよ」

「ああ、こりゃ、もうだめだ」茶髪を掻《か》き上げアキオが頷《うなず》く。「よし。抜くぞ」

「抜くの？　マジ？」

「虫歯ってのは細菌の巣だかんな。駄目なのはどんどん抜かないといい歯が全部やられちまうんだ。それにこんな口で嚙《か》みつかれたらおまえにもバイ菌がうつるんだぜ」

「マジぃ。ヤバいよ、それ」

「口、開けさせてろ」

〈ママ、やだよ！　こわい！〉千春はそう云ったのだが言葉にはならなかった。万力のような力でサエコが顎を手で、首を膝ではさんで押さえていた。下から見上げる母の顔は妙に膨らんで醜かった。信じられないことに母は興奮し、微笑《ほほえ》んでいた。

するとと母の顔の横にアキオが現れた。「もっと大きく開けろ」

口の中に冷やっとした金属が突っ込まれた。それは乱暴に歯に当たり、厭な音を立てた。と、不意に下顎全体が持ち上げられるような感じがし、とんでもない激痛が歯の神経を貫いた。

「ぶぎぃぃぃ」千春は全力で暴れた。しかし、顔の中で軋《きし》むような音がし、熱した釘《くぎ》を打ち込まれたようなゾッとする感覚に歯茎が浮いた。

「ほら」アキオがラジオペンチを千春の顔の前に晒《さら》す。鈍い鉄の表面に血がつき、柘榴《ざくろ》の種のように赤くぬめぬめしたものが摘《つま》まれていた。

「あれ？　案外、簡単だね」

「俺、巧いし。それに、こいつの歯なんかもうぼろぼろだもん痛くないはずだぜ」

千春は左右に首を振ったが、口に溢《あふ》れた血と涎《よだれ》で咽《む》せてしまった。

「ふざけんじゃないよ！　汚いねえ……」飛沫《しぶき》を浴びたサエコが顔を殴りつける。

後頭部が厭というほど打ちつけられ千春は気が遠くなった、と、口の中がガチャリと鳴り、冷たいものが入ってきた。まさかと思う間もなく、二番目の歯の抜き取りにかかられた。

千春は全身を弓なりにして痛みに耐えようとしたが、神経に直接、カンナをかけられるような激痛に毛穴が開き、全身が痙攣《けいれん》した。

　アキオは三本立て続けに抜くとペンチを捨てた。

「うわ！　こいつ小便したぞ。この野郎！　人んちだと思って！」アキオが叫んだ。

泪《なみだ》と鼻水と涎で視界がべとべとになった千春は自分の躯に何が起きているのか感じることができずにいた。失禁していたのにも気づかなかった。

「謝れ！　早く正座して謝れ！」

サエコの言葉に千春は震えながら躯を起こし正座した。「ごめんなさい」それだけ云うのが精一杯だったが、サエコに背中を殴りつけられ、頭を床に押しつけられた。

「謝るってのはこうすることだって、何回云わせるんだよ」

　前髪がぎしぎしと床で鳴る。

「おい！　ちょっとそいつ立たせろ。服ぬがせろ、服」アキオの言葉にサエコは千春の服を下着ごと乱暴に剝ぎ取った。

「なんだ、こいつの躯ぁ。お化けみたい、ひゃひゃひゃひゃ」アキオは千春の姿を写メで撮り始めた。「躯中、痣《あざ》だらけじゃん」

「なんかこんな汚いガキいらない。もっと新しくてキレイなのが欲しいよ。アキオの子が欲しいよぉ。ねえ」

「だめだめ。こいつをなんとかしなくちゃ。俺、ガキは一匹で充分っつってんだろ」

と、その瞬間、ドアが叩かれた。

『ちょっと！　静かにしてよ！』女の声だった。

ドアスコープに目を付けたアキオがシーッと云って振り返った――チャイムが鳴る。

『ねえ！　どすんどすんしないで！』

もう一度、大きくドアが叩かれると静かになった。

室内で千春だけがドアが開くことを願っていた。

九月

「タムラ先生、ちょっと気になる電話があるんですけどね」

「なんでしょう」

「どうも学齢に達しているのに通学していない様子の子供がいると電話が入ったんですよ」

教頭の言葉を聞き、タムラはすぐさま自転車に乗って、子供がいるらしいと電話のあったマンションに向かった。彼は南大島小学校で五年、教員になって十年のベテランであった。地域住民だという電話主は比較的、若い声だったという。それによると近くを流れる川の土手近くで、昼間からぼうっと座っている女児の姿があるという。教頭は事実ならば虐待の可能性もあるし、児童相談所にも連絡をしなければと考えているようだった。

土手に着いたタムラは女児の姿を探したが、見当たらなかった。通行人にも声をかけたが、そのような子は知らないという。一応、土手の近くにあるマンションの管理会社をメモすると学校に戻った。タムラの報告を聞いた教頭はマンションの管理会社に当該児童の居る家庭があるか否かを訊いてみるようにタムラに指示した。

しかし、十軒あるマンションのうち管理会社が住民の動向を把握していると思われる世帯は半分。残りは単身用で持ち主が別々であったり、派遣会社が一括で借り上げているので派遣会社に訊かなければわからないという返事だった。

「住民票を移していないんでしょうね」タムラは溜息《ためいき》をついた。転校した子供は住民票によって各教育委員会で管理されている。親が住民票を残したまま移動してくれれば申告されぬ限り、探し出す手は全くなかった。また虐待の事実が明確でなければ児相に繋《つな》ぐこともできない。そうした親のなかには借金や離婚、ＤＶなど様々な理由で子供を学校に行かせていない場合も多い。またタムラの学校では以前、宗教家であった親と学習指導を巡り、揉《も》めに揉めた挙げ句、提訴され、学校と市教育委員会側が謝罪をするという苦い経験もあった。

「もう少し様子をみるしかありませんね」

教頭はそう云うと煙草を揉み消した。

※

千春は右足と右手を繋げられた手錠のおかげで背骨が歪《ゆが》んでしまっていた。歯の一件以来、千春はサエコとアキオの目を盗んで外に出るようになった。勿論、明確に逃げる意思はなかった。ただ明らかに母は以前の母ではなくなっていたし、おかしいと感じていた。それを、歯を抜くのを手伝っている母から千春は躯を通して感じていた。だから、何かのきっかけを探しに土手に座るようになっていた。警官に告げ口するのは厭だった。そんなことをすれば母が犯罪者になってしまうかもしれず、本当に自分は嫌われてしまう。千春は母を嫌うことができなかった。どんなことをされても、最終的には母と別れたくないという気持ちが全てを許してしまっていた。しかし、土手にいるのをサエコに見つかった日以来、千春は手錠をされるようになった。移動できるようにしたのは、便所を使えないために部屋を汚されるのは厭だというアキオの要求だった。食事をまともにさせてもらえず、ふたりがいる時は寝ることも許されぬ千春は最近、幻聴を聞くことがあった。それは優しかった頃の母の呼びかけであり、自分たちを捨てた父の笑い声でもあった。

一度だけ、部屋に残されていた百円玉を握り、土手の公衆電話から父に電話したことがあった。ドキドキしながら記憶を頼りにプッシュボタンを押すと呼び出し音の後、懐かしい父の声が聞こえた。

「パパ」

千春の声に父は一瞬、声を詰まらせ、そして〈どうした?〉と云った。

千春が〈逢いたい〉と云うと〈元気か?〉と返事があり、〈逢いに来て〉と云うと〈お母さんはどうしてるんだ?〉と返事があり、〈またみんなで一緒に暮らそう〉と云うと〈遅いから家に帰りな〉と返事があり、その時、父の後ろで子供の声が聞こえた。〈こーちゃん?〉と訊くと、父は〈ははは〉と明るく笑い〈いま、忙しい……〉と云っている途中でお金が尽きた。

そこまで思い出した時、千春は微かな赤ん坊の声を聞いた。

〈こーちゃん?〉もう一度、そう囁《ささや》くと泣き声が大きくなった。

千春は屈《かが》んだ格好のまま立ち上がると声のするほうに耳を澄ませた。声は衣類を突っ込んであるクローゼットのなかからだった。千春はゴミと雑誌をどけ、ドアを開け、もう一度、〈こーちゃん〉と呼んだ——声がした。それはゴルフバッグのなかから聞こえた。アキオも母もゴルフをしたことがない。千春はバッグを倒すとクラブを抜き、なかを覗いた。新聞紙の固まりがあった。千春はそれを引き出すと紙を開いた。大きなジップロックのようなものがあり、なかから毛が見えた。スーパーで見た糠漬《ぬかづ》けを思い起こさせる白い汚れが内側にべったりと貼り付いていた。生まれたばかりの赤ん坊の煮崩れた姿だということは千春にもわかった。産着《うぶぎ》に見覚えがあった。

千春はジップロックの口を開いた。ムッとする黴《かび》まじりの腐臭が鼻を撲《ぶ》った。煮崩れたような肉のなかにも生前を彷彿《ほうふつ》とさせるものは確かにあった——光太郎だった。

千春は気を失った。


その夜、丸坊主にされた千春はスチール製本棚の上部に通されたロープで両手を釣り上げられた。足は爪先立ちしかできなかった。口にはガムテープが貼られた。アキオが「そんなに学校に行きたきゃ行かせてやる!」と、千春にダンベルを詰めたランドセルを背負わせた。ダンベルはホームセンターで買ってきた本物で、長時間腕を上げ続け、立ち続けた上、肩に食い込むランドセルを背負わされた千春は金切り声をあげ、苦しみのあまり自分から金属の棚に躯をぶつけ始め、遂《つい》には自ら肋骨《ろっこつ》を砕いていた。

二日後、ドアのチャイムが鳴り、中年女性の声がした。

〈……相談所のヒラカワと申します〉と聞こえた。

千春は声を出したが、ガムテープに阻《はば》まれていたのと衰弱のせいで、弱々しい掠《かす》れ声にしかならなかった。

同じ声の主が二日続けて、やって来た。

が、アキオとサエコが返事をせずにいると帰って行った。彼らは危機が去ったお祝いにと千春の瞼《まぶた》を瞬間接着剤でくっつけた。

開かなくなった瞳から千春は静かに泪を流した。

十二月

「いやあ、もうここもそんなに住んでないと思うんですよね」

「え、どちらに引っ越されるんですか？」

「まだ決めてないけど、北のほう」

「北区とかっすか？」

「ええまあ」

「あっちにもうちの系列店があるんで、こっちで取って貰えると助かるんですけどねえ」勧誘員は手にした洗剤を大きめのクーラーボックスの上に載せた。

「え？　困るよ」

「いいのいいの。今度、来る時までに考えておいて」勧誘員はそう云うとドアを閉めた。

二時間後、パチンコ屋から戻ってきたアキオは玄関脇のクーラーボックスの上にある洗剤を見て顔を曇らせた。

「なんだよ、これ」

「新聞屋。もう、うるさくってしょうがないから開けたら置いてったの」

「ヤバいだろが」

「しょうがないじゃん」

「しょうがなくねえよ」

アキオは洗剤を下ろすとクーラーボックスの蓋を開けた。

「あ、これ、もうそろそろだな」

「ほんと？」

「うん。ほら、顎が上がって息してる。こうなると早いんだ」

「へえ」

千春は蓋が開いたことにも気づかずにいた。過度の減食により体重は四歳児ほどになり、脳萎縮を起こし、既に口を利くこともできずにいた。その意味に於《お》いてアキオは正しかった。息がふいごのように熱く激しくなっていたが既に苦しみは感じていなかった。

「ねえ。こいつ死んだらどうするの」

「山に埋めればいいっしょ。服全部脱がして歯抜いて」

「歯抜くの？」

「でないと、もし見つかった場合、医者の記録から足がつくからな」

「じゃあ、今度はあたしにやらして」

「いいよ」

アキオはそう云うとシャワーを浴び、ゲームを始めた。

日付が変わる前、千春は息を引き取った。

サエコに呼ばれ、アキオがクーラーボックスのなかを覗き込む。

「明日にでも捨てないと。死ぬとバイ菌が逃げ出すからな」

「ほんと？　うわっ、気持ち悪い」

「そんなこと云って、ほんとは哀《かな》しかったんじゃねえの」

「全然、あたしこれならウチで飼ってた犬が死んだ時のほうがヤバかった。もうマジで脱水症状？　ってぐらい泣いたモン」

蓋を閉じるとふたり揃《そろ》ってゲームに興じた。

「ねえ？　これで結婚届出していいよね」

サエコの言葉にアキオは片頬で笑った。

※

死の直前、千春は歯を抜こうと顎に触れた母の手のぬくもりに微笑んだ。
そして、〈ひまわり、ひろいにいくの〉と、呟《つぶや》いた。
それはたった一度だけ行った家族旅行の想い出だった。
黄色いひまわり畑の向こうに母が立っていた。
千春はその日、幸せだった。

暗くて静かで
ロックな娘《チャンネー》

〈ロザリンド〉ってのは呟《つぶや》くには膠《にかわ》みたいに厄介だが思い出すにはイイ名前だ。薔薇《ばら》を思い出すだろ。ロザリンドの本名は多恵だか、たゑだか、タエなんだが、今となってみちゃ〈耐え〉のほうがピッタリくるような〈娘《チャンネー》〉だった。

一

彼女と出会ったのは腐った町の腐った便所。つまり公衆便所と、どんぐりの背ぇ比べみたいなパブの便所の前だった。そこの便所は俺が今まで出会ったなかでも三指に入る前衛的な便所で、まるでジャクソン・ポロックが、ここぞとばかりに念入りに描き上げた《ポーリングした》ような代物《しろもの》だった。小便をし、戻ろうとしたところでロザと鉢合わせた。奴《やつ》はハッと困った顔をしたが、こっちだって若い娘と小便したての濡《ぬ》れた手で面《つら》付き合わせるのが嬉《うれ》しいはずもない。俺はあんな便所とは金輪際《こんりんざい》、関係がないんですよ。仕方なく使っていただけでね、俺が育った家の便所なんかは、それはもう禿《はげ》が自慢のオヤジの頭みたいにピカピカに光っていたもんなんです……って膝をついて告白を始めたくなる気分だった。

「失礼」

俺は形《なり》とはかけ離れたような紳士らしい声を出してみた。ロザはそれを無視して脇に避《よ》けたんだが、俺もそっちに避けたおかげでぶつかった。あんまり、自然にぶつかったので俺は奴がわざとやったんじゃないかと思ったぐらいだった。でも奴が俺の胸を突き、「シネ」を捨て台詞《ぜりふ》に女便所に消えたことで、そうじゃないってのがわかった。俺は、俺のような人間が常々〈まとも〉な奴らから挨拶のように投げかけられる〈侮蔑〉という洗礼を彼女からも戴《いただ》いたことに無念を感じつつ、そいつも一緒くたにアルコール消毒しちまおうとカウンターに戻った。

が、不思議なことにグラスはカウンターから消えていた。俺は酒棚の右端、丁度、照明かなんかの塩梅《あんばい》で影になっている場所、ギネスのビールサーバーの脇に座っていたんだ。オールド・パーを入れたばかりのロックグラスがそこにあるはずで、俺はまだ二口ほどしか味わっていなかった。

「ねえ」

俺は、俺とは反対側でテレビを眺めている四十がらみのバーテンに声をかけた。もじゃもじゃ頭のバーテンは斜め上を向いているせいか下顎が下がって歯が覗《のぞ》いていた。側《そば》にいるふたりの客も揃《そろ》って潰れたハンチングを被《かぶ》り、眠っているようにグラスを舐《な》めては手元を見つめていた。奴らは会話をしている素振りが全くなかった。

「ねえ、ちょっと」少し声を張るとバーテンと客がこちらを振り向いた。客のほうがやや先だったのが気になった。

「ちょっと」俺はこちらを見ただけで動こうとしないバーテンを手招きした。

「なんです」バーテンはさも大儀そうに近寄ってきた。

「ここにグラスがあったはずなんだけど」

「わかりませんね」

「たったいま便所へ行っただけなんだ。小便しにね。それで戻って来たらグラスが無いんだ。まだ口もつけてない……それに、あの便所は凄《すご》いな。なかで手術か何かやってるのかな」

「わかりませんね」

奴は外国語、それもフィンランド語とかリンガラ語を耳にしたような顔をした。

「あんたが注《つ》いでくれたオールド・パーだよ。そこの一番上の棚のやつさ。安くない」

「ご注文ですか？」

「いや……わかんないかな。俺の云《い》いたいこと。俺は呑《の》んでないんだよ。それなのにグラスが無くなってる。いや、グラスの問題はあんたの領分だ。俺はその中身のオールド・パーについて話してるんだよ」

「グラスを無くしたら追加料金を貰《もら》わなくっちゃ。うちが売ってるのは酒だけだから。

六百円戴きますよ」

　奴はそう云うと振り返ってテレビを見て「ははは」と笑った。俺はちっともおかしくない。パーはグラス一杯、千二百円だった。俺はそれを啜《すす》っただけだ。それにグラス代まで入れられたら二千円近くなる。俺はその値段以下で一泊できる宿《ドヤ》を知っている。そもそもその銭はブックオフで百円のクズ値で売っていた研究書を三冊、古本屋に持っていったら三千円に化けたものだった。気を良くした俺はちょっと奮発した。つまり自分へのご褒美にいつもの立ちんぼ呑み屋をやめて、ここに顔を出したってわけだった。

「なあ、俺は呑んでないんだよ」

「呑もうが呑むまいが、あんたの勝手さ。グラスは別だがね」

「どうしたんだよ！」突然、ふたり連れの片方がデカイ声をあげた。店には他に五、六人いたが、みんな少しの間、沈黙した。そんなぐらいの声だった。

「こいつが酒をタダ呑みしたいって云うんだよ」

「殺しちまえよ、ランゾウ」

「そうだ、殺しちまえ！」カウンターの莫迦《ばか》はふたりして嬉しそうに、はしゃいだ。

　俺は急激にグラスにもパーにも興味を無くした。うんざりした。所詮、世の中ってのはこんなもんだ。俺はもう一度、バーテンを睨《にら》みつけると店を出ることにした。踵《きびす》を返した途端、またぞろ俺は何か柔らかなものにぶつかった。さっきの女だった。なんだってんだか、わかんねえが奴は俺のぴったり真後ろに立っていやがったのだ。

「あ、悪い」うんざりして躯《からだ》をかわそうとすると女が強く俺の腕を掴《つか》んだ。「なんだよ！」

「おい。彼女に乱暴はよせ」バーテンが凄みを利かせた。「承知しないぜ」

「帰るだけだよ、こんな糞溜《くそだ》めなんかにいらんないよ」俺は女を振り払おうとした。しかし、女はしつこく腕を絡めてくる。「なんだよ、こいつ。アタマ変なのか？　それとも此処《ここ》で飼ってる淫売か何かか？」

「やめろ。彼女は目と耳が不自由なんだ」

バーテンの言葉に俺は抵抗をやめ、目の前の女を穴が開くほど見つめた。歳《とし》は二十代半ば、黒髪が卵形の顔を縁取っている。化粧は派手めだが下品に感じないのは素顔がもともと派手な造りだからだ。弓形の唇が割れると白い歯が覗いた。舌が唇を湿らせに、ちょろりと覗いて引っ込んだ。

「だって目が開いてるぜ」

「そんな可哀想《かわいそう》な子もいるのさ」

確かに彼女は黒い杖《つえ》を持っていた。便所の前の薄暗がりでは気がつかなかったのも当然だ。

「本当に見えないのか……」俺は彼女の鼻の頭を指で弾《はじ》くフリをした。彼女は少し微笑《ほほえ》んだまま視線を泳がそうともしなかった。

「ファントム！　ロザを連れて行け！」

バーテンが奥のテーブルに声をかけると動きがあった。革のベストにブーツ、海賊船のコック並みのデブの爺《じい》さんが立ち上がった。白髪《しらが》で髭面《ひげづら》のそいつは、指に刺さった棘《とげ》を見るような目で俺を睨みつけ、女の手を外そうとした。が、女は頑《がん》として俺を離そうとしなかった。こんなに強く女にしがみつかれたのは、六つで死んだ娘が生きてる時にしてくれて以来のことだった。

「席に戻るんだ」

爺さんが囁《ささや》いたが、女は微動だにしなかった。まるで溺れまいと沖のブイに摑まっているような感じだったし、俺もなんとなくブイの気分になってきた。爺さんはポンコツ車の修理をするみたいに女の指を一本一本摑んでは離そうとしたり、肘を引いたり、女の耳を引っ張ったりしていたが、やがて全部、諦め、俺の顔をまじまじと見ると「向こうで呑《や》らないか」と云った。

「いいのかい？」

「こいつがこうなったら梃子《てこ》でも動かねえ。まるで処置なしなんだ。あんたさえ良けりゃ……勿論《もちろん》、奢《おご》らせて貰うよ」

俺が振り返るとバーテンが首を振りながら、テレビの前に戻って行くところだった。

俺のなかで突然、ジャックポットのファンファーレが響いた。

「かまわないよ」俺は女を振り向いて云った。

それから俺たちは爺さんのテーブルに行き、閉店まで過ごした。

「ナイフ投げ」

なにをやってるのかと訊《たず》ねると爺さんは爪楊枝《つまようじ》をまっすぐに投げて見せた。普通はくるくる回って飛んでいくものだろうが、爺さんはきっちり先が前を向くように投げた。

「まあ、正確には斧《おの》投げなんだがな。小振りなやつさ――手斧だよ。手首のスナップがコツなんだ。俺は内も外も相当のジジイだが、この右手首の柔らかさだけは二十歳《はたち》の奴らにも負けないぜ」

爺さんはバーテンが呼びかけた通り、自分をファントムだと云い、女をロザリンドと紹介すると「娘だ」と付け足し、俺の気持ちを、ちょっぷり明るくさせた。

横に座ったロザリンドは俺に躯を擦《こす》りつけ、太股《ふともも》に手を置きながらコークハイばかりをお代わりしていた。

「なあ、悪いけれど彼女は耳と目が不自由なんだろ」

「そうさ。でも、それが俺にとってもこいつにとっても、ラッキーだった。なにしろ六つの頃から〈的《まと》〉をやらしてるんだが、怖がるってことがねえ。そりゃそうさ。こいつにとっては、とにかくジッと動かずにいれば褒められるんだ。何も見えず、何も聞こえずだからナイフの前に立っても怖がるってことがねえ。まったく的になるために生まれてきたようなもんだ」

俺は自分の太股に置かれたロザの左手薬指が半分に欠けているのを見た。

「これは」

「ああ、そいつは長い話だ」

「搔《か》い摘《つま》んでやってくれよ」

「いいよ。昔、まだサーカスの一座とつるんでたときに、こいつがそこの火吹き男に惚《ほ》れちまったんだ。とんでもない不細工な男だったんで反吐《へど》が出るような思いだったんだが、どうもロザは相手の見てくれよりも何か〈香り〉のようなものに強く反応するみたいなんだ。ほら、奴はいつもガソリンを含んでいるだろ? だから話すたびに他の男にはない匂いがする。俺にとっては気味が悪いだけなんだが、ロザには強烈なアピールだったらしい」

「いい話じゃない」

「まあな。たぶん、あんたも同じ理由なんだろう。その頃から既に俺は旅芸人の暮らしってのに飽き飽きしてたんで同じことをさせたくなかった。強く反対したんだ。引っぱたいたりもした。そしたら、こいつ狂ったようになって――」

ロザが話が聞こえているかのように俺の手を強く握ってきた。振り返るとにっこりと微笑んだ。暗い店なのにそこだけ明かりが射したみたいに華やぐ、大した別嬪《べっぴん》さんだった。

「——あるショーの時、不意に動きやがったのさ。もう少しで心臓をブチ抜くところだった。俺は自分の手から斧が離れる瞬間、ヤバいと思って外した。指はオッ欠いちまったが、それが精一杯だったのさ。男はそれを見てその晩に逃げ出したよ。それから俺はロザの好きにさせることにした。結局、こんな生き方しかできなくしたのも、娘を産み捨てて駆け落ちするような女から生まれてしまったのも俺の責任だしな。そういう一切合切を俺はひっかぶりながら、とにかく足を洗うことを考えてる。今もな」

「洗ってどうするのさ」

「牧場をやるよ。馬ならこいつも乗りこなせる。馬が目の代わりになるし、馬ってのは乗り手が木の枝にかかりそうになると、ちゃんと迂回《うかい》したりするもんなんだ。人間並みに賢いんだぜ」爺さんは両手で手綱を握って乗ってるように躯を揺らした。

「ふーん。詳しいんだな。随分、乗ったのかい？」

「一度も。でも、わかってる。わかってるんだ。俺とロザがこの境遇から抜けた後に幸せになるには、その方法しか残ってねえ」

　俺はロザと爺さんを交互に見つめた。

「なあ、ひとつ訊《き》きたいんだが、彼女とはどうやって話をすりゃいいんだい？」

二

考えてみりゃ、簡単なことだった。

俺の問いに爺さんはロザの掌《てのひら》を上に向けると、そこにすらすら指で字を書いた。するとロザが爺さんの掌にやり返す。掌が帳面代わりってわけだ。

俺もロザの手を取った。俺が掌に指を付けると、ぴくりと震えた。小鳥がたまにやるみたいに。俺はそれも気に入った。薄くて柔らかな掌に〈どうも〉と書いた。

ロザは〈すきよ〉と書いてきた。

〈かんぱいしよう〉俺は書き、三人でグラスを合わせ、爺さんと俺でワインの赤を三本空け、ロザはコークハイをしこたま呑んだ。店を出た後、爺さんは俺に何をやってるのか訊き、無職だと答えると自室であるマンションに誘ってくれた。

それから俺は二週間ほど彼らと一緒に暮らしたんだ。

ロザは昼過ぎまで眠り、それから起きて飯を作る。信じられないことだがロザはそういうことをしてしまう盲人であり聾者《ろうしゃ》だった。唖者《あしゃ》ではないロザは初めに出会ったときのように時折、口を利いた。が、あの時はなんとも思わなかったが、やはりそれはどこか頼りなく、なんだか飴玉《あめだま》を口に入れて話しているような感じだった。ロザは口よりも指談が好きだった。

ある時、ロザは裸になるとベッドの上で俯《うつぶ》せになった。「書《あ》いて」飴玉声で、そう云うと背中をポンポン叩《たた》く。ロザの背中は白く、左肩に小さな黒子《ほくろ》があった。窓から差し込む淡い陽《ひ》が産毛を金色に光らせていた。「早くぅ」俺はロザの背に字を書いた。

猫のあくびのような声を漏らし、ロザは俺の手を取り引き寄せた。俺《あや》はロザの背に字を書いた。

「私も」ロザが背中にあった俺の指を取ると口に引き寄せ、軽く嚙《か》んだ。

俺たちは爺さんが夕方帰ってくるまでベッドから離れず、ワインを呑みながら互いにくっついたり離れたりをくり返した。

〈こいつはなんだい？〉俺が背中に字を書くとロザは「ダーリンの名前」と呟き、見えない大きな瞳を俺に向けてきた。そうしたロザと向き合うのは一種の気軽さがあった。なにしろこちらの表情を取り繕わなくていい、目の前の相手に気を遣って自分の思いを顔のなかに押し込めなくてもいい。きっとその時、俺は思いっきり厭《いや》な顔をしたと思う。何故《なぜ》って、そこ——つまり、ロザの右腕には〈さらまんだ〉だの〈ヒロシ〉だの〈国定〉だの〈マーク〉だののタトゥーがあって、しかも、そいつらの上にはいずれも横線が二本引かれていた。勿論、それもタトゥーでだ。

〈まだひとりぐらいは書き込めそうだな〉

するとロザは微笑みながら向き直り、〈あんたにするわ〉と俺の掌に書き、そこにキスをした。俺は彼女を引き寄せ、ギュッとやってやり、またくっついた。

爺さんとロザのショーも見た。

気が進まなかったけれど、爺さんと、何よりロザが強く誘ったのだ。繁華街の外れにある潰れた町工場を適当にいじくってショーパブにしたような場所だった。小さなテーブルにはホステスと客が座り込み、舞台に近いテーブルに案内された俺はひとりでショーが始まるのを待っていた。さっきまでジジイだかババアだかわからないようなドレス姿の年寄りが〈マイウェイ〉やら〈川の流れのように〉やら〈昴《すばる》〉を、がなっていた場所には『地獄の亡霊（ファントムとルビがふってある）手斧ショー』の立て看板が置かれ、客はなんだかそわそわしながらふたりが出てくるのを待っていた。

やがて司会者の声でショーは始まった。ロザも爺さんもすっかり雰囲気が変わっていた。道具の入ったカートを舞台の左端に引っ張ってきた爺さんは羽織っていた黒マントを脱ぎ捨てた。すると、ぴちぴちの黒パンツに上半身はダレた裸といういでたちになり、顔にはトライバル風の波模様、目の縁だけを黒く塗り、地肌は真っ赤。紫の舌を客に突き出し、地獄の亡霊らしく上下左右に震わせた。ロザは躯の線の出るタイトドレス、顔にはエジプトあたりのニカブを思わせる顔スカーフ。爺さんはカートの上で黒い布に包まれた手斧の束を拡《ひろ》げると一丁摑み上げ、照明に刃先をきらきら反射させ〈うがー！〉と叫んで反対側にある分厚い板へいきなり投げつけた。ドンッと鈍い音がし、手斧が切っ先を喰《く》い込ませる。観客が的に集中したと見るや爺さんは片っ端から手斧を投げ込み、六本ほどを立て続けに喰い込ませた。

　客席から詰めた息を吐く〈はふぅ〉という声が漏れ、拍手に変わった。

　俺は客の大半がそうした爺さんの技に感嘆している間、ふと、とんでもないものに気がついた。俺の斜め後ろにはテーブルではなく特別席のように一脚だけ大型のソファがあったのだが、そこには人相のやたら良くない男が四、五人座っていた。俺は奴らを刺激しないよう気配をうっすらさせていたのだが、爺さんの手斧の迫力に圧倒されバドの瓶をテーブルから落としてしまった。慌てて拾い上げる途中、俺はソファの連中に目がいったのだが、奴らの真ん中に黒のテンガロンハットに眼帯をした六十手前の男がいた。当然、周りの男と同様にそいつにもホステスが付いていたんだが、その女はテーブルに山と盛った紙幣の上に腰を乗せ、舞台に向かって（つまり、俺に向かって）大股をオッ拡げていた。しかも、下着を着けていない。俺は手斧で受けたショックに加えて更にド肝を抜かれ、瓶を拾うのも忘れていた。眼帯男は女のアソコへテーブルの上の万札を手で突っ込んでいた。既に女のアソコからは福澤諭吉が噴きこぼれていたが、初老ホステスは黝《あおぐろ》い顔を上気させながら〈まだよ！　まだよ！〉と眼帯男にねだり、男はニヤニヤ笑いながら、どしどし札を入れていく。青筋を立てたミイラのように痩せた女が歯を喰い縛り、脂汗《あぶらあせ》を垂らしながら毛の生えたハムのようなアソコから現ナマを噴きこぼしている姿はショーの音楽と点滅する下衆《げす》な照明のおかげでこの世の終わりを思わせた。一瞬、眼帯と目が合ったような気がして俺は我に返り、テーブルに座り直す。しかし、肝っ玉は後ろに落っことしたまんまだった。俺は全てを見なかったことにしてできるだけ舞台に集中しようとした。舞台では既にロザが板の前でダヴィンチの描いた人体図よろしく、手足を大の字に拡げていた。距離は十メートル。それが演出なのだろう、ロザは爺さんに向かって目を見開き、叫んでいた。恐怖に怯《おび》える娘ってやつだ。雑音の多い割れたドラムロールが始まると爺さんは手斧をかまえた。ロザは〈たすけて〉とか〈やめて〉とか云っているが別に何かに縛られているわけではないので走って逃げればいいだけなのだが、それも安っぽくご愛敬だった。

と、ドラムロールが止まった。静寂。その瞬間、爺さんの腕が一閃《いっせん》し、ガッとロザの顔の横に深々と手斧が突き刺さった。板の振動を感じたロザが金切り声をあげる。と、そこへ第二第三、第四の手斧が投げ込まれ、板の木っ端屑《こっぱくず》が弾け、ロザの顔が煙った。

やがて爺さんの動きが止まると客席からは割れんばかりの拍手。と、そこで爺さんが「それではお客様のなかからお手伝いをお願い致します」と云い、客席にやってきた。

「お客様」

「え？」

　あろうことか爺さんは俺に手を差し伸べていた。

「冗談だろ」

「本気だ。ロザは今夜、死ぬつもりだ。最期はあんたに看取《みと》って欲しいんだよ」

「なにを云ってるんだ、あんた」

「ロザは望んでいるんだ、ふふふ」

　爺さんは俺を強引にカートのところまで連れて行くと黒い布きれを取り出し、それで俺に目隠しをしろと告げた。

「それじゃ、あんた見えないだろ」

　俺の言葉に爺さんが呆《あき》れたような顔をした。

「それが目隠しってもんだろ」

「どんな風に縛ればいいんだよ」

「普通に縛ればいい。好きなようにやれ」

　俺はロザを見た。彼女は汗も掻かず、片方の爪先で他方の臑《すね》を掻いていた。蚊に喰われたのだ。

「おい。さっき云ったこと冗談だろ」

「まあ、見てろ」

爺さんは俺を押しのけると客に向かって「このお客様にしっかりと目隠しをして戴きました。更に今から十回、回転の後にすかさず手斧を投げて参りますぅ！　おい、俺を回せ」

「なに云ってンだ、あんた」

「早くしろ。ここは十一時で電源が落ちるんだ」

俺は自棄《やけ》になって爺さんを回した。一回転するごとに客がカウントした。

『ナナ！……ハチ！……キュウ！……』

そして『ジュウ！』と皆が叫んだ途端、爺さんはカートの手斧を掴むと次々、信じられない早業で投げ切った。ラスト一投、物凄い悲鳴が上がるとロザの胸の真ん中に手斧が深々と突き刺さり、血煙が上がった。

客席からも男の悲鳴があがる。

「莫迦野郎！」

俺はロザに駆け寄った。

彼女は唇の端から血を滴らせ、目を閉じていた。

「ロザ！　ロザリンド！　しっかりしろ！」俺は彼女を抱きとめようとして、異変に気づいた。胸を手斧が貫いているのに彼女は立って躯を支えているのだ。突然、ロザがニヤリと笑って、ウィンクをした。ロザは胸に刺さったゴムの手斧をドレスから引き抜いた。それは予《あらかじ》め服の内側に血糊と一緒に仕込まれていたもので、何らかのきっかけで一瞬にして外に飛び出す。客には刺さったかのように見える手品の一種だった。

呆気《あっけ》に取られた観客が〈騙《だま》し〉に気づいて拍手をすると爺さんが斧を持った片手を上げ、舌を出す。斧は投げていないのだ。と、そこで爺さんが「それではこれが今夜のメインイベント！」と叫んだ。するとロザは俺の躯を軽く押しのけ、どこからか小さな林《りん》檎《ご》を取り出し、頭に載せた。

「先程同様、目隠ししたまま、あの林檎を裁《た》ち割って御覧に入れます」

俺は目眩《めまい》がした。いくらなんでも無理だと思った。ロザリンドの頭の上に載っているのは林檎とは名ばかりの鏡餅の上の蜜柑《みかん》のような代物だったからだ。何だか昨日あたりから喰ったものの飲んだものの全てをぶちまけてしまいそうなほど、胃が締め付けられた。

不意に爺さんの腕が動くと、的であるロザ側の照明が消え、スピーカーから女の絶叫が響き渡った。

客席は水を打ったように静まりかえった。そして爺さんが舞台の真ん中に来て、客に向かってお辞儀をした瞬間、光の輪のなかに半分になった林檎を手にしたロザが現れ、客は拍手喝采となった。爺さんが目隠しを取ると舞台に照明が戻り、ロザの頭のあった位置に手斧が突き刺さっているのが確認できた。

再びの拍手。そしてそのなか、ひと際、大きな声で〈ブラヴォー！　ブラビァスヴォー！〉と叫んでいるのがいた。ソファの眼帯男だった。奴は立ち上がって拍手をしていた。傍らでは万札を突っ込まれた女が真っ青な顔で震えている。もうアソコは満腹なのだろう腰をテーブルから浮かせて下りようとしていた。何かの拍子で切れたのだろう、尻に血が回り、札が貼り付いていた。かなりの出血に見えた。苦痛に顔を歪《ゆが》めた女は眼帯に頭を下げた。眼帯は五月蠅《うるさ》そうに手で女の尻を引っぱたいた。女は悲鳴をあげ、ガクッと膝をつきそうになるのを堪《こら》えながら同僚ホステスに肩を抱かれてテーブルを離れて行った。股の間から札が二、三枚噴きこぼれると、傍のテーブルに居たホステスが素早く拾って胸元にしまった。

「どうだった」

振り返ると近づいてきた爺さんとロザの顔があり、いきなり唇が塞がれた。唇についていた血からはチョコの甘い味がした。

眼帯男が片目で俺たちを睨みつけていた。

三

翌日、俺は爺さんに車を借りるとロザを連れて海に出かけた。

運転中、ロザは好き勝手にいろいろ飴玉声で喋《しゃべ》り、俺も「おまえが好きだ」とか何とか莫迦みたいなことを叫んでは気分を盛り上げていた。昭和の懐メロをガンガンにかけても彼女は厭な顔をしない。ただ手をしっかり握っていれば満足しているのだった。

〈最後の手品にはド肝を抜かれたぜ〉俺が砂浜に俯せたロザの背中にそう書くと、彼女は手にしたソフトクリームを舐めながらクスクス笑った。

俺たちは買い込んだ酒とつまみを相手に日がな一日、たわいもない話をしながら過ごした。ロザは俺に小さなポーチを見せてくれた。なかには小指の先程の小瓶が並んでいて、みんなコルクの栓がしてあった。

〈アロマよ。あたしにとってはこれが世界の大部分なの〉

ロザは小瓶のひとつを取り出し、コルクを外して俺に差し出した。なんとも云えない花と蜜を蕩《とろ》かし込んだ濃密な香りが鼻を撲《ぶ》った。

〈いい香りだ〉

〈全部、あたしが調合したのよ。あたしには見える人にはわからない匂いがわかるの〉

〈なるほど〉

〈本当だよ。気持ちも匂いになるの。あなたからも感じたもの〉

〈俺から？　なにを〉

〈あなたは哀《かな》しみの塊。ぷんぷん匂う。むせかえるぐらい。それが好き〉

俺は返答に困った。

ロザは握った手に力を込めてきた。

〈……その話は、いまはしたくない〉

〈しなくていいよ。他に喜びも、恐怖も、興奮も、全部、躯から香るのよ〉

〈そうか〉俺はロザの手をわかったという意味でぽんぽんと軽く叩いた。

それから太陽が水平線に沈むまで俺とロザは黙っていた。完全に沈みきってしまうと俺はロザを一度ひっくり返してチューをし、それから促して立ち上がると車に戻った。

「ねえ」エンジンをかける前、ロザは飴玉声を出した。「お願《なが》いがあるの。聞《り》いて」

黙っているとロザは指を走らせた。

〈明日、パパが巧《うま》くいったら、一緒に暮らさない？　できるだけ長い間〉

〈俺には仕事がないんだよ〉

〈大丈夫。パパがくれるはずだから、そういう約束だもの〉

〈よくわからないが、俺は今のところおまえから離れたくはないな。おまえは最高の女だ〉

ロザは俯いたと思うと突然、泪をぼろぼろ零《こぼ》し、声をあげて泣き出した。

「どうしたどうした」

ロザは俺を摑まえると引き寄せ、抱きついてきた。

「本気なら嬉しいが……どうかな」爺さんはジョッキの縁を見つめた。「どうかな……」

「まあ、口約束だけじゃ信じちゃ貰えないだろうが。俺は本気だよ」

「一緒に暮らすってことは、あいつを俺から奪って、あんたが世話をするってことだ」

「ああ」

「当たり前の生活は望まない。彼女がいればいい」

「どうかな……正直、わしにはわからん。いや、あんたのことじゃない。実はあいつには、ついこの間まで結婚を決めた男がいてな。捨てられたばかりなんだ。だから、一時《いっとき》の感情で動いているような気がするのさ。あんたにゃ云いにくいことだが」

　爺さんはジョッキを啜り、俺も啜った。

　正直、なんと云えばいいのかわからなかった。確かにロザのアプローチの仕方にはヒステリックなものがあり、前の男を忘れるためにしてるだけと思えなくもない。

「どんな男だったんだ」

「なんだか気障《きざ》ったらしい奴でな。顔も頭も悪くはないんだが、どこか狡《ずる》いところがあった。ある日、ショーの後で奢らせてくれと云ってきたからふたりで会ったんだが、奴の狙いは最初っからロザリンドだったんだ。ふた月ほど仲良くしていたが、不意に姿を消しちまった。いつでも薔薇の花束を両手一杯に抱えてやってくるんだが、それが全て真っ青でな。まるで海が染み出してきたみたいな気味の悪い薔薇だった。匂いもちょっと変わってるんだが、ロザリンドはそれを込みで奴のことをえらく気に入っちまって。またそいつも夢を見させるようなことばかり云うもんだから、あいつもついついその気になっちまった」

「そいつは何も云わずに出ていったのかい」

「いや、海外でデカイ仕事をやって戻ってくるから待ってろなんて、講談でも使わねえような空手形《からてがた》を切って、それっきり。好《い》い加減な野郎だったのさ。それが三ヶ月前よ。ロザは最近になってようやく悲しみから抜け出したとこなんだ。だから、あんたとのことがあいつの本心なのか、いまひとつ摑めんし。もし、あんたがまた同じことをやらかしでもしたら、本当にあいつはもう金輪際、駄目になっちまうような気がして……それが不憫《ふびん》でな」

「俺は自分の心はなんとかできるが、彼女の心まではわからない」

「うむ。ただ今日、明日のところは奴の話を受けてやってくれないか」

「どうして？　そう云えばロザも明日が何たらと云ってたな」

「牧場の目途《めど》がついたんだ」

「それは良かった。これで引退できるじゃないか」

「ああ。正直いうと、ここのところ急激に目が悪くなってな。的がよく見えないんだ」

「なんてことだ……」

「騙し騙し、しのいじゃいるが。早晩、俺はあの子を殺しちまうだろう。その前に何としてでも足を洗って、次に繋《つな》ぐだけの金が必要だったんだ。その目途が立った。明日、金を貰う。この手筈《てはず》を整えるのに半年ほどかかったんだ」

俺は手を伸ばし、爺さんと握手した。

「だから、それが済むまでは今のまま、ロザの相手になってやってくれ」

「俺はずっと先も一緒にいるつもりだ」

「ありがとう。あんたいい人だな」爺さんはジョッキを掲げた。「朗報を祈っていてくれ」

「わかった」

俺たちはそれから、しこたま引っかけ、肩を組み、通りを唄いながら歩いて部屋に戻った。

翌日、目が覚めたときには既に日が暮れかけていた。

俺を揺り起こしたロザが頻《しき》りに躯をくねらせている。

「なんだ具合でも悪いのか」俺は呟いたが、彼女に聞こえるはずもない。まだ頭痛が酷《ひど》い。

「わかる?」ロザが口を利いた。「わかった?」

するとを不意に腕を前に向けた。あのタトゥーの腕だ。すると一番下に新たなタトゥーが入っていた。〈おっちゃん〉と刻まれていた。

〈これが俺か〉

「うん」お駄賃を貰った子供のようにロザが頷《うなず》いた。

〈俺にも一応、名前っぽいものはあるんだぜ〉

「コレでいい。コレが好《つう》き」

〈ふふ、変な女だ。いいのか?〉

「もう消させないでよ!」飴玉声で叫ぶとロザは抱きついてきた。

〈明日からはふたりで暮らすの!〉

俺はキスの洗礼を受けながら頷いていた。

そして、そのまま寝てしまっていた——目を覚ました時には誰もいなかった。

時刻は午後十時を回っていた。俺は奴らが帰ってきたとき、すっきりした部屋で楽しもうと台所の洗い物を済ませ、部屋のなかを箒《ほうき》で掃き清めた。

午前零時になっても彼らは戻っては来なかった。

二時になった。

爺さんの携帯に電話をしても留守番電話サービスになってしまう。俺は三回目のメッセージを吹き込むと冷蔵庫からビールを取り出して一杯やりながら待つことにした。四時——俺は爺さんの寝室に入った。衣装や小道具の入った箪笥《たんす》の横にポストイットが貼ってあった。昨日の日付けと時間、そして場所が書いてあった。ふたりが出かけたのはそこに違いなかった。

俺は更に雑巾を使って部屋のあちこちを拭いた後、便器も洗うことにした。そして、それでも奴らが帰って来ないのでビールをまた呑み、番号案内に住所を告げてみた。

「ここは会社ですか——」

『いえ。ワニ園になりますね』

「ワニ園……ワニってあの何でも食べるワニ？」

『詳しくは存じません』

相手がそう云うのを聞き、俺は電話を切った。厭な胸騒ぎがしていた。俺のどうでもいい人生経験のうち一番確かなのが、〈良いことと悪いことは手を繋いでやってくる〉だった。俺はタクシーをつかまえようと部屋の小銭を掻き集め、メモを手に外へ出た。マンションの入口を出た時、ロザの声が聞こえたような気がした。いや、確かに聞こえた。

足を止め、誰もいない通りを見回した時、大きな影がバチンッと道路を思い切りビンタするような音をさせ破裂した。尻餅をついた俺の目の前に墜落してきた男の躯があった。服と背格好に見覚えがあった——爺さんだった。

「おい！　あんた大丈夫か」

近づくと爺さんは呻《うめ》きながら、ごぶりと血を吐いた。そして、ぶるぶる震えながらゆっくり立ち上がるとマンションに向けて歩き出した。

「病院に行かなくちゃ。あんた三階から落ちたんだぜ」

すると爺さんは物凄い力で俺の手を振り切り、エレベーターに乗り込んじまった。

「なあ、頭打ってるからわかんなくなってるだけだよ。医者行こうぜ」

「いらん」壊れた蛇口のように鼻から血を流し続けている爺さんは二階で下り、部屋に入っちまった。あちこちに暗い血の跳ねが点々と咲いていく。

それを見ていた俺の脳が不意にライトに照らされたようになった。

「おい。ロザはどうした」

俺の問いに爺さんは潰れてないほうの目で思い切り睨むと、ぐぶぐぶ音をさせて躯を揺らした。包帯になるようなものを探したが、見当たらなかった。

「救急車、呼ぶぜ」

「よせ！　絶対に呼ぶな！」爺さんはそう叫ぶと次に顔を覆って泣き始めた。口のなかから歯がこぼれた。

「一体全体、なんだってんだ……」

　爺さんはポケットからペラペラした白いゴムのようなものを放り出した。端がギザギザになったそれは楕円形《だえんけい》で真ん中に何か書いてある――〈おっちゃん〉とあった。それを見て、俺は全身の毛が逆立った。

　胸が凍り付き、踏み抜かれたように痛んだ。

「なんだよ……これ。おい！　なんだよ！　なんなんだよ、これ！」

　俺は爺さんを揺さぶった。爺さんの頭には深い亀裂があり、中身が見えていた。左の目玉が潰れて赤黒い塊にしか見えなくなっていた。

「九分九厘成功してた。奴らがワニを興奮させようと生きた犬を投げ込んだり、そばで猟銃を撃ったりしてもロザは全く動じなかった。あのまま二十メートルの綱をきちんと渡り切れたんだ」

「何の話だよ！」

「賭けに乗ったんだよ。いつも贔屓《ひいき》にしてくれている男がいてな。先日、あんたの後ろのソファに座っていた眼帯の男さ。奴が賭けに勝ったら四千万と云うんで、俺は乗った。アイツが持ってるワニ園の飼育プールの上にロープを張ってロザが見事に渡りきることができたら俺たちの勝ちのはずだった。ロザは小さいときは綱渡りを担当してた。今でも全然、腕は落ちちゃいなかった。見えなくても爪先の感覚とバランスさえ保てれば簡単なもんだ。手斧の的と同じで逆に見えないだけに恐怖がない。誰が見ても安定したもんだったよ」

「なんて莫迦なことを！」

俺は爺さんを乱暴に押しのけた。

爺さんは椅子に倒れ込み、床を叩いた。

「あんただってそうだろ！　そうでもしなくちゃ脱《ぬ》け出せねえ！　あんただってわかりすぎるぐらいにわかってるだろ。そうでもしなくっちゃ。俺たちみたいなのは、そうでもしなくっちゃ、人生を変えるなんてことはできやしないんだ」

「ロザは、どうなったんだよ！」

「あと一メートル。いや、五十センチだった。不意に奴らのひとりが停《と》めてあったトラックの幌《ほろ》を外しやがったんだ。そしたら今までびくともしなかったロザリンドが不意にバランスを崩した。トラックのほうへ首を向けやがったんだ。莫迦な娘だ。それも嬉しそうに。今まで真剣な顔つきだったのが、パッと華やぎやがって。その瞬間さ、足がロープを踏み外しちまったのは」

そこまで云うと爺さんはおいおい泣き崩れた。

俺はワニの歯形の付いたロザの皮膚を拾い上げた。

「それしか残ってなかった。ワニが一斉に殺到してな。そいつだけしか残らなかった……」

俺は自分の荷物をまとめた。

皮はポケットにしまった。

「何が積んであったんだよ、そのトラック」

「奴ら、怖《おそ》ろしい奴らだ。憎げな奴らさぁ」爺さんは床を折れた手で殴りつけた。

俺はドアを開けた。

そして、もう一度だけ訊ねた。

「何が積んであったんだよ」

「薔薇さ……青い薔薇。あの野郎、知ってやがったんだ。薔薇が荷台狭しと詰め込んであったんだ。噴きこぼれんばかりによ。奴は咄嗟《とっさ》にあの男が帰ってきたと錯覚してバランスを崩したんだ。俺にはちっとも匂わなかったのに。あんなにゴールから離れていたのによお」

じいさんはベランダへと駆け出して行き、また厭な音をさせてしまった。

俺は頭陀袋《ずだぶくろ》を肩から提げてマンションを後にした。

ロザの皮膚に鼻を寄せると哀しい匂いがする。

だが、ロザがワニのいる池に落ちていくというイメージは、なぜか変化した。いま、俺のなかでロザは暗く青い薔薇の絨毯《じゅうたん》に墜落する。

その眠るような表情は安堵《あんど》と癒やしすら感じさせて——。

解説

杉江松恋

作家は言語を武器にする商売だというが、その武器にもいろいろある。

どこの家庭にも転がっているような菜っ切り包丁で闘う者もいれば、触れるだけで相手を真っ二つにしてしまう村正《むらまさ》のような妖刀の使い手もいるだろう。もしかすると刀じゃなくて吹き矢で闘ってまーす、という変り種だっているかもしれない。

平山夢明が使っているのはきっと、悪魔の武器だ。

たぶん装備しただけで呪われるたぐいの何かだと思う。血が真っ青になるとか、そういうやつ。だって地図の独白とか、自分の娘の皮を剝ぐ話だとかをまるで見てきたかのような確かさで書いちゃう人なのだから。使っている武器は、絶対そこらで売っているような普及品じゃない。おそらくはどこかの洞窟の奥あたりで拾ってきたか。でなければトイレのガッポンでも使って書いているに違いないのである。

初期の平山夢明は〈「超」怖い話〉〈東京伝説〉などの実話怪談シリーズ執筆を中心に活動を行っていた。短篇「独白するユニバーサル横メルカトル」を二〇〇五年に発表して、翌年第五十九回日本推理作家協会賞短編部門を受賞、同作を表題作にした第一短篇集（光文社→光文社文庫）が刊行されたあたりから一般小説の著作が増え始め、江戸怪談の再話を行った『大江戸怪談草紙 井戸端婢子《いどばたぼつこ》』（二〇〇六年。竹書房文庫）、『独白するユニバーサル横メルカトル』同様、井上雅彦監修〈異形コレクション〉の初出作品が多い『ミサイルマン』（二〇〇七年。光文社→光文社文庫）、『他人事《ひとごと》』（二〇一〇年。集英社→集英社文庫）などの作品集が刊行される。

それらと並行してウェブマガジン〈ポプラビーチ〉で連載が行われたものの未完に終わり、単行本の形で改めて完成版が世に出たのが二〇〇九年刊行の『ダイナー』（ポプラ社→ポプラ社文庫）であり、これは二〇〇〇年の『メルキオールの惨劇』（ハルキ・ホラー文庫）以来九年ぶりの長篇作品となった。平山にとって同書は完全な実験作である。スリラーの構造や恋愛小説の心情描写などの、大衆小説の「部品」を可能な限りすべて突っ込み、読者を選ばない娯楽作品へと仕立て上げることを目指したからだ。その甲斐《かい》あって同書は第十三回大藪春彦賞と第二十八回日本冒険小説協会賞をダブル受賞し、平山の新たな代表作となった。『独白するユニバーサル横メルカトル』と『ダイナー』という二つの受賞作に挟まれた時期、すなわち二〇〇六年から二〇〇九年までの数年間は読者のみならず同業者からも作者への注目が集まっており、その期待（圧迫と言ってもいい）に応える形で平山は真の実力を発揮し始める。実話怪談の実績を背景とするカルト作家から、誰にも有無を言わせぬ短篇小説の王へと変貌し出したのだ。

その第一段階となったのが二〇一一年の『或《あ》るろくでなしの死』（角川書店→角川ホラー文庫）である。七つの死の風景を含む短篇集で、うち五篇は二〇〇七年から八年にかけて「野性時代」や携帯配信サイトなどの媒体に発表されたが、書き下ろしとなった二篇に二年近い時間が掛かった。表題作は十三回、「或る英雄の死」はなんと二十六回の書き直しを経てようやく出版の運びになったという。粒揃《つぶぞろ》いの短篇集だが、特に「或る英雄の死」はそのナンセンス度の高さにおいて飛び抜けており、全盛期の筒井康隆作品に匹敵する出来だと個人的には確信している。この作品集の産みの苦しみが、平山の進化に最後の一押しを与えた。

『暗くて静かでロックな娘《チャンネー》』は、その『或るろくでなしの死』に続く作品集である。収録作十篇はすべて「小説すばる」誌に二〇一〇年から二〇一二年にかけて掲載された（前著の苦難を考えると、一誌に安定して作品が発表されたこと自体が驚きである）。二〇一二年十二月二十日に集英社から単行本は刊行された。今回が初の文庫化である。

初出媒体にアンソロジーが多かったこともあり、初期作品集の収録作にはホラーやSFなど、ジャンル小説の範疇《はんちゆう》に入るものが多い。前作『或るろくでなしの死』にも「或るからっぽの死」などSF的状況設定を伴うものはあったが、そうした要素がなくても作品は成立していた。作中に描かれた情景や人生のありようが、普遍的な感情に訴えるように計算された形で示され、それが一つの死によって劇的に遮断されるという構成になっていたのである。「死」という共通項によって、作品はゆるく結び付けられていたと言ってもいい。

『暗くて静かでロックな娘』に関しては、そうしたゆるい縛りさえも排除された。連作とは言えないほどに内容はばらばらだが、通読すると確かな共通項がある。こんな感じだ。

「世間は余所者《よそもの》に冷たい」

「金がないのは首がないのと一緒だ」

「一人は寂しい」

つまり大括《おおくく》りに言えば、どの作品にも孤独の形が描かれている、ということではないだろうか。ある話は完全なスラップスティック・コメディであり、ある話はハードボイルドの原点に立ち返ったかのように非情である。過酷な現実を詩情溢《あふ》れる筆致で描いた、涙無しには読めない狡《ずる》い作品もある。そして何よりも大事なことは、いくつかの作品は人間の純粋な結びつきを気恥ずかしくなるほど真正面から描いた、大恋愛小説なのである。

第一の特徴として挙げておきたいのは、平山の作品には異邦人《エトランゼ》の視点が備わっており、何の情景を描いてもどこかに無国籍の香りが漂うということだ。本書には流れ者の男を主人公とする作品がいくつか入っているが、そのうち「日本人じゃねえなら」（初出：二〇一一年五月号）は、狭量な町の住人に犬猫のように扱われる幼い兄妹と男の出会いを描いた作品だ。なんの後ろめたさもなく相手が「日本人であるか否か」を問う者たちが住む町は、言うまでもなく同調圧力と異分子排除の構造に慣れ始めている現代日本人のグロテスクな戯画である。その中で男の出会った兄妹だけが真の優しさを示す。

同作に比べるとギャグの度合いが強い「反吐《へど》が出るよなお前だけれど……」（初出：二〇一一年九月号）もやはり流れ者小説である。同作では、脂ギトギトラーメンを是とする異常な食文化を皮肉った作品なのだが（タイトルも含め、この作品は登場人物のネーミングや台詞《せりふ》回しがとにかく秀逸）、そこにはやはり「右向け右」で同じ方向に進むことが無条件に肯定される社会への皮肉がある。もう一つの流れ者小説が表題作だ（初出：二〇一一年七月号）。ここでの主人公は流浪の果てに旅芸人の父娘と出会い、心の底から安堵《あんど》できる相手をようやく得られたことを知る。目も耳も不自由な娘が筆談で主人公に伝える〈あなたは哀《かな》しみの塊。ぷんぷん匂う。むせかえるぐらい。それが好き〉という メッセージ、多幸感に包まれた主人公の胸に浮かぶ〈良いことと悪いことは手を繋《つな》いでやってくる〉という予感、それらが暗示する結末の残酷さに、読者は胸かきむしられる思いをするのである。

恋愛小説では「人形の家」（初出：二〇一〇年一月号）もすばらしい。ろくでなしの主人公がはあちゃんという女性と出会い、同棲《どうせい》を始める。しかし初めから訳ありだった（発作的な自殺志願者なのだ）はあちゃんとの暮らしは不安定極まりないものだった。孤独な魂を剝《む》き出しに描くという第二の特徴が如実に現われた一篇である。この作品で泣かせるのは、はあちゃんの作ったカレーを、ちっぽけな歪《ゆが》んだ卓袱台《ちゃぶだい》で食べる場面だ。カレーの香りと自分の涙の匂いが鼻の奥で混じって、たまらない気持ちになってしまう。

後半には二つ、子供を主人公にした作品が並べられている。親友との別れの物語「チヨ松と散歩」（初出：二〇一二年八月号）と、親から虐待を受ける少女の日々を淡々と綴《つづ》る「おばけの子」（初出：二〇一二年三月号）の二篇だ。描かれる状況はまったく違うのだが、思わず何かにすがりつきたくなるような、寄る辺ない気持ちにさせられる小説である。

詩情溢れる作品を先に紹介したが、出鱈目《でたらめ》な現実を身も蓋もなくあからさまに描く小説もまた平山夢明の真骨頂である。そうした作品の最高峰が、本書に続いて発表された『デブを捨てに』（二〇一五年。文藝春秋）収載の「マミーボコボコ」だと思うのだが、内容のあまりの凄《すご》さに、ここでは一切紹介することができません。その出現を予感させるような最底辺ずたぼろ小説も本書の楽しみどころである。女に惚《ほ》れさせようとして必死に指技で潮を吹かせようとするもあっさりと別の男に乗り換えられてしまう男の話「サブとタミエ」（初出：二〇一〇年七月号）、かつてはスター運動選手だったが今は抜け殻同然になった兄への嫉妬のためもがき苦しむ弟を描く「兄弟船」（初出：二〇一〇年三月号）、一回の交通事故のため負け犬になってしまった男の視点から家族の持つ価値が徹底的に無化される「悪口漫才」（初出：二〇一一年一月号）、火葬場をクビになり芸人として再生しようとする男の「ドブロク焼き場」（初出：二〇一二年一月号）。これに前出の「反吐」を加えた五篇は、平山夢明が持てる技術のすべてを尽くして読者を笑い殺しにかける、恐るべき喜劇である。

とにかく、魔術的な用語と会話劇のセンスを見てもらいたい（これが第三の特徴）。それぞれの作品に唸《うな》らされるような一言、一行がある。特に毒性の高い「悪口漫才」が最高で、全篇引用したくなるようなフレーズに溢れているのだ。こんな感じ。

「家族は靴の裏に貼り付いたチューインガムになった」

「おまえにわかることなど地球には何もないし、わかったところで三角の糞《くそ》が出た程度の影響しかない（後略）」

主人公の独白、および台詞のこの二つが双璧か。切れ味鋭い文章が続々と出てくる『暗くて静かでロックな娘』の中でも、言語感覚においては白眉と言うべき一篇だ。

冒頭に書いたように平山は、極めて異質な、冥府魔道に墜《お》ちたかのような言葉を駆使する作家である。以前インタビューの際に、まったく何もない白紙の状態からどう書き出すのかと訊《たず》ねたことがあるが、映画の構図を作るように空間を把握し、その三次元の中に要素を布置していくところから始めるという回答であった。つまり一から作品世界を作りだしているのだ。平山の作品から感じる無国籍の雰囲気は、そのせいで生じるものなのかもしれない。一から世界を作るがゆえに、自身の所持している感覚しか信じられず、それゆえに孤独の心境が作品にも漂う。他のところから弾《はじ》き出されたゆえの孤独ではない。元から自分と同じ者が二人といないと承知しているから孤独なのだ。小説という虚構の中を旅する者ならば、誰もが少しずつこの侘《わび》しい境地を共有しているはずである。だからこそ、平山の小説には読者をとらえて放さない魅力がある。たとえそれが呪われた道具で綴られたものだとしても、一度読んだら二度と離れられなくなる魔力がある。いや、たとえ平山が使っているのがトイレのガッポンだとしても私はついていく。どこまでも一緒に墜ちていくために。行き着く先はたぶんろくでもない辺土だろうが、それはそれで仕方ない。

（すぎえ・まつこい　文芸評論家）

初出「小説すばる」

日本人じゃねえなら　二〇一一年五月号

サブとタミエ　二〇一〇年七月号

兄弟船　二〇一〇年三月号

悪口漫才　二〇一一年一月号

ドブロク焼き場　二〇一二年一月号

反吐が出るよなお前だけれど……　二〇一一年九月号

人形の家　二〇一〇年一月号

チョ松と散歩　二〇一二年八月号

おばけの子　二〇一二年三月号

暗くて静かでロックな娘　二〇一一年七月号

本書はフィクションです。実在の個人・団体とは
いっさい関係がありません。

本書は二〇一二年十二月、集英社より刊行されました。

平山夢明の本

他人事《ひとごと》

交通事故に遭った男女を襲う〝無関心〟という恐怖。引きこもりの果てに家庭内暴力に走った息子の殺害を企てる夫婦の絶望。孤独に暮らす女性にふりかかる理不尽な災禍。定年を迎えたその日、同僚たちに手のひら返しの仕打ちを受ける男のおののき——他、理解不能な他人たちに囲まれているという日常的不安が生み出す悪夢を描く十四編。

集英社文庫

集英社文庫 目録（日本文学）

東野圭吾　毒笑小説
東野圭吾　白夜行
東野圭吾　おれは非情勤
東野圭吾　幻夜
東野圭吾　黒笑小説
東野圭吾　歪笑小説
東野圭吾　マスカレード・ホテル
東野圭吾　マスカレード・イブ
東山彰良　路傍
東山彰良　ラブコメの法則
樋口一葉　たけくらべ
備瀬哲弘　精神科ER　緊急救命室
備瀬哲弘　うつノート　精神科ERに行かないために
備瀬哲弘　精神科ER　鍵のない診察室
備瀬哲弘　大人の発達障害　アスペルガー症候群、AD/HD、自閉症が楽になる本
備瀬哲弘　精神科医が教える「怒り」を消す技術
備瀬哲弘　もっと人生ラクになるコミュ力UP超入門書
日高敏隆　世界を、こんなふうに見てごらん
一雫ライオン　小説版　サブイボマスク
一雫ライオン　ダー・天使
一雫ライオン　スノーマン
日野原重明　私が人生の旅で学んだこと
響野夏菜　ザ・藤川家族カンパニー　あなたのご遺言、代行いたします
響野夏菜　ザ・藤川家族カンパニー2　ブラック婆さんの涙
響野夏菜　ザ・藤川家族カンパニー3　漂流のうた
響野夏菜　ザ・藤川家族カンパニーFinal　嵐、のち虹
姫野カオルコ　みんな、どうして結婚してゆくのだろう
姫野カオルコ　ひと呼んでミツコ
姫野カオルコ　サイケ
姫野カオルコ　すべての女は痩せすぎである
姫野カオルコ　よるねこ
姫野カオルコ　ブスのくせに！　最終決定版
姫野カオルコ　結婚は人生の墓場か？
平岩弓枝　釣女　花房一平捕物夜話
平岩弓枝　女櫛　花房一平捕物夜話
平岩弓枝　女のそろばん
平岩弓枝　女と味噌汁
平松恵美子　ひまわりと子犬の7日間
平松洋子　野蛮な読書
平山夢明　他《ひ》人《と》事《ごと》
平山夢明　暗くて静かでロックな娘《チャンネー》
ひろさちや　現代版　福の神入門
ひろさちや　ひろさちやの　ゆうゆう人生論
広瀬和生　この落語家を聴け！
広瀬隆　東京に原発を！
広瀬隆　赤い楯　全四巻
広瀬隆　恐怖の放射性廃棄物　プルトニウム時代の終り
広瀬正　マイナス・ゼロ

集英社文庫　目録（日本文学）

集英社文庫　目録（日本文学）

星野博美　島へ免許を取りに行く
干場義雅　世界のビジネスエリートは知っている お洒落の本質
細谷正充・編　新選組傑作選 誠の旗がゆく
細谷正充・編　時代小説傑作選 江戸の爆笑力
細谷正充　宮本武蔵の『五輪書』が面白いほどわかる本
細谷正充・編　時代小説アンソロジー くノ一、百華
細谷正充・編　野辺に朽ちぬとも 吉田松陰と松下村塾の男たち
堀田善衛　若き日の詩人たちの肖像（上・下）
堀田善衛　めぐりあいし人びと
堀田善衛　ミシェル城館の人 第一部 争乱の時代
堀田善衛　ミシェル城館の人 第二部 自然 理性 運命
堀田善衛　ミシェル城館の人 第三部 精神の祝祭
堀田善衛　ラ・ロシュフーコー公爵傳説
堀田善衛　上海にて
堀田善衛　ゴヤ Ⅰ スペイン・光と影
堀田善衛　ゴヤ Ⅱ マドリード・砂漠と緑
堀田善衛　ゴヤ Ⅲ 巨人の影に
堀田善衛　ゴヤ Ⅳ 運命・黒い絵
穂村弘　本当はちがうんだ日記
堀辰雄　風立ちぬ
堀江貴文　徹底抗戦
堀江敏幸　なずな
本上まなみ　めがね日和
本多孝好　MOMENT
本多孝好　正義のミカタ I'm a loser
本多孝好　WILL
本多孝好　MEMORY
本多孝好　ストレイヤーズ・クロニクル ACT-1
本多孝好　ストレイヤーズ・クロニクル ACT-2
本多孝好　ストレイヤーズ・クロニクル ACT-3
本多孝好　Good old boys
誉田哲也　あなたが愛した記憶
本多有香　犬と、走る
本間洋平　家族ゲーム
前川奈緒 深谷かほる・原作　ハガネの女
槇村さとる　イマジン・ノート
槇村さとる キム・ミョンガン　あなた、今、幸せ？
槇村さとる　ふたり歩きの設計図
万城目学　ザ・万遊記
万城目学　偉大なる、しゅららぼん
益田ミリ　言えないコトバ
益田ミリ　夜空の下で
益田ミリ　泣き虫チエ子さん 愛情編
益田ミリ　泣き虫チエ子さん 旅情編
枡野浩一　ショートソング
枡野浩一　石川くん
枡野浩一　淋しいのはお前だけじゃな
枡野浩一　僕は運動おんち

集英社文庫　目録（日本文学）

- 又吉直樹／堀本裕樹　芸人と俳人
- 町山智浩　アメリカは今日もステロイドを打つ USAスポーツ狂騒曲
- 町山智浩　トラウマ映画館
- 町山智浩　トラウマ恋愛映画入門
- 町山智浩　最も危険なアメリカ映画
- 松井今朝子　非道、行ずべからず
- 松井今朝子　家、家にあらず
- 松井今朝子　道絶えずば、また
- 松井今朝子　壺中の回廊
- 松井今朝子　師父の遺言
- 松浦弥太郎　本業失格
- 松浦弥太郎　くちぶえサンドイッチ 松浦弥太郎随筆集
- 松浦弥太郎　最低で最高の本屋
- 松浦弥太郎　場所はいつも旅先だった
- 松浦弥太郎　いつもの毎日。衣食住と仕事
- 松浦弥太郎　日々の100
- 松浦弥太郎　松浦弥太郎の新しいお金術
- 松浦弥太郎　続・日々の100
- 松浦弥太郎　おいしいおにぎりが作れるならば。「暮しの手帖」での日々を綴ったエッセイ集
- 松岡修造　テニスの王子様勝利学
- フレディ松川　老後の大盲点
- フレディ松川　ここまでわかった ボケる人ボケない人
- フレディ松川　好きなものを食べて長生きできる 長寿の新栄養学
- フレディ松川　60歳でボケる人 80歳でボケない人
- フレディ松川　はっきり見えたボケの入口ボケの出口
- フレディ松川　わが子の才能を伸ばす親 つぶす親
- フレディ松川　不安を晴らす3つの処方箋 認知症外来の午後
- 松樹剛史　ジョッキー
- 松樹剛史　スポーツドクター
- 松樹剛史　GO-ONE
- 松樹剛史　エアエイジ
- 松澤くれは　りさ子のガチ恋♡俳優沼
- 松澤くれは　鷗外パイセン非リア文豪記
- 松永多佳倫　沖縄を変えた男 栽弘義――高校野球に捧げた生涯
- 松永多佳倫　偏差値70からの甲子園 僕たちは野球も学業も頂点を目指す
- 松永天馬　少女か小説か
- 松本侑子　花の寝床
- モンゴメリ 松本侑子・訳　赤毛のアン
- モンゴメリ 松本侑子・訳　アンの青春
- モンゴメリ 松本侑子・訳　アンの愛情
- 丸谷才一　星のあひびき
- 丸谷才一　別れの挨拶
- 麻耶雄嵩　メルカトルと美袋《みなぎ》のための殺人
- 麻耶雄嵩　貴族探偵
- 麻耶雄嵩　あいにくの雨で
- 麻耶雄嵩　貴族探偵対女探偵
- 眉村卓　僕と妻の1778話
- まんしゅうきつこ　まんしゅう家の憂鬱

集英社文庫

暗《くら》くて静《しず》かでロックな娘《チャンネー》

2015年12月25日　第1刷
2019年10月23日　第2刷

定価はカバーに表示してあります。

著　者　平山夢明《ひらやまゆめあき》

発行者　徳永　真

発行所　株式会社　集英社
東京都千代田区一ツ橋2-5-10　〒101-8050
電話　【編集部】03-3230-6095
【読者係】03-3230-6080
【販売部】03-3230-6393（書店専用）

印　刷　凸版印刷株式会社

製　本　凸版印刷株式会社

フォーマットデザイン　アリヤマデザインストア

マークデザイン　居山浩二

ISBN978-4-08-745394-2 C0193